KB070291

문단 아이돌론

문단 아이돌론
文壇アイドル論

사이토 미나코 지음
斎藤美奈子

나일등 옮김

한겨레출판

일러두기
- 단행본과 문예지, 잡지는『 』, 시, 단편, 칼럼, 논문은「 」, 영상물, 음악, 미술작품은 〈 〉로 표시했다. 문예지, 잡지는 원음으로 읽고 처음 나올 때 괄호 안에 원어를 병기했다.
- 번호로 표시된 저자의 주석은 각 장의 후주로 실었다. 단, 인용한 문장의 이해를 돕기 위한 저자의 주석은 본문에서 괄호 안에 인용자 주로 표시했다. 옮긴이 주석도 본문에서 괄호 안에 옮긴이 주로 표시했다.

차례

아이돌은 만들어지는 것

좋든 싫든 시대를 앞서 나가는 사람에게는 관심이 가게 마련입니다.

활자 미디어 세계의 스타도 예외가 아닙니다. 글을 읽으면서 '그래! 맞는 말이야!' 하는 생각이 들면 당연히 악수를 청하고 싶어지고 '이 사람 대체 무슨 말을 하는 거야' 하는 생각이 들면 한 대 후려치고 싶어집니다. 좋아하는 작가의 이름이 눈에 들어오면 '어디 어디' 하고 책을 집어 들게 되고, 취향에 안 맞는 작가가 쓴 책이 잘 팔리는 꼴을 보면 '믿을 수 없어' 하며 혀를 차게 됩니다. 인기 있는 사람이 된다는 것은 참으로 힘든 일입니다. 사람들에게 존경과 사랑을 받을 뿐만 아니라 때로는 격렬한 비판과 비난을 정면에서 받아내야 하기 때문입니다.

이 책은 그런 활자 세계의 스타 가운데서도 특히 1980년대부터 1990년대에 걸쳐 돋보이는 활약을 했던 여덟 명의 작가 및 언론인을 다루고 있습니다. 그 사람들이 쓴 책을 직접 읽어본 적은 없어도 이름쯤은 누구나 들어본 적이 있을 만한 사람들. 미디어의 총아, 바로 문단과 논단의 아이돌입니다.

이 책은 일반적인 '작가론'과는 조금 성향이 다릅니다. 굳이 말하자면 '작가론론'이라고 할 수 있을까요? 아무리 좋은 제품이라도 수요가 없는 곳에는 공급도 없습니다. 그들이 아이돌이라면 당연히 그 배후에는 그들을 스타덤에 올려놓은 저널리즘과 수많은 독자가 존재하고 있습니다. 이 책을 통해 그들이 어떤 식으로 논해지고, 평가받고, 보도되었는가를 살펴봄으로써 작가와 독자와 저널리즘을 모두 포괄하는 시점에서 '아이돌이 되게 된 이유'를 분석해보고 싶었습니다.

이 책을 쓴 또 하나의 목적은 이러한 아이돌을 만들어낸 시대에 대해 생각해보기 위해서입니다. 물론 이 책에 등장하는 여덟 명은 지금도 현역으로 활동하는 사람들이긴 합니다만, 모두 1980년대에 그 기반을 쌓은 사람들입니다. 대중 소비 사회의 갑작스러운 도래와 '포스트모더니즘'의 구호 속에서 반쯤 혼미한 상태에 있던 1980년대 후반, 그리고 거품경제 붕괴 후의 1990년대까지를 분석 대상으로 하여 약 20년의 세월을 되돌아보고자 했습니다.

제1부에서는 1980년대 후반 거품경제 시기에 경이로운 베스트셀러를 냈던 세 명의 작가를 다루었습니다. 무엇이 그들을 인

기 작가로 만들었는가. 문단 내부의 평가는 어떠했는가. 그리고 원래 의도한 바는 아니었습니다만, '문예비평의 현재'에 대해서도 생각해보았습니다. 저는 문예비평이라는 장르를 무척 좋아하기는 합니다만, 객관적으로 제가 쓴 비평은 문예비평과는 상당히 거리가 있을지도 모르겠습니다.

제2부에서는 '여성 시대'라 불렸던 1980년대를 상징하는 여성 논객 두 명을 다루었습니다. 여러 면에서 대조적인 두 사람이지만, 두 사람 모두 시대의 선구자였음은 틀림없습니다. 그녀들이 받은 비판과 찬사를 되돌아봄으로써 한때 사람들의 주목을 받았던 '여성 시대'란 과연 무엇이었나를 다시 생각할 수 있는 기회가 되었으면 좋겠습니다.

제3부에 등장하는 이들은 단순한 의미의 '작가'라는 틀을 넘어 폭넓은 분야에 걸쳐 적극적으로 언론 활동을 펼쳐온 세 명의 지식인입니다, 라고 무심코 써버렸습니다만, '이젠 지식인들도 자잘해졌구나'라는 생각이 듭니다. 어쩌면 이것이 현대의 모습일지도 모르겠습니다. 자잘하지만 매운맛을 내는 것인지 아니면 의외로 깊은 맛도 내는지. 제3부에서는 글과 현실과의 거리, 논픽션과 픽션의 관계에 관해서도 다시 물었습니다.

1980년대와 1990년대는 어른의 논리와 어린이의 논리, 문학의 언어와 비문학의 언어, 여자의 발상과 남자의 발상이 격렬하게 불꽃을 튀기던(혹은 튀기다 만) 시대였다는 생각이 듭니다. 무엇이 새로운 것이고 무엇이 낡은 것인가. 대립하는 두 담론 중 어느 쪽이 더 옳은가. 쉽게 대답하기 힘든 질문이 많은 탓에 결론을 내리는 것도 간단한 일이 아닙니다. 다만 한 가지 분명한 것은 두 논리가 충돌할 때 비로소 인기인을 둘러싼 담론이 흥미를 끌게 된다는 사실입니다.

'문단'이라는 단어를 듣고 문학 관계자가 모이는 살롱 같은 것을 상상하는 분이 계실지 모르겠습니다만, 이 책에서 말하는 '문단'이나 '논단'은 담론이 집적되는 장소를 의미합니다. 저는 이쪽 업계의 속사정은 잘 모르기도 하고 관심도 없습니다. 이 책은 인기인의 비화를 다룬 것이 아니니 이 점 미리 양해를 구합니다.

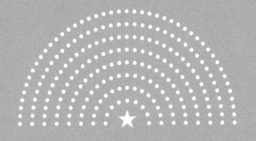

제1부

문학 거품의 풍경

MURAKAMI HARUKI
TAWARA MACHI
YOSHIMOTO BANANA

무라카미 하루키

MURAKAMI HARUKI

게임 비평 삼매경

1980년대 후반의 '문단 아이돌'을 논하고자 한다면 무라카미 하루키의 이름은 역시 빼놓을 수가 없습니다.

특히 1980년대 후반의 무라카미 하루키는 날아가는 새도 떨어뜨릴, 아니 날아가는 비행기도 떨어뜨릴 기세였지요. 1988년 연간 베스트셀러 1위 『노르웨이의 숲』, 3위 『댄스 댄스 댄스』. 두 작품 모두 밀리언셀러를 기록했습니다. 『노르웨이의 숲』 같은 경우 약 1년 동안 350만 부(!)가 팔려 나갔으니 예삿일이 아니죠.

그러나 단순히 '잘 팔리는 소설'로 무라카미 문학을 특징지을

무라카미 하루키 \ 1949년 효고 현 출생. 1973년 와세다 대학 문학부 졸업. 1979년 『바람의 노래를 들어라』로 데뷔. 군조 신인 문학상(『바람의 노래를 들어라』, 1979), 노마 문예 신인상(『양을 둘러싼 모험』, 1982), 그림책 일본상 특별상(번역서 『서풍호의 조난(The Wreck of the Zephyr)』, 1984), 다니자키 준이치로상(『세계의 끝과 하드보일드 원더랜드』, 1985), 요미우리 문학상(『태엽 감는 새』, 1996), 구와바라 다케오 학예상(『약속된 장소에서』, 1999) 등 수상.

수만은 없습니다. 또 다른 무라카미 문학의 특징은 무라카미가 문학 전문가들의 논평 심리를 매우 자극하는 작가라는 점입니다. 본격적인 작가론이나 작품론부터 거의 팬클럽 수준의 작품 선집, 수필, 잡지 특집호까지 무라카미 하루키 이름이 들어간 책은 매우 많습니다. 인터넷에서 검색을 해보니 무라카미가 쓰지 않은 무라카미 관련 단행본의 수가 50여 권에 달한다고 합니다 (단행본만 따져서 말입니다!).[1]

때문에 '하루키 현상을 둘러싼 수수께끼'는 두 가지로 나누어 살펴볼 수 있습니다.

(A) 무라카미 하루키는 왜 잘 팔리는(팔렸던) 것일까.

(B) 무라카미 하루키는 왜 잘 논해지는(논해졌던) 것일까.

최고의 판매 부수, 그리고 아마 비평 건수도 최고일 그의 책이 '가볍게 읽을 수도 있고 깊이 읽을 수도 있는 소설', '문학 초짜에게도 먹히고 문학 프로에게도 먹히는 소설'임은 틀림없습니다. 다만 수수께끼 (A)에 대해서는 더 이상 깊이 파고 들어갈 필요가 없습니다. '왜 하루키는 우리를 전율시키는가'에 관한 논문이나 수필은 발에 채일 정도로 많이 나와 있으니까요. 수수께끼 (A)보다 흥미로운 것은 수수께끼 (B) '어째서 그들은 하루키를 가만히 둘 수 없었을까'입니다.

1990년에 가와데쇼보신샤에서 펴낸 『80's —80년대 전(全) 검증』에서 구로카와 소는 재미있는 말을 합니다.

하위문화(subculture)는 더 이상 '하위(sub)'에 머무르는 문화가 아니다. 이는 명백한 사실이다. 하지만 이런 명백한 사실을 진지하게 논의할 수밖에 없었던 때가 바로 1980년대였다. 왜냐하면 하위문화를 새롭게 '발견'한 사람들이 있었기 때문이다. (…) 남성 지식계급이란 참으로 애석한 동물인지라 '아, 재미있었다!'만으로는 결코 성이 차지 않는다. 그들에게는 '아, 재미있었다!'라는 느낌을 가지게 된 '이유'가 필요하다. 만화는 왜 재미있을까, 만화는 정말로 재미있는 것일까 등등. 1980년대 이후 남성 지식계급의 고행과 논쟁으로 가득 찬 여행이 시작되었다. _구로카와 소,「'비평'의 길고 긴 부재」,『80's—80년대 전 검증』, 1990

위의 인용은 오시마 유미코 세대의 만화에 관한 비평(의 비평)의 일부분입니다만, 무라카미 하루키에게도 해당되는, 아니 무라카미 하루키 현상이야말로 이 비평에 딱 맞아떨어진다고 생각합니다.

하루키를 둘러싼 '고행과 논쟁으로 가득 찬 여행'은 당시 어린이들(어른들도 포함)을 매료시킨 하위문화의 최전선, 즉 컴퓨터 게임을 연상시키는 부분이 있습니다. 주인공의 지력, 체력, 무력을 레벨업시키면서 주인공을 기다리는 새로운 몬스터와 끊임없이 싸움을 벌여나가는 롤플레잉 게임(RPG)을 떠올리게 합니다. 게임 마니아들은 주어진 놀이 방식만으로는 만족하지 못하고 게임 속에 숨겨진 기술을 발견해나가는 '새로운 게임'에 열광합니다. 어린이 게임 마니아가 '드래곤 퀘스트'의 숨겨진 기술 찾기에 열중했던 것처럼, 어른 문학 마니아가 얼마나 '하루키 퀘스트'에 열중해 있었는지 그 발자취를 잠시 따라가보도록 하겠습니다.

레벨 1 : 우선 분위기 비평부터

무라카미 하루키론(혹은 하루키 퀘스트) 중에서 가장 심플하고 소박한 종류의 글은 '나는 이 문체가 좋아, 이 세계관이 좋아'라며 어린아이처럼 신이 나서 써 내려간 것입니다.

'나'가 화자인 이 이야기에는 독자에게 '이런 이야기는 어때'라며, 익살스러우면서도 조금은 감상적인 '허풍'을 즐기도록 서비스 정신이 발휘되어 있다. '나'와 독자는 마치 즉흥연주 연주자와 청자의 관계와도 같은 가벼운 마음으로 '허풍'을 즐길 수 있다. _가와모토 사부로, 「1980년의 노 제너레이션」, 『도시의 감수성』, 1984

청결하고 바람이 잘 통하는, 지금껏 일본어 문장에서는 찾아볼 수 없었던 종류의 문장이다. 만약 내가 이 단편의 저자를 알지 못했다면 '나'라는 인물이 필립 말로였다고 해도 믿었을 것이다. _무카이 사토시, 『문장독본』, 1988

이런 수준의 감상문을 다 큰 어른이, 그것도 직업 문필가가 활

자 미디어에 발표해도 문제가 되지 않았다는 사실이 신선하게 다가옵니다. 조소하는 것이 아닙니다. 글쟁이 세계에서 '감상문'은 차별적인 용어이긴 합니다만 어른의 솔직한 '감상'을 '문장화'하면 안 된다는 규칙은 어디에도 없으니까요. 가와모토 사부로의 수필은 1980년(『스바루(すばる)』, 1980년 6월호)에 처음 발표된 것으로 무라카미 하루키 붐에 불을 붙인 도화선 역할을 했습니다.

이분들의 소름을 돋게 한 문장이란 예를 들어 다음과 같은 문장일 터입니다.

> 1973년 9월, 이 소설은 거기에서부터 시작한다. 그것이 입구다. 출구가 있으면 좋겠다고 생각한다. 만약 없다면 글을 쓸 의미는 어디에도 없다. _『1973년의 핀볼』, 1980

이런 문장에 감동을 받은 이들 중에는 '빙의 수필'을 펴낸 사람도 있었습니다. 마치 작가의 영혼이 자신의 몸에 빙의한 듯한 문장으로 세계를 표현하는, 세련되고 지적인 방법입니다.

> 나는, 우리의 잡지 (…) 를 소설적인 것으로 만들고 싶다, 고 그때 생각했다. / 우리 사무소에 핀볼대를 설치하면 어떨까, 하고 나는 제안했다. / 1983년, 나는 서른둘이 되었고 무라카미 하루키는 소설을 많이 썼다. 우리 사무소는 여전히 그 자리에 있었고, 핀볼대는 설치되지 않았다. _미네 마사즈미, 「핀볼의 후회」, 『HAPPY

"내일부터 나는 뉴욕." 나는 말했다. "또 여행이야?" "그래, 또 여행이야." "고양이 이야기 같아." 토끼가 말했다. 토끼의 농담 은 이런 수준이다. '뉴욕으로 가기 전에 무라카미 하루키 소설 속 주민들의 라이프 스타일에 관한 수필을 써야 해' 하고 말하려 다 말았다. _아사이 신페이, 「1983년의 럭비풋볼」, 『HAPPY JACK 쥐의 마음』, 2000

이러한 감상문과 '빙의 수필'이 체현하고 있는 것은, 무라카미 문학=하루키 랜드의 릴랙스 효과라 해도 좋을 터입니다. 어려운 이야기를 어려운 말로 표현하지 않으면 문예비평의 체면이 서지 않는다, 복잡할수록 훌륭하다, 같은 강박관념이 당시에는 존재했 습니다. 하지만 그 대상이 하루키라면 이야기가 달라집니다. 마 치 '우리도 솔직해질 수 있잖아……'라는 느낌입니다.

그런 그들이 예외 없이 '보쿠(僕)'라는 남성 일인칭 대명사를 즐겨 사용한다는 점은 상징적입니다. 약간의 자의식, 약간의 어 리광, 젊음의 뉘앙스를 풍기는 일인칭 대명사 '보쿠'는, 원래 쇼 지 가오루(더 거슬러 올라가면 샐린저의 『호밀밭의 파수꾼』의 일본어 번역본?)가 널리 퍼뜨린 말로 여겨지지만, 무라카미 하루키의 등 장으로 인해 순식간에 시민권을 얻은 듯한 느낌이 있습니다.

한편으로는 이런 무라카미 하루키의 글을 수준이 낮다고 생각 하는 사람도 있습니다. 예를 들어 네지메 쇼이치는 초기 무라카

미 작품을 가리켜 '다방 주인 문체'라고 명명하기도 했습니다.[2]

내가 보기에 『바람의 노래를 들어라』는 그야말로 '다방 주인 문체'다. 물론 구성에 대한 이야기가 아니다. 무라카미 하루키의 세계관이 다방 주인적이기 때문에 문체도 그렇게 되었다는 것이다. 말할 필요도 없겠지만, 문체의 길이와 그 문체를 통해 표현할 수 있는 세계는 서로 대응을 이룬다. _네지메 쇼이치, 「숨은 서정이 젖어올 때」, 『유리이카(ユリイカ)』, 1983년 4월호

네지메 쇼이치는 비판적 맥락에서 이런 말을 했는데, 확실히 무라카미 하루키의 초기 작품=하루키 랜드에는 다방 분위기가 흐르고 있습니다. 주택가 한적한 곳에 위치한, 누구나 마음 편하게 들를 수 있는 작은 다방. 거기에는 다방 주인과 손님이 '기분 좋다'고 느낄 만한 인테리어 소품이 놓여 있습니다. 해외 문학(데릭 하트필드), 색 바랜 사진("그것은 내가 코닥 포켓 인스터매틱으로 찍은 사진 중 유일하게 마음이 따뜻해지는 사진이었다. 쥐는 마치 제2차 세계대전의 격추왕처럼 보였다."), 핀볼 게임기(스리 플리퍼 스페이스십) 같은 것들. 물론 그곳은 다방이기에 마실 것(차가운 맥주)과 먹을 것(샌드위치, 스파게티)이 있고 실내에는 기분 좋은 음악(스탠 게츠)이 흐르고 있습니다.[3]

컴퓨터 통신도 인터넷도 없던 시절이었습니다. 지금은 찾아보기 어렵지만 예전에는 이런 종류의 가게에 '낙서장' 같은 것이

놓여 있곤 했습니다. 낙서장은 다방이라는 장소를 매개로 한 커뮤니케이션 도구(그런 의도)였다고 할 수 있습니다. 그렇지만 거기에는 이름 그대로 시시한 낙서만이 가득했지요. 그러나 어찌 되었든 그곳에는 낙서장이 비치되어 있고, 누가 무엇을 쓰든 아무도 상관하지 않았습니다. 나만 아는 골목길 단골 다방. 문학가 선생님이 아니더라도 가벼운 마음으로 들러 무언가 논할 수 있는 평화로운 살롱. 그것이 초기 무라카미 작품=하루키 랜드의 이미지였고, 그렇기 때문에 낙서장에 펠트펜으로 휘갈겨 쓴 듯한 느낌의 비평이 태어나게 되었습니다. 그리고 후에 하루키 랜드의 모습이 완전히 변모한 다음에도 그 풍습이 계속 이어지고 있는 것입니다.

레벨 2 : 퍼즐을 풀어보자

그런데 낙서장은 금방 싫증이 나게 마련입니다. 특히 개점 때부터 단골이었던 손님은 다방의 규모가 커짐에 따라 낙서장에는 눈길도 주지 않게 됩니다. 1982년, 개점 3년째를 맞이한 하루키 랜드는 『양을 둘러싼 모험』으로 그 규모를 확대해 신장개업을 합니다. 이야기적인 요소가 풍부해진 것을 보고 단골손님들은 '비약적 발전'이라며 환영의 뜻을 표했습니다. 새로 단장한 하루키 랜드에는 이전보다 더 많은 인테리어 소품이 준비되어 있었고, 가게 안에는 개점 때부터 쭉 있었던 소품 외에 여러 가지 새로운 게임기가 추가되어 있었습니다.

이것은 주인장이 보내는 중대한 메시지임에 틀림없다.

이 이야기를 처음으로 꺼낸 이들은 주인장과 같은 세대=베이비 붐 세대 비평가들이었습니다. 그들은 다방에 붙어살며 게임기를 가지고 이리저리 놀아보다가, 곧 다방의 게임 속에 '1970년', '전공투', '상실', '소외', '자폐', '다른 세계', '죽음과 재생' 같은 그들이 좋아하는 단어가 숨겨져 있다는 주장을 하기 시작합니다. 태평하게 낙서장에 끄적이고 있을 때가 아니다. 하루키랜드의 존재 이유는 게임 속에 숨겨져 있다. 그렇게 판단한 그들은 집에 돌아가 '게임 해설'에 관한 상세한 책자를 열심히 만든 후, 태평하게 앉아 있는 손님들이 정신을 차릴 수 있도록 나누어주기 시작합니다. 쓸데없이 복잡한 '본격적 비평 시대'의 개막입니다. 다음은 그 초기의 비평입니다.

> 자질에 의한 것이든 사상에 의한 것이든, 어느 쪽이든 간에 무라카미 하루키는 현대인이 세계에 대해 느끼는 소격감(疎隔感)을 소설의 주제로 하고 있다. 그것은 이른바 현실을 현실로서 느낄 수 없는 일종의 병이며, 타자의 마음에 도달할 수 없는 병이다. _
>
> 미우라 마사시, 「무라카미 하루키와 이 시대의 윤리」, 『주체의 변용』, 1982

무라카미 하루키가 줄곧 이야기해온 '양(羊)'이란, 사실은 1960년대 말부터 1970년대 초에 걸친, 당시 젊은 세대를 보다 비현실적인 피안으로 내몬 '혁명 사상', '자기 부정'이라는 '관

넘'이 아닐까. _가와모토 사부로, 『도시의 감수성』, 1984

무라카미는 이 작품(『양을 둘러싼 모험』 ― 인용자 주)에서 처음으로 자신의 '청춘'과 1960년대 말부터 1970년대 초에 걸친 '전공투', '연합 적군'으로 대표되는 정치적 사상적 급진주의의 시대 체험을 연결해보려고 시도하고 있다. _가토 노리히로, 「자폐와 쇄국」, 『분게이(文藝)』, 1983년 2월호

게임 다방으로 변한 하루키 랜드의 손님들은 여기서부터 두 갈래로 나뉘게 됩니다. 게임 해설에 목숨을 건 소수의 마니아와 다방 분위기를 즐기는 것만으로 만족하는 대다수의 손님으로.

변두리 작은 다방이었던 하루키 랜드는 그런 와중에도 증개축을 반복하고 지점을 늘리면서 거대 기업으로 성장해갑니다. 『세계의 끝과 하드보일드 원더랜드』(1985)에서는 지하실까지 딸린 거대한 이야기를 완성한 듯하더니, 그 후 다방 내부와 외부를 완전히 개조하여 센티멘털하면서도 대중적인 다방을 다시 엽니다. 이 소설 『노르웨이의 숲』(1987)의 상업적 성공은 찬반양론을 불러일으켰습니다. 이야기의 내용과 문장의 분위기가 예전의 멋진 하루키의 그것과 완전히 달랐기 때문입니다.

18년이라는 세월이 흘러가버린 지금에도, 나는 그 초원의 풍경을 똑똑히 그릴 수가 있다. 며칠간 계속된 부드러운 비에 여

름 동안 쌓인 먼지가 깨끗이 씻겨 내려간 산은 깊고 뚜렷한 푸름을 띠었고, 10월의 바람은 억새 이삭을 이리저리 흔들고, 얼어붙은 듯한 파란 하늘에는 가는 구름이 꼭 들러붙어 있었다. _

『노르웨이의 숲』

이렇게 노골적으로 서정적인 문장은 그때까지의 하루키 랜드와는 분명히 선을 달리하는 것이었습니다. 『노르웨이의 숲』은 새 손님을 대거 불러들였지만, 개점 당시의 오붓한 분위기를 좋아하는 단골손님 중에서는 '요즘 가게 분위기가 많이 바뀌었어. 언제나 손님으로 북적대지' 하며 미간에 주름을 잡고 발을 돌리는 사람도 나타나기 시작합니다. 그러나 단골손님을 위한 서비스도 소홀히 하지 않는 것이 하루키 랜드. 『노르웨이의 숲』 다음 해에는 개점 당시(『바람의 노래를 들어라』, 『1973년의 핀볼』, 『양을 둘러싼 모험』)의 맥을 잇는, 그것도 상하 두 권으로 된 『댄스 댄스 댄스』(1988)를 출판합니다. 그리고 '하루키 현상'은 정점에 도달합니다.

이야기가 약간 탈선하지만, 1987년은 다와라 마치가 『샐러드 기념일』로, 1988년은 요시모토 바나나가 『키친』으로 데뷔한 해이기도 합니다. '100퍼센트 연애 소설!!'이라는 선전 구호 때문이었는지 어땠는지 『노르웨이의 숲』은 『샐러드 기념일』과 더불어 '순애 붐'을 일으키는 계기가 되기도 했습니다.[4] 당시는 마침 거품경제가 한창이던 때. 뜨는 가게가 있다는 소문이 돌면 평소에는 문학 같은 건 쳐다보지도 않던 저널리즘도 취재에 열을 올립니다. 당시 잡지에 어떤 표제어가 실렸는가만 봐도 주목도가 얼마나 높았는지 알 수 있습니다

- 무라카미 하루키는 '80년대의 나쓰메 소세키'—『노르웨이의 숲』 270만 부를 이해하는 법 _『주간 분슌(週刊文春)』, 1988년 9월 8일호
- 350만 부의 대인기 작가 무라카미 하루키의 이탈리아 생활과 '탈경제' 제안 _『주간 겐다이(週刊現代)』, 1988년 12월 24일호
- 『노르웨이의 숲』 413만 부 초 베스트셀러 작가 무라카미 하루키의 '보통 생활' _『선데이 마이니치(サンデ一毎日)』, 1989년 12월 10일호

하지만 단골손님들은 이런 구경꾼들의 반응에 눈길조차 주지 않았습니다. 가게가 성장하면서 하루키 랜드 안에는 더욱더 많은 종류의 퍼즐과 게임이 추가되었기 때문입니다. 그것이 단순히 인테리어에 지나지 않은 것인지 아니면 게임 마니아를 위해 준비된 것인지는 더 이상 아무도 알 수 없게 되었습니다. 그러나 그곳에 의미심장한 게임이 설치되어 있다는 소문만은 널리 퍼져 나갔습니다. 점차 게임을 즐기려는 목적으로 들르는 손님의 수가 늘어났고 가게 안에서는 퍼즐의 해독을 놓고 '너는 잘못 해석하고 있어', '아니, 너야말로 잘못 이해하고 있어'라는 식의 논쟁이 일어납니다.

미우라는 '결코 내면에 발을 들이지 않는다'는 것이 '배려'라고 하지만, 과연 그것이 진정으로 '배려'일까. _구로코 가즈오, 『무라카미 하루키 더 로스트 월드』, 1989

무라카미 하루키와 그의 작품은 가와모토 사부로나 미우라 마사시 유의 평가로 과부족 없이 논할 수 있는 성격의 것일까. _가사이 기요시, 『이야기의 우로보로스』, 1988

게임 해독 열풍은 생각지도 못한 방향으로 발전해버립니다. 게임의 소문을 듣고 몰려든 손님들은 냅킨 한 장부터 테이블 다리에 이르기까지 하루키 랜드에 있는 거의 모든 기기에 '비밀'이 숨겨져 있다고 생각하기 시작했습니다. 퍼즐 해독자가 된 그들에게는 더 이상 브레이크가 작동하지 않게 됩니다. '이 커피 컵의 디자인은 다른 가게에서 본 것과 같았다'라는 문장을 발견하면 한바탕 소동이 일어납니다. 그 예를 들어보지요.

무라카미 문학을 상식이라는 테마에 맞춰 바라본다면, 방법적으로는 챈들러이지만 테마 그 자체로는 피츠제럴드 쪽에 더 가깝다는 생각이 든다. _마쓰자와 마사히로, 『하루키, 바나나, 겐이치로』, 1989

무라카미 하루키와 킹(스티븐 킹 ― 인용자 주)은 매우 닮은 감

정의 질을 가지고 있다. 오로지 그 이유만으로 무라카미 하루키
는 킹에게 매력을 느끼는 것이다. _가자마 겐지, 「무라카미 하루키와 스티븐
킹」, 『유리이카』 임시 증간호 『무라카미 하루키의 세계』, 1989년 6월

　나는 이 '보쿠'와 세계의 대립, 그리고 광기를 보며 도스토옙
스키의 『분신』(『이중인격』이라고 번역되기도 한다)을 떠올리지
않을 수 없다. _요코오 가즈히로, 『무라카미 하루키×90년대』, 1994

　가르시아 마르케스의 『낙엽』이나 『아무도 대령에게 편지하
지 않았다』를 방불케 하는 구절이다. (…) '보쿠'의 감개(感慨)는
'대령'의 그것과 매우 닮아 있다. 그러나 시점을 달리하면, 그것
은 '보쿠'가 스스로 낡은 토착 사회에 속해 있음을 자각하고 있
다는 사실을 의미하기도 한다. _노야 후미아키, 「사라진 해안의 행방」, 『유리이
카』 임시 증간호 『무라카미 하루키의 세계』, 1989년 6월

　무라카미 하루키의 '높은 벽'과 '야미쿠로(『세계의 끝과 하드보
일드 원더랜드』에 나오는 가상의 지하 생명체―옮긴이 주)'는 들
뢰즈/가타리의 사상과 기묘한 부합을 이루고 있다고 해야 하지
않을까? '높은 벽'으로 둘러싸인 '세계의 끝'의 '거리'는 기호의
세계, 게임의 공간('대령'의 체스를 보라), 이상할 정도로 실체가
없는('그림자'가 없는) 표층의 공간이 아니었던가? _스즈무라 가즈나
리, 『무라카미 하루키 크로니클 1983~1995』, 1994

무라카미 하루키

하루키는 『댄스 댄스 댄스』를 '고도 자본주의 시대의 오디세이아'로 구상한 것이 아니었을까. 호메로스의 『오디세이아』를 읽어본 사람은 기억을 되짚어보기 바란다. '키키'는 팔라스 아테네, '유미요시'는 페넬로페, '유키'는 나우시카에 (…) 해당하지 않는가. _무라카미 게이지, 『'노르웨이의 숲'을 지나』, 1991

피츠제럴드, 스티븐 킹, 도스토옙스키, 가르시아 마르케스, 들뢰즈/가타리, 나아가 호메로스까지 같은 편으로 만들고 나면 무라카미 하루키는 더 이상 무서울 것이 없어집니다.

이와 같은 유행에 대해, 그 자신도 '수수께끼 풀이'의 유혹에서 벗어나지 못하고 마누엘 푸익, 가르시아 마르케스, 보르헤스를 인용하는 모습을 보였던 라틴아메리카 문학자 노야 후미아키는 다음과 같이 총괄하고 있습니다.

그(무라카미 하루키―인용자 주)는 이곳저곳에 먹이를 뿌려놓는다. 몇 가지 진짜 수수께끼, 즉 테마 주변부에 2차적인 수수께끼를 뿌려놓는 것이다. 게으른 독자나 장거리 달리기에 소질이 없는 독자 또한 그 먹이에 이끌려 먹이를 쪼아 먹는 사이에 골에 도달해버리고 만다. 게다가 그 2차적 수수께끼는 지적 스노비즘을 자극하는 역할도 한다. 거기에 보기 좋게 걸려든 독자는 수수께끼 풀이에 모든 열정을 쏟는다. 무라카미 하루키의 소설만큼 수수께끼 풀이, 해독 사전을 낳은 작품도 드물지 않을까. 비평가들조차 즐거운 비명을 지르며 2차적 수수께끼의 해독에 열중한다. / 사실 2차적 수수께끼를 푸는 것은 즐겁다. _노야 후미아키, 「'보쿠'와 '나'의 데자뷔」, 『고쿠분가쿠(國文學)』, 1995년 3월호

네. 2차적 수수께끼를 푸는 것은 즐거운 일입니다. 하루키 랜드에 설치된 장치들을 마음껏 가지고 논 그들, 수수께끼 풀이에 빠져 있던 그들을 대체 누가 나무랄 수 있을까요. 그들이 열정을 유지할 수 있었던 것은 '오직 나만이 하루키를 이해하고 있다'라는 자부심으로 불타올랐기 때문이겠죠.

그러나 그들의 한계는 그들이 전체적으로 근시안적이었다는 점에 있습니다. 아마도 그들의 교양이 방해를 한 것이겠죠. 손님들이 혈안이 되어 수수께끼 풀이에 열중하는 하루키 랜드가 더 이상 다방일 수 없다는 사실은, 다방 밖에서 보면 명백합니다. 손님이 아닌 사람의 눈에는 그냥 오락실로만 비칩니다. 어쩌면 처음부터 하루키 랜드는 '다방을 가장한 오락실'이었고, 손님들은 그 안에서 춤을 췄던 것에 지나지 않는다는 생각조차 듭니다.

레벨 3 : '게임 도사'가 되어보자

하루키 랜드는 오락실. 무라카미 문학을 다소 비판적으로 바라보던 베이비 붐 세대의 윗세대 비평가들은 일찍이 그 특성을 간파하고 지적한 바 있습니다.

오늘날의 컴퓨터 게임이 핀볼의 후예임은 말할 필요도 없지만, 거기에 '신화나 의례'에 가까운 로맨스(이야기)가 뻔뻔스럽게 부활하고 있다는 데 주의해야 한다. 물론 SF도 신화의 현재적 형태이다. 이런 의미에서 『양을 쫓는 모험』과 『세계의 끝과 하드보일드 원더랜드』가 그런 유의 이야기를 부활시킨 것은 전혀 이상하지 않다. _가라타니 고진, 『종언에 관하여』, 1990

지금까지 '보물찾기'라 불렀던 것을 '출발'과 '발견'이라는 두 주제로 나누어보자. 그러면 여기서 읽고 있는 세 편의 장편 소설은 모두 '의뢰' → '대행' → '출발' → '발견'이란 형식으로 유형화할 수 있다는 사실을 알 수 있게 된다. _하스미 시게히코, 『소설로부터 멀리 떨어져』, 1989

현대의 성배 탐험 이야기로 일컬어지는 『양을 쫓는 모험』은 컴퓨터 게임, 더 정확히는 '드래곤 퀘스트' 같은 RPG와 매우 닮아 있습니다. 원래 RPG 자체가 고풍스러운 성배 탐험 이야기를 바탕으로 한 게임이니 당연한 일이겠지요. 수수께끼 풀이에 열중했던 비평가들은 무라카미 하루키의 텍스트를 무대로 성배 탐험에 빠져 있었던 것이라 할 수 있습니다. 하스미 시게히코(도쿄대 총장을 역임한 평론가―옮긴이 주)는 인기 RPG 소프트웨어 『양을 쫓는 모험』을 다른 소프트웨어(이노우에 히사시 『기리기리인』, 마루야 사이이치 『가성으로 불러라, 기미가요』, 무라카미 류 『코인로커 베이비스』, 오에 겐자부로『동시대 게임』, 나카가미 겐지『고목탄』)와 동시에 가지고 놀 수 있다는 사실을 보여주었는데, 그는 스스로 플레이어가 됨으로써 그 게임성을 실증했던 것입니다.

무라카미 문학은 사실 게임 소프트웨어 그 자체였습니다. 무라카미 문학은 술래잡기이다, 두 세계=평행 세계가 설정되어 있다, 라는 식의 무라카미 하루키론의 상투적 문구에 대해서도 '당연하지. RPG니까'라고 해버리면 그만입니다.『세계의 끝과 하드보일드 원더랜드』는 일종의 시뮬레이션 게임,『댄스 댄스 댄스』는 던전도 있고 워프 존도 있는 고난이도 RPG라는 식으로 말이죠.

그것만이 아닙니다. 컴퓨터 게임『양을 쫓는 모험』이전의 초기 두 작품에서도, 더 단순한 수준이기는 하지만 텍스트의 게임성을 확인할 수 있습니다.

『바람의 노래를 들어라』는 클론다이크 게임 같은 혼자서 즐기는 트럼프 놀이, 또는 지그소 퍼즐과 닮아 있습니다. 전체 페이지를 복사해 내용을 적절히 발췌한 뒤 카드를 만들어 날짜 같은 숫자를 힌트로 이리저리 재배열하다보면, 어머나! 신기하게도 단편적 문장의 집적으로만 보이던 것이 하나의 정돈된 스토리로 변화합니다.[5]

『1973년의 핀볼』은 핀볼 소설이라고 할 수 있습니다. 핀볼이 나오기 때문이 아니라 소설 그 자체가 '핀볼 구조'로 되어 있기 때문입니다. 쌍둥이 여자아이는 두 개의 플리퍼(공을 치는 날개), '보쿠'는 쇠구슬, 이야기는 핀볼대. 이렇게 놓고 보면 어머나! 쇠

구슬이 여기저기 소리를 내며 부딪치면서 점수가 가산되는 핀볼 게임과 이 소설의 구조가 놀랄 만큼 닮아 있다는 사실을 깨닫게 됩니다.

그 사실을 깨달은 것은 쑥스럽습니다만, 제가 게임에 중독된 적이 있기 때문입니다. 저는 『1973년의 핀볼』이 핀볼 구조로 되어 있다는 사실을, 매킨토시판 핀볼 게임(트리스탄)을 하던 어느 날 '발견'했습니다. 어떤 식으로 핀볼 구조를 이루고 있는지 그 상세한 내용을 이 자리에서 떠벌리고 싶은 마음도 들지만, 그랬다간 '쥐덫을 놓으려다 쥐덫에 걸리는 꼴'이 되고 말 테니 눈물을 삼키며 단념합니다. 다만 제가 굳이 이 이야기를 꺼낸 이유는 다음과 같은 말을 하고 싶기 때문입니다. 어떤 계기로 텍스트의 게임성·퍼즐성을 깨달으면 대단한 발견을 한 듯한 기분이 들어 누군가에게 자랑하고 싶어 견딜 수 없게 된다는 것. 그렇습니다. 컴퓨터 게임 잡지 『패미컴 통신』의 '새로운 기술 발견' 코너에 투고하는 초등학생의 기분과도 같습니다.

하지만 소동은 여기에서 멈추지 않습니다. 하루키 랜드가 '오락실'이고, 그곳에는 난이도 높은 게임이 준비되어 있다. 이런 소문이 돌자 문학에는 관심이 없으나 게임에는 자신이 있는 손님들이 찾아왔습니다. 1990년대 들어 하루키 랜드는 새로운 손님들에게 점령당하기 시작합니다. 혈색 나쁜 문학청년들과는 정반대의 사람들. 반바지 차림의 게이머들입니다.

수수께끼 퍼즐에 빠진 비평가들 역시 게이머의 세계에 발을 반쯤 걸치고 있었다고 할 수 있습니다. 하지만 그들이 하던 게임은 기껏해야 연상, 유추, 유사, 대비, 진단, 대입 같은 아날로그적인 것에 지나지 않았습니다. 아직 플레이어 수준, 결국 인간의 경지에 머물러 있었던 것이지요. 그러나 게이머는 인간이 아닙니다. 그들은 디지털 머리를 가진 수수께끼 풀이 기계입니다. 플레이어의 경우 전체 문맥을 따지며 적어도 서설과 결론을 존중합니다. 그러나 게이머에게 서설이나 결론은 코딱지만큼의 의미도 없습니다. 플레이어에게는 그나마 지조가 남아 있어 '이렇게도 읽을 수 있다'는 정도에서 해석을 멈춥니다. 그러나 게이머에게는 흰색과 검은색밖에 없기 때문에 '반드시 이렇다'라고 말할 수 있는 증거를 찾아낼 때까지 게임을 멈추지 않습니다. 게이머에게는 게임 그 자체가 목적이고 전후 사정 같은 것은 필요 없습니다.

플레이어 진영의 주축이 베이비 붐 세대 비평가들이었다면, 게이머 진영의 주축은 베이비 붐 세대가 경멸과 공포의 염을 담아 불렀던 '신인류' 이후의 세대입니다. 신인류 게이머 대표 선수들은 베이비 붐 세대 비평가 플레이어들의 고뇌에 찬 해독 게임을 공공연하게 조소했습니다.

'자폐 시대'의 문예평론가들은 왜 그렇게 '내면'을 좋아하고, '타자'를 좋아하고, 또 '곤란'을 좋아하는 것일까. (잃어버린) 그들은 필요 이상으로 고뇌한다. (…) 정말로 무라카미 하루키는

그만큼 '어려운 문제'일까? _히사이 쓰바키&구와 마사토, 『코끼리가 평원으로
되돌아가던 날』, 1991

게이머는 탐욕적입니다. 기존의 작가론, 작품론, 서평은 말할
필요도 없고 작가의 수필, 인터뷰, 대담, 성장기, 가족 구성, 아
내의 경력 등등 추리에 도움이 될 만한 것, 무라카미 하루키라
는 이름이 들어간 것이라면 가리지 않고 모든 자료를 기계적으
로 수집합니다. 그러고 나서 '데릭 하트필드'의 모델은 누구인가,
『노르웨이의 숲』이라는 제목의 유래는 무엇인가와 같은 하찮은
것들(그 어떤 유용성도 없는)에 대해 신나게 추리를 발표합니다.

> 무라카미 하루키가 비틀스의 곡 중에서 〈예스터데이〉나 〈페니
> 레인〉이 아니라 〈노르웨이의 숲〉을 택한 이유는 거기에 '숲(森)'
> 이라는 '나무(木)'를 세 개 조합한 한자가 사용되고 있기 때문이
> 라는 설에 우리는 두 표를 던진다. _히사이&구와, 위의 책

삼각관계 이야기니까 『노르웨이의 숲』은 '나무×3=숲'이라는
건데……

'내면 세계에 틀어박히길 좋아한다'고 야유당한 비평가들이야
말로 '닥쳐라. 내면 세계에 틀어박히길 좋아하는 건 바로 너희
다!'라고 일갈하면 될 텐데. 그러나 그렇게 일갈하는 사람은 아
무도 없었습니다. 어느새 하루키 랜드의 단골손님들도 게이머화

되어 있었기 때문입니다. '나무×3=숲'에 관한 설을 처음으로 꺼낸 이는 사실 신참 게이머가 아니었습니다.

　일단 '노르웨이'는 그렇다 쳐도 '숲'이라는 회의 문자는 '나무'라는 상형 문자를 세 개 조합한 것이다. 나무 세 그루로 숲. 예를 들어 나는 이런 시를 떠올린다. (…) 한국 여류 시인 강은교의 「숲」이란 시이다. 흔들리는 세 그루의 나무. _가와무라 미나토, 「'노르웨이의 숲'에서 잠을 깸」, 『군조(群像)』, 1987년 3월호

어느새 하루키 랜드는 게이머로 북적이는 커다란 오락실로 변모했습니다. 이제 무라카미 문학에 등장하는 모든 단어가 그들을 위한 게임기가 되었으며, 그곳이 과거에 다방이었다는 사실 따위는 아무도 기억하지 않게 되었습니다.

그런 가운데 게이머 군단이 기다리고 기다리던 날이 찾아옵니다. 1994년에 드디어 대망의 신작 게임 『태엽 감는 새』 제1부와 제2부가 출시된 것입니다.

레벨 4 : 나도 공략본을 써보자
아! 그런데 잊지 말아야 할 점이 있습니다. 아직 하루키 랜드가 다방에서 오락실로 변한 것을 모르는 고상한 손님들이 존재한다는 사실입니다. 『태엽 감는 새』는 그런 손님들을 당혹게 했습니다. 그리고 평가는 둘로 갈라졌습니다. '잘은 모르겠지만 대

단하다'고 무책임하게 칭찬하는 사람들과 '이런 엉망진창인 다
방에는 두 번 다시 오지 않을 테다'라며 격분한 사람들로.

나의 감상을 말하자면, 현역 작가 중에서는 이 작가를 따라올
사람이 없다고 생각한다. 많은 성공작이 그렇듯, 작품 세계가 매
우 자족적(그 자체로 만족적)이기 때문에, 비평하는 것 자체가 어
리석게 여겨져 펜이 움직이지 않게 된다. _요시모토 다카아키, 『컷(カッ
ト)』, 1994년 7월호

독자를 무시한 '졸작 중의 졸작'이다. (⋯) 나는 이 소설을 읽
느라 꼬박 이틀을 소비했는데(보통 사람이라면 일주일은 걸릴 것
이다) 그 시간을 되돌려놓으라고 고함치고 싶을 만큼 화가 났다.
_야스하라 겐, 『책을 읽지 마라, 바보가 된다』, 1994

그들이 '도저히 못 읽겠다'고 생각한 것도 무리가 아닙니다. 본
래 『태엽 감는 새』는 게이머 전용으로 개발된 (것처럼 보이는) 소
설이기 때문입니다. 과도하다 싶을 정도로 많은 요소가 들어 있
는 멀티 엔딩 슈퍼 RPG 시뮬레이션 게임. 마치 '어디 한번 이것
도 풀어봐라!'라는 듯이 복잡다단하게 준비된 많은 '수수께끼'
들. 제3부 이후의 출판 시기를 비밀에 부친 채 제1부와 제2부를
먼저 출판하는 전략적(으로 보이는) 상술. 이전의 무라카미 문학
은 '작가가 의도하지 않은 부분까지 게임화된 게임'이었는지도

모릅니다. 그러나 『태엽 감는 새』는 '손님의 모습을 관찰하면서 주의 깊게 마련한 게임'처럼 보였습니다.

게이머들이 미칠 듯이 기뻐했다는 건 말할 필요도 없습니다. 그들은 풀어야 할 수수께끼가 많으면 많을수록 신이 납니다. 열기는 과열되었고 아직 제3부가 나오지 않은 상태에서 성급하게도 '공략 힌트'를 잡지나 책을 통해 중간 발표하는 이들까지 나타났습니다.

'보쿠'가 빈집에 들어가 생각에 잠겼을 때 바라보았던 '새의 석상'은 사실 '보쿠'를 비추는 거울 역할을 했던 것이다. 즉 날지 못하는 새는 '보쿠'의 상징이며 세계의 나사를 감는 '태엽 감는 새'는 '보쿠'의 다른 이름인 것이다. _요코오 가즈히로, 『무라카미 하루키×90년대』, 1994

올해 1월에 이미 미시마 유키오가 죽은 나이인 마흔다섯 살이 된 무라카미 하루키에게 『태엽 감는 새』의 제3부, 『XX새의 XX편』의 출판 타임 리밋은 올해 11월 23일입니다(무라카미 하루키는 1949년 1월 12일에 태어났고, 미시마 유키오는 1925년 1월 14일에 태어나 1970년 11월 25일에 사망했다—옮긴이 주). _히사이 쓰바키, 『태엽 감는 새를 찾는 방법』, 1994

더 이상 비평이라고 부를 수 없는 공략본들. 신인류 원조 게이머들의 광기는 보통 수준을 넘어섭니다. 책의 장정까지 흉내 낸 공략본(『태엽 감는 새를 찾는 방법』)을 긴급 출판한 일까지는 좋습니다만, 잡다한 수수께끼 풀이에서 그치지 않고 『태엽 감는 새』는 미시마 유키오의 『풍요의 바다』를 좇고 있다고 단정한 다음 미간행 부분의 내용과 발표 시점까지 '예언'하는 일마저 저질러버렸습니다. 안타깝게도 예언은 빗나갔습니다만(실제 발행은 1995년 8월) 이쯤 되면 게임의 규칙을 전혀 모르는 풋내기라는 소리를 들어도 어쩔 수가 없습니다. 차라리 도박판을 벌여 물주가 되는 것이 나을지도 모르겠습니다.

우수한 게이머임을 증명하는 방법, 그 방법은 누구보다 빨리 수수께끼를 풀고 숨겨진 기술을 발견한 다음 재빨리 '공략본'의 형태로 세상에 발표하는 것입니다. 다른 사람보다 한 발짝이라도 늦으면 모처럼 푼 수수께끼도, 숨겨진 기술의 가치도 절반으로 떨어집니다. 그렇기에 소설이 완결되기 전에 '논(論)'이 먼저 나오는 지경. 1990년 전후를 시작으로 하루키론의 출판 속도가 해마다 빨라져간 것은 바로 이 '비평의 공략본화'가 초래한 결과가 아닐까요?[6]

『태엽 감는 새』의 수수께끼 풀이에 손을 댔다가 "생각보다 복잡한 장치에 깜짝 놀라 어리둥절한 아저씨 같은 상태"라고 말하는 하토리 데쓰야는, 문학 양식은 일정한 주기로 반복된다는 설을 인용하면서 무라카미 하루키도 현재 상태를 오래 유지할 수는 없을 것이라고 예언하고 있습니다.

무라카미는 퍼즐과 텔레비전 게임 속에서 자란 세대의 감각을 포착해 작품에 많은 수수께끼와 서스펜스를 담았고, 지도적 세계관이 상실된 시대의 감각을 포착해 오컬트적이고 초현실적인 사건, 사물, 공간을 작품 속에 도입했다. 그러나 현재와 같은 무질서한 세계는 언젠가 무너지고 다시 소박한 시대로 돌아갈 수밖에 없다는 것은 거의 역사적 필연이다. 복잡한 퍼즐적 세계는 하루키에게 맡기고 나는 도루 군(『태엽 감는 새』의 주인공 오카다 도루—옮긴이 주)과 함께 소박한 시대의 도래를 기다리고 싶다.

_하토리 데쓰야, 「초능력의 현대적 의미」, 『고쿠분가쿠』, 1995년 3월호

그리고 이 예언은 멋지게 적중했습니다. 복잡기괴하고 이리저리 뒤엉킨 『태엽 감는 새』는 마지막 불꽃놀이가 되어 사라졌고 1990년대 후반 무라카미 하루키는 '소박한 시대로 회귀'합니다. 다음 수수께끼는 무엇일까, 두 손을 비비며 기다리던 독자 앞에 하루키가 내놓은 작품은 『언더그라운드』(1997)와 『약속된 장소에서』(1998)라는 두 권의 논픽션이었습니다. 더욱이 『언더그라운드』는 도쿄 지하철 사린 사건의 피해자, 『약속된 장소에서』는 그 가해자 측인 옴 진리교 신자를 인터뷰한 내용이었습니다. 현실과의 접점이 없다고 여겨졌던 무라카미 하루키가 하나의 전환점을 맞이한 일은 좋은 의미로도, 나쁜 의미로도 세상을 놀라게 했습니다.

게임기의 스위치를 끈 후

자, 지금까지 무라카미 하루키론(또는 하루키 퀘스트)의 흐름을 살펴보았습니다. 골목 다방에서 게임 다방으로, 그리고 오락실로. 이러한 흐름은 무엇을 의미할까요?

짧게 정리하자면, 무라카미 작품은 독자의 참여를 부추기는 인터랙티브 텍스트였다고 할 수 있습니다. 뭔가 말하고 싶은 기분을 불러일으키고, 혹은 퍼즐이나 게임을 풀고 싶은 욕망을 자극한다는 점에서 무라카미 문학은 타의 추종을 불허합니다. 뒤집어 말하면 수수께끼 푸는 솜씨를 자랑하고 싶어 안달난 젊은 비평가들에게 하루키는 최상의 재료를 제공해주었던 것입니다.

1980년대는 일본 문학계에 롤랑 바르트 같은 구조주의 비평이나 포스트 구조주의 비평이 널리 알려지게 된 때입니다. 비평 이론의 번역서가 잇달아 출간되었고, 그 이론의 의미를 차근차근 설명하는 논문도 많이 나왔습니다. 그렇지만 이론을 실천으로 옮기려는 시도는 하스미 시게히코 같은 일부 경우를 제외하면 별로 없었다는 생각이 듭니다. 물론 그것은 문학과 먼 곳에 있었기 때문에 사정을 잘 알지 못하는 저의 억측일 뿐 실제로는 그렇지 않았는지도 모르겠습니다만, 일반인이 보기에 비평 이론을 실천하려는 시도가 가장 적극적으로 이루어진 작품은 쓰쓰이 야스타카의『문학부 다다노 교수』(1990)입니다. 그런 상황에서 유일하게 무라카미 하루키만이 '탈구조', '포르말리즘', '간텍스트성' 같은 유행 비평 이론을 응용할 '텍스트'를 제공해주었던 것입니다. 시각을 달리하면, 무라카미 하루키를 둘러싼 비평 게임은 '오타쿠 문화'의 시작이 아니었을까요?

오타쿠 평론가의 영웅, 아즈마 히로키는 1980년대 일본을 석권한 '포스트모더니즘'은 '오타쿠 문화'와 거의 동의어라고 규정합니다.

'오타쿠'라는 말이 받아들여진 것은 1989년이지만, 그 존재가 하나의 집단으로 의식되고, 이와 비슷한 일본적 상상력이 폭넓게 지지받기 시작한 것은 1970년대부터 1980년대에 걸친 시기이다. 그리고 그것은 일본에서 '포스트모더니즘'으로 불리는 사조가 유행하기 시작한 시기와 거의 일치한다. 편집자인 나카모리 아키오가 오타쿠라는 말을 상업지에서 처음으로 사용하고, 경제학자 아사다 아키라가 포스트모더니즘의 바이블이 된 『구조와 힘』을 출판한 시기는 모두 1983년이다. _아즈마 히로키, 『동물화하는 포스트모던』, 2001

아즈마가 말하는 '오타쿠 문화'는 주로 1960년대 이후에 태어난(신인류 이후?) 세대가 애니메이션이나 게임을 중심으로 형성한 문화를 가리키는 말입니다. 무라카미 하루키 해독 게임은 포스트모더니즘=뉴 아카데미즘이라는 1980년대의 사상적 유행 속에서 시작되었습니다. 그러니 문학 비평이 서서히 오타쿠화되어 갔다고 해도 그리 이상한 일은 아닙니다.

무라카미 하루키

문제는 과연 그들이 작가와 대등하고 생산적인 관계를 맺어왔다고 할 수 있는가, 작가의 따뜻한 반주자(伴走者)가 되어주었는가, 라는 점입니다. 이에 대해 저는 상당히 회의적인 의견을 품고 있습니다. 그렇지 않았다는 증거가 혹시 『태엽 감는 새』가 아닐까, 하는. 여기서 무라카미 하루키가 취한 전략을 두 가지로 생각해볼 수 있습니다.

　(1)여러분이 그렇게 게임을 좋아하시니 치밀하게 짜인 만점짜리 소설을 선물해드리겠습니다.

　(2)너희가 그렇게나 게임을 원하니 평생 풀고도 남을 만큼 수수께끼를 던져주겠다.

　무엇이 정답이든 간에 이후 하루키 랜드의 모습이 완전히 바뀌어버렸다는 점을 생각하면 『태엽 감는 새』가 나온 시점에서 '자, 이제 오락실 영업은 끝. 게임 오버. 스위치 OFF'를 선언했다고 볼 수 있습니다. 그러나 현재까지도 '무라카미 하루키론' 게임은 지속되고 있고 오히려 더 활발해지고 있습니다.

　아마추어 독자가 무라카미 하루키를 높이 평가하는 것은 당연합니다. 가만히 내버려둬도 소비자는 기분 좋은 쪽, 즐거운 쪽으로 흘러가게 마련입니다. '드래곤 퀘스트' 신작이 나올 때마다 상점가에 긴 줄이 늘어서고, 동네 카페 바에 사람들이 몰려드는 일과 마찬가지입니다. 그들이 수수께끼 풀이 게임에 참가하는 일은 없겠지만, 독서 중의 뇌는 게임 중의 뇌 상태와 매우 흡사해질 것입니다. 일단 머리가 게임 모드로 전환된 사람은 마스터

베이션 중의 원숭이와 같아서 스위치를 끌 수 없게 됩니다.

프로 독자가 무라카미 하루키를 논하는 것도 당연합니다. 소비자 중의 소비자=파워 유저인 그들은 수수께끼 해독에 손을 내밀지 않고는 가만히 있을 수 없고, 일단 해독에 성공하고 나면『패미컴 통신』에 편지를 쓰지 않고는 가만히 있을 수 없게 됩니다. 저도 그랬기 때문에 잘 압니다.

그런데 무라카미 하루키와 그의 동료들, 즉 하루키 랜드는 시종일관 '보쿠'라는 일인칭으로 상징되는 '남자아이들의 세계'였다는 점을 떠올려주시기 바랍니다. 과연 '여자아이들의 세계'에서도 이런 게임 공략이 가능했을까요? 그건 또 다른 이야기입니다.

무라카미 하루키

1 ＼ 제목에 '무라카미 하루키'가 들어간 단행본의 예를 들자면『무라카미 하루키』,『무라카미 하루키론』,『무라카미 하루키를 알 수 있다』,『무라카미 하루키 작품 연구 사전』,『무라카미 하루키와 미국』,『무라카미 하루키를 걷는다』,『무라카미 하루키 스터디스 01~05』,『무라카미 하루키와 일본의 '기억'』,『무라카미 하루키 옐로 사전』,『무라카미 하루키, 탑과 바다 건너편에』,『무라카미 하루키 서커스단의 행방』,『무라카미 하루키, 전환하다』…… 잡지 게재 논문과 수필까지 포함하면 100이나 200, 아니 300편 이상이 될 것이다.

2 ＼ 또한 네지메 쇼이치는『양을 쫓는 모험』의 감상주의에 주목하여 "완전히 '문학소년'이지 않은가. 이 부분만 떼어놓고 보면 그의 문체는 건조하기는커녕 눈물로 범벅되어 있다. 특히 마지막 문장은 읽는 이가 부끄러워질 정도로 멜로드라마다"라고 말한다. 그가 말하는 '숨은 서정파', '다방 주인 문제'는 초기 두 작품을 가리키는 것이다. 이 '숨은 서정'은『노르웨이의 숲』에서 만개했다고 할 수 있다.

3 ＼ 다방에 준비된 마실 것과 먹을 것의 메뉴에 대해서는 다카하시 도미코『양의 레스토랑』(1986), 다방에서 흐르는 음악에 대해서는 고니시 게이타『무라카미 하루키의 음악 도감』(1995) 등에 자세하게 실려 있다.

4 ＼ 나카노 오사무는『샐러드 기념일』과『노르웨이의 숲』의 독자층이 같다고 추측한다. "『노르웨이의 숲』은 '죽음과 재생'의 이야기임과 동시에, 아니 그렇기 때문에 '순애 이야기'이기도 하다.『샐러드 기념일』의 독자 대부분이『노르웨이의 숲』으로 옮겨갔을 것이고,『샐러드 기념일』과『노르웨이의 숲』의 상승효과로 인해 그 몇 배의 독자층이 형성되었다. 역시 '사랑 이야

기'는 필요한 것이다"(「'무라카미 하루키 현상'은 왜 일어났을까」, 『유리이카』 임시 증간호『무라카미 하루키의 세계』, 1989년 6월). 음…… 그렇게 간단한 이야기일까, 라는 생각이 들기도 하지만 상승효과가 일어난 것은 분명하다.

5 ＼『바람의 노래를 들어라』의 해독에 관해서는 사이토 미나코의 『임신 소설』(1994)을 참조. 사이토는 숫자와 고유명사 분석을 통해 '쥐＝새끼손가락이 없는 여자아이를 임신시킨 남자'라고 결론짓고 있는데, 히라노 요시노부가 거의 같은 분석을 「잔잔함의 풍경, 혹은 또 하나의 이야기」(1991년 /『무라카미 하루키와 '첫 남편이 죽는 이야기'』, 2001년에 수록)에 발표했다. 나는 단행본을 통해 이 사실을 알게 되었는데, 논문 발표 시기를 따져 우선권은 히라노에게 있음을 밝힌다.

6 ＼ 무라카미 게임 소프트웨어의 '공략'은 이후로도 활발하게 이어지고 있다. 한때 베이비 붐 세대 비평가의 선두였던 가토 노리히로는 어느새 게이머로 변신하여 그룹 워크까지 이끌면서 『바람의 노래를 들어라』의 문장 정렬 게임에 도전하고 있으며(예를 들어 「19일간의 여름―'바람의 노래를 들어라'의 해독」, 『고쿠분가쿠』, 1995년 3월호), 신예 게이머 비평가들도 탄생했다. 그중 하나인 가와타 우이치로에 따르면 『바람의 노래를 들어라』로부터 시작되는 '쥐 4부작'은 『빨간 망토 소녀야, 조심해라』로부터 시작되는 쇼지 가오루의 '가오루 군 4부작'을 따르고 있다고 한다(1996년도 '군조 신인 문학상' 평론 우수작 「유미와 유미요시 씨」). 아이고, 나머지는 여러분이 각자 찾아보시라.

다와라 마치
TAWARA MACHI
불러라 춤춰라 J포엠

1987년이 어떤 해였는지 여러분은 기억하고 있는지요?

이해에 일본의 무역 흑자는 사상 최고를 기록했습니다. 땅 투기꾼을 의미하는 '지아게야'라는 말이 유행했던 해, 화재보험회사가 고흐의 〈해바라기〉를 53억 엔에 낙찰받았던 해이기도 합니다. 네. 1987년은 바로 '거품 원년'이었습니다. 일본 전체가 호경기로 들떠 있던 그해 5월, '요사노 아키코 이후 가장 뛰어난 신인류 가인(歌人)'이라는 화려한 캐치프레이즈를 내걸고 다와라 마치의 첫 가집 『샐러드 기념일』이 발매되었습니다.

다와라 마치＼1962년 오사카 부 출생. 1985년 와세다 대학 문학부 졸업. 1987년 『샐러드 기념일』로 데뷔. 가도카와 단가상(「8월의 아침」, 1986), 현대 가인 협회상(『샐러드 기념일』, 1988) 등 수상. 국어 심의회 위원(1991~1998), 중앙 교육 심의회 위원(1995, 2001)을 역임.

'불륜이라도 좋아' 노래하는 가수, 내 마음을 대신 말해주는 것 같아 좋다

"아내가 되어줘" 츄하이(소주에 탄산과 과즙을 가미한 술—옮긴이 주) 두 캔에 말해버려도 괜찮은 거야?

"그래, 이 맛이야" 네가 말해준 7월 6일은 샐러드 기념일

'말해주는', '말해버려도', '말해준'. 글을 옮겨 적으면서, 아아, '말해줘, 말해줘' 하며 아양 떠는 노래로 가득하구나, 라는 걸 새삼 인식했습니다만, 여하튼 위의 세 수가 계기가 되어(이렇게 보아도 될 것입니다) '샐러드 현상'이라는 이름의 붐이 일어났습니다. 그리고 일개 고등학교 국어 교사였던 25세 여성은 하루아침에 '국민적 아이돌'이 되었습니다.

『샐러드 기념일』은 가집으로서는 두말할 것도 없고 출판계 전체에 있어서도 이상 현상이라고 할 정도의 판매 부수를 기록했습니다. 5월에 발매되어 세 달 후 100만 부 돌파, 그해에 200만 부 돌파. 1989년에 발행된 문고판을 포함하면 대략 300만 부. 가집으로서는 전무후무한 숫자입니다.

어떤 종류의 책이든 한 권의 책이 100만 부 이상 팔리려면 평소 그다지 책을 읽지 않는 층까지 끌어들이는 힘이 있어야 합니다. 아니, 그런 층에 어필할 수 있는 책만이 밀리언셀러 자격을 얻는다고 해야 할 것입니다. 그건 『노르웨이의 숲』도 마찬가지였습니다만, 『샐러드 기념일』은 소설이 아닌 가집입니다. 다시 말

다와라 마치

해 '단문집'입니다. 어쩌면 여기에 1980~1990년대 문학의 조류 혹은 문화의 추세를 푸는 열쇠가 있는지도 모르겠습니다.

다와라 마치는 중장년층 남성의 아이돌이었다

우선 『샐러드 기념일』에 대한 반응부터 살펴보죠. 일반적으로 그녀의 노래가 인기를 끈 이유는 같은 세대 여성의 공감을 얻었기 때문이라고 일컬어집니다. 물론 틀린 말은 아닙니다.

그러나 좀 더 자세히 들여다보면 의외도 이런 의외가! 데뷔 후 그녀를 다룬 매체의 숫자는 여성지보다 남성지가 훨씬 많습니다. 전문가가 쓴 서평은 눈에 하트를 띤 중장년층 남성들의 러브콜 그 자체였습니다.

우선 첫째로 지적하고 싶은 것은 무엇보다 여성은 솔직하게, 뽐내지 않고 표현해야 한다는 점이다. 이것은 간단하게 보이지만 사실은 어려운 일이다. 남자가 와카(和歌, 한시와 대비되는 일본 고유의 시가로 5음과 7음을 기본 운율로 하여 구성되는 정형시이다. '단가'는 와카의 한 형식이나 헤이안 시대 이후로 와카의 다른 형식이 사라지면서 현재에는 와카와 단가가 동의어로 사용되기도 한다―옮긴이 주)를 쓰면 교양이 방해를 해서 '~거늘, ~노라'가 되기 십상이다. (…) 헤이안 시대 이후로도 와카가 존속할 수 있었던 이유는, 일본인의 기억 속에 존재하는 헤이안 시대가 매우 숭고한 선망의 세계였고 거기에 표현된 남녀의 내적 감정을 모범으로 삼아왔기 때문이다. 그런 의미에서 볼 때 『샐러드 기념일』이 그리는 행복한 세계는 손을 뻗으면 닿을 정도의 거리에 있으면서도 약간의 부러움을 자극하는 요소가 있다. _와타나베 쇼이지,
「여자와 노래의 시대」, 『보이스(Voice)』, 1987년 11월호

젊고 생생한 언어 감각의 예로서 '샐러드'라는 단어, '기념일'이라는 단어가 이 노래를 통해 새롭게 정화되어 다시 탄생하고 있다. 거기에는 '샐러드'와 '기념일'이라는 말의 '장치'가 단적으로 효과를 내고 있다. 또한 전통에 뿌리내린 단가 그 자체의 호흡도 효과를 더하고 있다. _오에 겐자부로, 『새로운 문학을 위하여』, 1988

고전을 제대로 배운 뒤 그것을 바탕으로 맑고 산뜻한 세계를 만들어냈다. 멋지다. (…) 왕조 와카는 먹는 즐거움을 노래하지 않았고, 요사노 아키코는 음식 맛을 읊는 것은 결코 노래가 되지 못하니 부르지 말라고 제자들에게 가르쳤다. 다와라 마치는 그 인습을 거슬러 새로운 경지를 열었다. _마루야 사이이치, 「한창 먹을 시기의 소녀가 여성으로 변했다」, 『주간 아사히(週刊朝日)』, 1991년 5월 24일호

사상과 신념의 차이를 넘어, 수많은 중년 남자를 녹다운시켰다는 것. 그것이 바로 그녀의 노래가 가진 힘이라고 말해둘 필요가 있습니다. 와타나베 쇼이치와 오에 겐자부로가 함께 극찬하는 책이 그렇게 흔하지는 않을 테니까요.

다와라 마치

그건 그렇고 위의 비평을 통해 그들이 다와라 마치에게 반한 이유 두 가지를 알 수 있습니다. 하나는 단가답지 않은 참신한 구어체로 젊은 여성의 일상을 노래했다는 점. 또 하나는 단순히 새롭기만 한 것이 아니라 와카(!)라는 고전, 전통의 계승자라는 점. 즉, 정리하자면 '헌 부대(단가라는 형식)에 새 술(새로운 감수성)을 담았다'라는 평가입니다.

이것은 사실일까요?

이렇게 되묻는 이유는 저는 정반대의 평가를 내리기 때문입니다. 다와라 마치 이전에도 데라야마 슈지와 같이 인기를 끈 가인이 있었던 게 사실입니다. 그러나 전통적인 와카의 계보에서는 물론이고 현대 단가의 계보에서 보았을 때도 다와라 마치가 왜 그렇게 인기 있는가 하는 이유는 보이지 않습니다.

단가라는 형식은 정말로 '낡은' 것일까요? 또 그녀의 감수성은 '새로운' 것일까요? 전혀 그렇게 보이지 않습니다. 오히려 '새 부대(단가라는 형식)에 오래된 술(낡은 감수성)'. 즉, 새로운 문체(이야기 형식)로 낡은 감수성(이야기 내용)을 노래했기 때문에 그녀의 노래가 만인에게 받아들여진 것이 아닐까요.

전문가들이 '와카'를 언급하고 있을 정도니 1980년대 중반 대부분의 일본인은 현대 단가 같은 건 관심도 없었을 터이고, 단가 같은 표현 형식이 (학교의 고전 수업 이외에) 자신과 관계가 있다고는 털끝만큼도 생각하지 못했을 것입니다. 그러나 단가와 겉은 비슷하지만 속은 전혀 다른 장르가 융성한 덕분에 일본 사회에는 이미 다와라 마치 같은 구어체 단가를 수용할 토대가 마련되어 있었습니다.

여기에서는 그 내용을 세 가지 측면에서 검증해보도록 하겠습니다. 첫째, 단가 이외의 단문 표현. 둘째, 또 하나의 노래인 팝 뮤직. 셋째, 근년의 문학 조류, 즉 소설입니다.

의외로 1980년대는 '말의 시대'였고, 그것들은 '가벼움', '라이트 감각' 같은 애매한 단어로 설명되곤 했습니다. 그런데 이 '가벼움', '라이트 감각'이란 대체 무엇을 가리키는 것일까요?

광고 카피 문화와 포엠 문화

'가벼움'을 구성하는 첫 번째 요소는 문자 그대로의 가벼움, 즉 짧은 글입니다. 그녀의 노래는 곧잘 '카피 단가'로 불리곤 했습니다.『뉴스위크』일본판(1987년 9월 24일호)도 '샐러드 현상'의 과열 양상을 소개하며 "광고 카피 같은 상업적 단가"라고 평한 바 있습니다.

카피(정확하게는 카피라이트)란 광고용 선전 문구를 가리킵니다. 1980년대는 기업이나 상품의 광고 카피가 전례 없이 주목받던 시대였습니다. 본래라면 무대 뒤쪽에서 일하고 있어야 할 이토이 시게사토, 나카하타 다카시, 가와사키 도루 같은 카피라이터들이 첨단 크리에이터라는 이름으로 각광받았습니다. 또한 주간지에는 '만류(이토이 시게사토를 중심으로 한 단체의 이름─옮긴이 주) 카피 강좌' 같은 투고 기획이 연재되었고, 세간에는 카피라이터 양성 강좌가 초만원 상태를 이루곤 했습니다. 너도나도 카피라이터. 그런 풍조 속에서 우리는 '현대풍의 세련된 단문 표현'에 익숙해졌고 또 그것을 동경하게 되었습니다. 예를 들어 다음과 같은 것들입니다.

- 겨울 유럽이 좋다고요? 당신도 이제 어른이군요. (여행사)
- 미식축구를 보고 있는 그의 옆모습이 좋다. (토마토케첩)
- 조금 사랑하고 길~게 사랑하고. (위스키)

광고 카피가 미친 영향으로는 두 가지를 생각할 수 있습니다. 첫째, 재치 있는 단문에는 상품 가치가 있다는 것을 널리 알렸다는 점입니다. 말 센스가 돈을 낳는다. 당시, 카피라이터는 가장 효율 좋은 글쟁이 직업으로 여겨지곤 했습니다. 한 줄의 글에 수백, 수천만 엔에 이르는 파격적인 개런티가 제시되었다는 소문이 돌 정도였습니다. 소문의 진위야 어떻든 간에 단문의 '상업적' 가치가 널리 알려졌다는 사실이 지니는 의미는 작지 않습니다. 둘째, 젊은이들 사이의 대화에서 오가는 자유로운 언어 표현을 '활자화된 형태'로 접하는 기회가 급격하게 늘어났다는 점입니다. 난센스이기도 하고, 음률을 중시하기도 하고, 패러디가 들어가기도 하고. 광고 카피는 각종 '말장난'을 섭렵해나갔습니다. 덕분에 우리는 일상적인 구어가 활자로 표현되는 일에 면역이 생겼습니다.

다와라 마치의 구어체 단가가 그 연장선상에서 받아들여졌다는 것은 충분히 상상할 수 있는 일입니다. 대화체 말투와 말장난 지향성. 또한 그녀의 노래는 리듬에서 벗어나는 것이 거의 없고 5·7·5·7·7의 운율 체계를 충실히 따르는 것이 대부분입니다. 게다가 잊을 만하면 '여자이거늘'이나 '바라건대' 같은 문어체 표현이 불쑥 튀어나오곤 합니다. 카피다 뭐다 법석을 떨었는데 잠깐만! 일본에는 원래 정형시란 것이 있었잖아. 이런 느낌이죠. 바로 여기서 지금껏 몰랐던(잊고 있던) 새로운 '단문 표현'으로서 단가를 '(재)발견'했던 것이 아닐까요.

그녀의 노래에는 실제로 광고 카피에 뒤지지 않는 실용성과 상품 가치가 있었습니다. 『샐러드 기념일』에 실린 노래가 생명보험 회사나 자동차 회사의 광고 카피로 사용되기도 했고, 『샐러드 기념일』 이후의 활동을 보아도 단가가 언론 매체 업계에서 얼마나 중요하게 활용되었는지를 알 수 있습니다. 다와라 마치의 저서 중에는 아사이 신페이, 안노 미쓰마사, 이나코시 고이치 등의 사진가나 화가와의 공저가 많습니다.[1]

현대의 광고 표현은 텍스트만으로는 성립되지 않습니다. 그것은 반드시 ①헤드 카피(기억하기 쉬운 단문), ②보디 카피(설명적인 긴 문장), ③사진이나 그림 등의 비주얼 표현, 이 세 가지를 통해 성립됩니다. 비주얼 중심의 잡지 역시 이 삼위일체의 법칙을 따릅니다. 서른한 글자로 된 단가는 비주얼 중심의 미디어에서 광고의 헤드 카피, 잡지 기사의 제목 역할을 합니다. 보디 카피에 해당하는 글이 더해지면 더욱 좋습니다. 광고업계와 출판업계는 단가라는 형식이 헤드 카피로서 편리하게 사용될 수 있다는 사실을『샐러드 기념일』을 통해 '발견'했던 것이 아닐까요?

광고 카피와 함께 또 한 가지, 당시 이미 정착해 있던 단문 문화도 빼놓을 수 없습니다. 바로 다치하라 에리카, 미쓰하시 지카코, 긴이로 나쓰오 등이 쓴 영 어덜트 그림책(이라 부르기로 하죠)입니다. 동화 같은 비주얼(삽화, 만화, 사진 등)과 닭살 돋는 '포엠'으로 구성된 그녀들의 책은 책이라기보다는 팬시상품에 가까웠는데(실제로 서점이 아니라 산리오 샵 등에서 판매되었습니다), 여자 중고교생을 중심으로 폭발적인 인기를 누렸습니다. 바로 다음과 같은 것들입니다.

> 남쪽 바다는 / 올리브 나무 아래에서 꾼 꿈 / 안뜰의 가정교사 / 비눗방울 모두 / 하늘로 날려 보내니 / 햇빛에 반짝이며 / 하늘로 사라졌다 / 저 하늘로 이어지는 바다 _긴이로 나츠오, 「남쪽 바다와」, 『이것도 모두 같은 하루』, 1986

광고 카피가 말장난의 재미를 가르쳐주었다면 이런 포엠은 소녀 마음=순수한 기분을 자극했다고 할까요. 어쩌면 어른들이 광고 카피를 통해 구어체에 대한 면역을 키우는 동안, 소녀들은 포엠을 통해 '시적 마음'을 길렀는지도 모릅니다. 어쨌든 구어체 단가를 받아들이기 위한 토양은 이미 독자에 의해 만들어져 있었습니다.

유민의 세계관을 방불케 하는 언어 감각

'가벼움'을 구성하는 두 번째 요소는 듣기 좋은 리듬과 단어 선택, 즉 넓은 의미에서의 '음악성'입니다. 다와라 마치의 노래는 종종 J팝과 비교되곤 합니다. 쓰카모토 구니오가 『샐러드 기념일』의 서평에서 "그대로 뉴 뮤직 가사로 불러도 좋을, 심각하지 않으면서도 능숙하게 인생의 단면을 포착한 작품"(『마리 클레르(マリクレール)』, 1987년 8월호)이라고 논하듯이 말입니다.

1970~1980년대의 팝 음악 신은 싱어송라이터의 전성기였습니다. 특히, 어둡고 가난한 단칸방 포크 음악이 쇠퇴한 후 1980년대에 인기를 모았던 것이 말하자면 밝은 퇴폐, 단칸방 포크가 아닌 '원룸 팝스'였습니다. 그 대표격이 바로 유민, 즉 마쓰토야 유미(옛 이름은 아라이 유미)입니다. 그녀의 노래에서 가사는 중요한 위치를 차지합니다. 그녀의 노래는 젊은 여성들로 하여금 '바로 내 얘기'라고 여기게 하는 '설득력 있는 가사'로 유명했습니다. 유민의 가사 한 구절을 임의로 인용해보겠습니다.

소다수 안을 통과하는 화물선 _〈바다를 보던 오후〉

MORIOKA라는 그 울림이 마치 러시아어 같았어 _〈초록색 마을에 찾아온〉

그의 침대 밑에 버린 진주 귀걸이 한 짝 _〈진주 귀걸이〉

참고로 첫 번째 가사의 앞 구절은 "맑은 오후에는 멀리 미우라 곶이 보인다". 당장 단가로 읊고 싶어지는 정경입니다. 적당히 억제된 외래어의 배합. 직유법과 은유법, 양의적 표현을 애호하는 기법. 체험 그대로가 아닌, 그렇다고 100퍼센트 픽션도 아닌, 대상과의 절묘한 거리를 유지하는 솜씨. 여행이나 풍경을 즐겨 노래하는 성향. 어딘지 모르게 다와라 마치의 세계와 닮아 있지 않은가요?

비디오 클립 같다고나 할까, 두 사람은 그림이나 소리를 '잘라내는 방법'이 비슷합니다. 위에서 인용한 가사는 자신의 감정을 직접적으로 노래하는 것이 아니라 기분을 영상이나 소리에 담아 이미지를 환기하기 쉽게 한 뒤 청자에게 제시하고 있습니다. 소다수(경치), 러시아어(음성) 같은 인상적인 단어는 그런 이미지 조작 과정에서 나온 말입니다. 질투의 감정을 품었던 주체 '나'도 그곳에서는 경치의 한 조각(진주 귀걸이를 버리는 나)에 불과합니다.

대륙으로 나를 부르는 바람을 품은 밀크캐러멜색 양쯔강 _『샐러드 기념일』

흰색 꿈을 자아 만든 솜사탕을 코튼 캔디라고 부르는 18세 _『바람의 손바닥』

브라이들 베일이라는 이름의 식물을 창가에 매다는 나의 청춘기 _『샐러드 기념일』

밀크캐러멜색(경치), 코튼 캔디(음성), 실연의 감상을 한 조각의 경치로 변환하는 수법(브라이들 베일을 창가에 매다는 나). 유민의 팝에 익숙한 독자에게는 낯설지 않은 세계입니다. 게다가 그녀의 노래는 리드미컬한 구어체이며 한자어도 적습니다. 귓가에 속삭이는 가집이라고 할까요, 눈이 피로해지지도 않고 귀에 거슬리지도 않습니다.

단가와 팝에는 다른 차원의 유사점도 있습니다. 가집과 팝 뮤직 앨범은 그 구성이 비슷합니다. 단편이 모여 발생하는 집합 효과라고 할까요. 『샐러드 기념일』은 「8월의 아침」, 「야구 게임」, 「아침의 넥타이」 등 모두 열다섯 장으로 구성되어 있습니다.[2] 이는 한 장에 10~15곡을 담는 팝 앨범과 거의 동일한 구성입니다. 원래 가집이란 그렇게 편집하는 것이라고요? 『샐러드 기념일』을 통해 처음 가집을 접한 일반 독자가 그런 걸 알 리가 없지 않습니까.

미국적인 라이트 감각과 일본적인 촌스러움

다와라 마치가 (가인이라기보다) 서른한 개의 문자를 사용하는 '이색적인' 카피라이터 혹은 송라이터로서 받아들여진 것이라면, 그녀가 누린 인기의 비밀과 그녀의 뒤를 잇는 스타가 나오지 않았던 이유를 어느 정도 이해할 수 있습니다. '단가를 읊을 수 있는' 특기를 가진 연예인은 한 명으로 족합니다. 아무리 재주가 있다 하더라도 두 번째부터는 '다와라 마치의 아류'에 지나지 않게 되니까요.

그런데 진짜 문제는 그다음입니다. 다와라 마치의 세계는 광고 카피, 팝 같은 '가벼움', '라이트 감각'만으로는 완전히 설명할 수 없습니다. 다와라 마치의 세계를 완전히 설명하기 위해서는 '가벼움'을 가장한 무게, '라이트 감각' 이면에 존재하는 감상주의에 주목해야 합니다.

여기서 참조하고 싶은 것이 1980년대 문예작품, 구체적으로는 소설의 조류입니다. 『샐러드 기념일』을 1970~1980년대 문학 신이라는 맥락에서 최초로 바라본 사람은 가토 노리히로였습니다.

> 1976년 무라카미 류의 『한없이 투명에 가까운 블루』, 1980년 다나카 야스오의 『느낌 어쩐지 크리스털』, 1983년 시마다 마사히코의 『부드러운 좌익을 위한 희유곡』으로 이어지는 흐름이 소설의 형태가 아니라 단가 형식으로 나타났다는 것, 그 의미의 중요성을 먼저 말해둘 필요가 있다고 생각한다. _가토 노리히로, 「가벼움과 광각타법을 겸비한」, 『주오코론(中央公論)』, 1987년 8월호

『만요슈(萬葉集)』(7세기에서 8세기에 걸쳐 편찬된, 현존하는 가장 오래된 와카집 — 옮긴이 주)나 왕조 와카의 '전통'이라는 맥락이 아니라 무라카미 류, 다나카 야스오, 시마다 마사히코의 연장선상에서 다와라 마치를 바라본 것은 혜안이라고 할 수 있습니다. 다만 여기에는 한 명의 중요한 작가가 빠져 있습니다. 그것은 물

론 무라카미 하루키입니다.

1987년은 『샐러드 기념일』 못지않은 세기의 밀리언셀러, 『노르웨이의 숲』이 발간된 해이기도 합니다(9월에 출간되었으니 상하권 합쳐 450만 부가 팔려 나간 것은 이듬해입니다). 순서대로 말하자면 책을 읽지 않는 층이 『샐러드 기념일』에 자극을 받아 『노르웨이의 숲』으로 흘러갔다고 해야 하겠지만, 당시의 무라카미 하루키 역시 아직 대중적인 인기는 얻지 못했다 하더라도 이미 일부 독자 사이에서 컬트적인 인기를 자랑하는 작가였습니다.

저는 『샐러드 기념일』 첫머리에서 「8월의 아침」과 「야구 게임」을 읽고 기묘한 느낌을 받았습니다. 마치 무라카미 하루키 나라의 노래 같다고 생각했습니다.

　　이 노래를 틀기로 정하고 해안가 길을 달리는 너 〈호텔 캘리포니아〉
　　너에게 폭 안긴 듯 그린 스웨터 입고 겨울을 맞이한다
　　소꿉장난 같은 잡화점에서 구입한 너의 칫솔

일상의 사소한 일에 대한 집착, 고유명사의 효과적인 배치, '~와 같은'을 능숙하게 구사하는 비유 솜씨. 특히 화려한 비유는 다와라 마치의 특기이자 무라카미 하루키의 장기라고 해도 좋습니다.

예를 들어 부엌에서 쥐를 잡았다는, 아름다움과는 거리가 먼

　　　　　　　　　　　　　　　　　　　　　다와라 마치

이야기조차 그의 손에 걸리면 다음과 같은 '멋진' 표현으로 다시 태어납니다.

> 아파트 싱크대 밑에 쥐덫을 놓은 적이 있다. 미끼로는 페퍼민트 껌을 썼다. 온 방 안을 뒤져보았으나 음식이라고 부를 수 있을 만한 것이 그것밖에 없었기 때문이다. (…) 사흘째 아침, 작은 쥐가 덫에 걸려 있었다. 런던의 면세점에 쌓아놓은 캐시미어 스웨터 같은 색의 아직 어린 쥐였다. _무라카미 하루키, 『1973년의 핀볼』

페퍼민트 껌? 캐시미어 스웨터? 그 센스도 센스지만, 이를 단순한 '라이트 감각'으로 받아들여서는 안 됩니다. 이 에피소드의 본질은 어린 쥐를 죽이고 말았다는 통한에 있기 때문입니다. 사실은 '비통한 일화'인 것이죠. 그는 다만 그것을 드러내지 않고 "모든 것에는 반드시 입구와 출구가 있어야 한다. 그렇다"며 가볍게 피해갑니다.

무라카미 하루키에 대해서는 데뷔 당시부터 미국화된 가벼운 표현 방식과 그 이면에 존재하는 축축한 일본적 심리의 의외성이 논해지곤 했습니다. 예를 들어 제22회 군조 신인 문학상 심사평에서 마루야 사이이치는 다음과 같이 말합니다.

> 무라카미 하루키 씨의 『바람의 노래를 들어라』는 현대 미국 소설의 강한 영향 아래에서 탄생된 것입니다. (…) 그러나 커트

보니것의 소설은 떠들썩하게 웃고 난 뒤 찾아오는 슬픔이 소설 전체의 맛을 돋우는 역할을 한다면 『바람의 노래를 들어라』의 경우 맛이 훨씬 단순합니다. (…) 이런 식으로, 다루는 부분은 일본적 서정이라고 할까요. 그런 느낌이 있습니다. (…) 머지않아 이 일본적 서정으로 칠해진 미국식 소설의 성격은 작가의 독창적인 것이 될지도 모르겠습니다. _『군조』, 1979년 6월호

이렇게 날카롭게 무라카미 하루키를 논하던 마루야 사이이치가 왜 다와라 마치를 논할 때는 왕조 와카 같은 이야기를 꺼내는지 정말 알다가도 모를 일입니다. 어쨌든 다시 본론으로 돌아오면, 사실 다와라 마치에게도 똑같은 평가가 내려진 적이 있습니다. 단가 쪽도 문예 쪽도 아닌, 바로 마케팅 정보지(『아크로스(アクロス)』, 1987년 11월호)에 히사다 요코가 발표한 「혼혈 문화 사회를 상징하는 문화적 혼혈녀들」입니다. 이 글은 제가 읽은 다와라 마치론 가운데 가장 출중한 것입니다. 마음만 들뜨 인상 비평으로 만족해버리는 문학 관계자보다 마케터가 훨씬 더 정확하게 '샐러드 현상'을 파악했다는 사실. 아이러니하다고 생각할 수도 있고, 당연한 시대적 추세로 볼 수도 있겠지요.
　히사다 요코는 『샐러드 기념일』의 히트 이유를 두 가지 측면에서 설명하고 있습니다. 첫째, '미국적인 라이트 감각'과 '일본적인 촌스러움'이 혼합되었다는 점. 둘째, '귀여운 여자'라는 보수적인 면과 '남자를 차버릴 수 있는 자립적 여자'라는 쿨하고 드

라이한 면을 모두 가졌다는 점.

> 하늘 속 파란 바다 푸름 사이, 서프보드를 타는 너를 바라본다
> (미국적 라이트 감각)
> 오늘 목욕탕 쉬는 날이래. 이런 대화를 나누고 싶은 하루하루
> (일본적 촌스러움)
> 네가 좋아하는 꽃무늬 옷만 골라 들고 들어온 탈의실(귀여운
> 여자)
> 햄버거 숍 의자를 박차고 나오듯 남자를 차버리자(자립한 여자)

전후 일본은 미국적인 '서양 문화'를 게걸스럽게 흡수했습니다. 그러나 물심양면으로 서양의 것을 완전히 흡수해버린 1980년대 후반이 되자 '이문화'로서 일본 문화를 재발견하게 되는 '다국적 혼혈 문화 사회'가 찾아왔고 『샐러드 기념일』은 그에 어울리는 '혼혈 단가'였다는 것이 히사다 요코의 분석입니다. 상당히 설득력이 있습니다. 단, '다국적 문화'를 상징하는 여성으로서 다와라 마치, 야마다 에이미, 구로키 가오루를 한데 묶어 논하는 것은 약간 난폭할 수 있습니다. 서양적 성애를 일본적으로 그리는 야마다 에이미는 그렇다 치더라도, 과격한 성의 전도사인 AV 여배우 구로키 가오루는 다와라 마치와 상극을 이루는 여성상이라고 할 수 있으니까요.[3]

이 시점에서는 아직 데뷔 전이기 때문에 이름이 나오지 않는

것이 당연하지만, 다와라 마치와 질적으로 비슷한 작가는 『샐러드 기념일』 출간 이듬해에 『키친』으로 데뷔한 요시모토 바나나일 것입니다. 『키친』이 『샐러드 기념일』처럼 많은 남성 비평가의 극찬을 받았다는 사실은 다음 장(章)에서 설명하겠습니다만, 다와라 마치와 요시모토 바나나는 작품 세계 자체도 매우 비슷한 부분이 있습니다. 현대적 언어 감각을 가진 청순파 여자아이가 주인공이라는 점도 동일하지요.

씩씩한 여자아이가 주인공인 청춘 문학

『샐러드 기념일』의 인기를 설명하는 또 하나의 열쇠는 바로 높은 이야기성입니다. 아시다시피 단가에는 일인칭 시점이라는 규칙이 있고, 그래서 젊은 여자를 주인공으로 하는 일인칭 청춘 소설처럼 읽힙니다. 만일 이것이 산문으로 쓰였다면 별로 매력적이지 않았을지도 모릅니다. 아니, 이야기의 내용이 지극히 반동적이라는 사실이 노골적으로 드러났을 것입니다.

『샐러드 기념일』을 연작 단편 소설집으로 읽으면 금방 알 수 있습니다.

「8월의 아침」, 「야구 게임」에서 '너'로 등장하는 남자는 서핑을 즐기고 야구팬이기도 해서 애인을 데리고 바다나 야구장을 자주 찾습니다. 이 남자는 "또 전화해", "아내가 되어줘"라는 식으로 "언제나 명령형으로 사랑을 말하는 그"입니다. 그의 여자친구인 '나'는 남자를 위해 샌드위치를 만들고 그가 운전하는 차로 바다나 야구장에 가는 것에서 행복을 느끼는 타입입니다. 탈의실에는 "네가 좋아하는 꽃무늬 옷만 골라 들고 들어"오기도 하고, 채소 가게 앞에서 "저녁 메뉴를 고민하는 행복"에 젖기도 하고, 그가 좋아하는 두부전골을 끓이기 위해 "황토 냄비를 구입"하기도 합니다. 그의 일거수일투족, 말 한마디, 얼굴 표정 변화에까지 민감하게 반응하며 일희일비하는 '나'. 여기에 그려진 것은 '마초적 남자와 기다리는 여자'라고 하는 매우 고전적인 구도입니다.[4]

앞에서 언급한 히사다 요코의 분석에 따르면 "햄버거 숍 의자에서 일어나듯 남자를 차버리자"는 페미니즘을 배경으로 '자립한 여자'를 노래한 단가입니다만, 사실 이 단가 역시 '귀여운 여자'의 반동적 노래일 수 있습니다. '차버리자'고 결의하기 위해서는 우선 묶여 있어야 하기 때문이죠. 그냥 결의만 하는 건 원숭이도 할 수 있습니다.

그런데 다와라 마치의 노래는 반동적이면서도 반동적으로 보이지 않게 만들어져 있습니다.

그 첫 번째 이유는 당연히 구어체 단가라고 하는 이야기 형식입니다. 광고 카피나 유민의 가사도 내용적으로는 그다지 새로운 것이 아니었습니다. 앞서 소개한 토마토케첩이나 여행사 광고 카피를 다시 한 번 읽어보시기 바랍니다. '기다리는 여자'라는 종래의 여성 이미지를 그대로 재현함에 지나지 않는다는 사실을 알 수 있습니다. 새로운 (듯 보였던) 것은 여성의 솔직(하게 보이는)한 말투뿐이었다고 할 수 있습니다. 그러나 피부가 희면 결점도 눈에 띄지 않는 법. 젊고 가벼운 말투는 결점을 감춥니다. 발랄한 모습 앞에서는 누구나 약해지는 것이겠죠.

두 번째 이유는, 수동적 자세도 도를 넘으면 능동적으로 바뀐다는 것입니다. 다와라 마치의 노래는 눈, 코, 귀 등의 오감을 총동원해 외부의 변화를 감지하는 데 집중합니다. 그래서 마치 바닷가나 운동장 벤치에 가져다놓은 비디오카메라처럼 풍경을 풍경으로서 잘라낼 수 있습니다. 스스로 서프보드를 타거나 야구 글러브를 끼고 공을 쫓는 여자아이(이런 여자아이는 많이 있습니다)였다면 이런 노래는 결코 나오지 않았을 것이고 이렇게까지 독자의 공감을 끌어내지도 못했을 것입니다. 애인이 했던 말을 몇 번이고 되새김질하고 해변과 운동장 한편에서 애인을 응시하며 그것을 일일이 서른한 글자로 옮기는 여자. 스토커 일보 직전이라고 할까요. 조금 위험한 느낌마저 들지만, 스토커=관찰자의 위치에 충실했기에 이토록 다양한 풍경과 다채로운 대사를 뽑아낼 수 있었겠지요. 이야기 형식은 새롭지만 이야기 내용은 오래된 것. 그렇기 때문에 『샐러드 기념일』은 중장년층 남성에게 사랑을 받았으며 만인의 환영을 받았던 것입니다. 위험한 냄새가 나는 것은 아이돌이 될 수 없습니다.

다와라 마치와 같은 해에 데뷔한 그녀 또래의 하야시 아마리와 비교해보면 이야기는 분명해집니다. 아래에 인용한 「'생리 중 fuck 단가'는 '샐러드 단가'를 능가하는가?」라는 주간지 기사는 야유 가득한 언어로 두 젊은 여성 가인의 차이점을 강조하고 있습니다.

　본인 가라사대. 다와라 마치가 청순한 '가단의 야쿠시마루 히로코(유명 아이돌―옮긴이 주)'라면, 나는 '가단의 마돈나'다. 확실히 하야시 아마리 씨가 읊는 단가는 마돈나 같은 성적 래디컬리즘으로 넘쳐나 아저씨들을 기절초풍하게 만든다. _『주간 다이슈(週刊大衆)』, 1987년 10월 19일호

이 기사에서 말하는 '마돈나'는 당시 〈라이크 어 버진〉 같은 과격한 노래를 히트시켰던 팝 가수 마돈나를 가리킵니다. 그리고 잡지가 '기절초풍'하게 만든다고 한 평은 하야시 아마리의 첫 가집 『마르스★에인절(MARS★ANGEL)』에 실린 이런 노래에 대한 것입니다.

　생리 중 FUCK은 뜨겁다 / 피의 바다를 둘이서 물끄러미 바라본다
　돌아가신 어머니가 나를 보면 죽이려 들겠지…… / 남편 사후의 마스터베이션
　절대적 피임이란 없기에 꽃 한 송이 / 마음 떠나간 날에는 섞지 않는다

대중지이기 때문에 FUCK, 마스터베이션, 피임 같은 단어에 자

동적으로 반응한 것뿐일지도 모릅니다. 그러나 이 정도 단어에 일일이 기절초풍하는 모습을 보이면서 "중년 남자가 이해할 수 없는 신인류"라며 하야시 아마리의 '선정성'을 집요하게 부각하는 부분이야말로 남성 사회(라고 굳이 말씀드립니다만)의 악의가 분출된 지점이 아닐까요?

J포엠의 전통과 유행

머지않아 쇠퇴의 길을 걷게 될 것이라는 우려를 샀던 다와라 마치는 예상과는 달리 '인기 가인'으로서 지위를 단단히 굳힙니다. 수필, 기행문, 희곡부터 고전의 현대어 역(譯), 개설서, 단가 작문 지도법에 이르기까지. 나아가 국어 교과서 편찬, 국어 심의 위원, 각종 상의 심사위원 등을 비롯해 텔레비전 여행 프로그램, 교양 프로그램의 사회자로까지. 교사로서의 경험도 한몫했을 테지만 문자 그대로 팔면육비의 활약이라고 할 수 있습니다.

이는 현대의 탤런트가 본업인 가수나 배우 일만으로는 꾸려 나갈 수 없는 것과 비슷합니다. 오락 프로그램에서는 신나게 떠들고, 퀴즈 프로그램에서는 열심히 답을 맞히고, 교양 프로그램에서는 해설자가 되기도 하고, 잡지의 모델인 동시에 인터뷰에서는 사생활을 꺼내 보이는. 그리고 '가수'가 오락 프로그램에서 노래를 한 곡 부르듯이, '가인'은 책에서 한 수 읊어 보입니다.

다와라 마치가 와세다 대학에 입학해 사사키 유키쓰나(1938년생, 남자, 국문학자이자 가인―옮긴이 주)를 만나 단가를 쓰기 시작하게 된 이야기는 '아이돌이 되기까지'의 비화로 이미 유명합니다. 다와라 마치와 동세대인 제 친구는 "『샐러드 기념일』이 나왔을 때, 또 다른 나를 보는 듯한 느낌이 들었다"며 절반쯤 자조적인 말투로 이야기한 적이 있습니다. 그 세대 '문학소녀'들은 『샐러드 기념일』이 나오기 딱 10년 전, 1977년에 나온 '현대 가인문고'의 『사사키 유키쓰나 가집』을 통해 단가에 빠진 경우가 많다고 합니다.

가와무라 지로는 교과서에 실린 적이 있는 "나는 사박사박 배추를 씹는다"라는 후렴구의 자유시가 연상되었다고 『샐러드 기념일』 문고판 해설에 적고 있습니다. 그러나 다와라 마치와 동세대의 옛 문학소녀는 이렇게 말합니다. 그걸 논하려면 배추가 아니라 셀러리라고 해야지.

사각사각 셀러리를 씹는 천진한 너를 사랑하는 이유 필요 없으리

「상문가편(相聞歌篇)」(『남혼가(男魂歌)』, 1971)에 담긴 사사키 유키쓰나의 노래입니다. 그렇습니다. 『샐러드 기념일』 이전에 '셀러리 기념일'(그전에는 혹시 '배추 기념일'도?)이 있었습니다.

1980년대는 여성 가인을 중심으로 심포지엄이 열리는 등 가단 내에서도 페미니즘 바람이 불었습니다. 미치우라 모토코, 아키쓰 에이, 나가이 요코 등 30대 여성 가인들이 종래의 여성 이미지로

부터 탈피를 꾀하는 노래를 부르는 한편, 페미니즘을 배경으로
하는 신인 여성 가인들도 속속 등장했습니다. 다와라 마치를 그
러한 흐름에 올라탄 가인이라고 보는 사람도 있습니다. 예를 들
어 시노 히로시는 『샐러드 기념일』에 '자연체로서의 페미니즘'
이 담겨 있다고 말합니다.

> 여자에게 의자를 박차듯 차이기도 하고, 술의 힘을 빌린 구혼
> 을 부정당하기도 하고, 술병처럼 킵(keep)도 당하고, 남자가 설
> 자리가 없다. 이렇게 호된 일을 겪게 하면서도 장난스럽게 웃어
> 넘기는 그녀의 해학은 특정 남자가 아니라 난숙한 사회를 겨냥
> 한 것인 듯하다. 1970년대 이후의 페미니즘이 유머를 동반하여
> 극히 자연스럽게 기능한 결과가 아닐까. _시노 히로시, 『질주하는 여성 가
> 인』, 2000

뭐, 마음은 이해합니다. 그러나 아무리 '남자가 설 자리'가 없
어도 '장난스럽게 웃어넘기는 그녀의 해학'에 남자는 충분히 구
원받습니다. 페미니즘이 고작 이 정도 수준의 사상이라면 그 얼
마나 안전하고 무의미하고 남성에게 편리한 사상일까요. 중장년
층 남성이 『샐러드 기념일』에 푹 빠진 이유에 대해 아키쓰 에이
는 재미있는 해석을 내리고 있습니다.

사실 단가는 메이지 시대 이후 전례가 없을 정도로 대중화가

일어났던 장르였다. 전쟁 전에는 국책으로 『만요슈』가 민족의 노래로 칭송되기도 했다. (…)『샐러드 기념일』의 60~70대 남성 독자는 바로 그 무렵에 젊은 시절을 보낸 사람들이다. 1987년에 60세라고 하면 패전했을 때는 18세. (…) 다와라 마치 노래의 보수적 안전함은 딸의 연애를 훔쳐보는 듯한 낯간지러운 감각을 불러일으키는 동시에, 일찍이 한 차례 경험한 적이 있는 단가라는 장르를 통해 청춘의 달곰쌉쌀한 기억을 상기시켜주는 것이 아닐까. _아키쓰 에이,「다와라 마치 '샐러드 기념일'—소비 사회에 길들여진 감성의 출현」,『20세기의 베스트셀러를 분석한다』, 2001

그리고 샐러드는 배추와 셀러리의 딸 혹은 여동생에 해당합니다. 아무런 저항 없이 중장년층 남성에게 수용되었다는 사실 자체가 『샐러드 기념일』이 페미니즘과는 무관하다는 증거일지도 모르겠습니다. 아키쓰 에이는 "당시 우에노 지즈코 등이 등장하여 페미니즘의 바람이 거세게 불었는데, 대중 독자에게 『샐러드 기념일』은 그런 자기 변혁의 의지를 종용받지 않아도 된다는 점에서 '계집아이'의 복권(復權)으로 다가왔다"라고도 말합니다. 저는 아키쓰의 견해가 더 사실에 입각해 있다고 생각합니다.

이후 『샐러드 기념일』 관련 파생상품이 쏟아져 나왔습니다. 독자 투고 모음집인 『우리들의 샐러드 기념일』,『남자들의 '샐러드 기념일'』 같은 기획 책 또는 인기에 편승한 책. 낭독 카세트 북. 영문 대역. 사진집. 그러고 보니 앞에서 언급한 바 있는 AV여배우 구로키 가오루의 수필집 『과일 백서』는 의도적으로 『샐러드 기념일』을 패러디해 뺨을 괴고 있는 저자의 흑백 사진을 표지로 하기도 했습니다. 아이돌은 선망의 대상인 동시에 놀림의 대상이기도 합니다. 사람들은 아이돌 스타에게서 위안을 구하는 한편, 장난감으로 삼아 스트레스를 발산하기도 합니다.

장난감으로 삼은 예를 하나 소개하겠습니다. 출처는 『샐러드 기념일』을 모방한 패러디 단가, 쓰쓰이 야스타카의 「가라다 기념일('가라다'는 일본어로 '몸'이라는 뜻. 샐러드의 일본어 '사라다'를 패러디한 말―옮긴이 주)」(『약채반점』, 1988)[5]입니다.

> 이 노래를 부르기로 정하고 마이크에 침을 튀기는 너 〈가라지 시보탄(야쿠자들의 의리를 다룬 영화와 그 테마곡―옮긴이 주)〉
> 우리를 얏 짱(야쿠자를 가리키는 은어―옮긴이 주)이라고 부르는 여자가 있는 고베 모토마치 하나쿠마 근처
> "이 문신 좋아" 그녀가 말해준 7월 6일은 가라다 기념일

데뷔 11년째, 1998년에 발매한 다와라 마치의 세 번째 가집 『초콜릿 혁명』은 불륜을 노래한 단가집으로 또 한 번 큰 화제를 모았습니다. '사랑스러운 여동생'은 처자식이 있는 남자와 연애를 해도 "남자가 아닌 어른으로 대답하는 너에게 초콜릿 혁명을 일으킨다" 정도로 넘어갔으며 '위험한 여자'가 되지는 않았습니다. '이제 마치도 어른이 다 됐구먼'이라는 감회와 함께 위험한

향기 역시 해금되어 아이돌에서 여배우로의 변신에 성공한 것이라고 해야 할까요?

여담입니다만 1998년은 와타나베 준이치의 불륜 소설『실락원』이 밀리언셀러를 기록한 해입니다.『샐러드 기념일』이 무라카미 하루키의『노르웨이의 숲』과 연동하여 '순애보 붐'을 일으켰듯,『초콜릿 혁명』은 와타나베 준이치의『실락원』과 함께 '불륜 붐'에 올라탔습니다. 본인이 의도하지 않았음에도 시대와 동화되는 것. 그것이 어쩌면 스타가 스타인 이유인지도 모르겠습니다.[6]

단문의 인기는 그 후에도 사그라지지 않았습니다. 일찍이 광고 카피를 동경해『샐러드 기념일』을 '단가'가 아니라 '단문'으로 읽었던 이들이 1990년대의 '포스트 광고 카피', '포스트 구어체 단가'의 소비자가 되었기 때문입니다. 그리고 그것은 다이이치 생명의 '직장인 센류(풍자나 익살을 주된 내용으로 하는 짧은 시―옮긴이 주)' 대회, 후쿠이 현 마루오카 초의 '"어머니'에게 보내는 일본에서 가장 짧은 편지' 대회(여기에는 다와라 마치도 심사위원으로 참여하고 있습니다), 아이다 미쓰오(일본의 시인이자 서예가―옮긴이 주)의『인간이잖아』등으로 나타났습니다.

우리 회사 사풍 나오고 싶어도 나올 수 없는 미지근한 목욕물
_『헤이세이 직장인 센류 걸작선』, 1991

"나는 엄마를 닮아 못생겼어." 딸이 웃으며 말했어요. 나는 같

은 말을 울면서 했는데. 미안해요 엄마. _『'어머니'에게 보내는 일본에서 가

장 짧은 편지』, 1994

　불평을 늘어놓으면 어때 엄살을 떨면 어때 인간이잖아 _『인간이

잖아』, 1984

　세련되지도 않고 기교도 없습니다. 이런 작품이 1990년대 들
어 베스트셀러가 되었다는 사실을 생각하면 현기증이 납니다.
이런 작품을 '음, 좋은 시다'라고 느끼는 층은 『샐러드 기념일』의
독자와 같은 층. '아이다 미쓰오 현상'을 만든 사람들과 '샐러드
현상'을 일으켰던 사람들은 대부분 겹칠 것입니다. 이 장의 시작
부분에서 인용한 유명한 세 수가 『샐러드 기념일』에 실린 노래
중에서도 특히 이해하기 쉽고 기교가 적은, 누구나 쉽게 읊을 수
있을 듯한 '말해줘' 노래라는 것이 그 증거입니다. 사실 그녀는
더 기교적이고 정교한 노래를 많이 읊었습니다.
　1994년에 『B면의 여름』으로 데뷔한 마유즈미 마도카의 구어
체 하이쿠(일본 고유의 서정적 단시 ─옮긴이 주)가 그러하듯 단문
은 독자의 참여를 요구합니다. '이 정도 수준이라면 나도 만들
수 있을 것 같다'라는 생각이 독자의 '시적 마음'에 불을 지피고
독서 행위를 유발시킵니다. 긴이로 나츠오부터 이토이 시게사
토, 다와라 마치, 마유즈미 마도카, 아이다 미쓰오에 이르기까지
한편에는 모범적인 '단문 표현'이 존재하고, 다른 한편에는 신문
의 단가·하이쿠 코너, 만류 카피 강좌, 직장인 센류, 어머니에게

　　　　　　　　　　　　　　　　　　　　　　　　다와라 마치

보내는 편지까지 포함하는 '투고 문화'가 맥을 이어오고 있습니다. 단문 표현+투고 문화. 그것은 일본 고유의 시, 즉 'J포엠'의 전통입니다. 집이나 차 안에서는 CD를 듣고 그걸 다시 노래방에 가서 직접 부르는 나라. 노래방을 발명한 나라다운 전통이 아닌가요.

단문 표현+투고 문화의 가장 두드러진 예는 매년 궁내청(일본 황실을 담당하는 정부 부처─옮긴이 주) 주최로 개최되는 이벤트 '가회시(歌會始)'입니다. 이 사실만으로도 J포엠의 전통이 그저 농담으로 하는 말이 아님을 이해할 수 있을 것입니다. (단가를) 불러라 (유행에) 춤춰라. '샐러드 현상'은 가회시의 거품경제 버전이었다. 그렇게 생각하면 '샐러드 현상'은 1980년대 말이라는 시기에 걸맞은 현상이었다고 하지 않을 수 없습니다.

유민이나 다와라 마치가 폭발적으로 인기를 끈 1980년대 후반은 '라이트'한 말장난에 정신을 팔 정도로 아직 사회에 여유가 있었던 것 아닐까요. 거품경제 붕괴 이후 1990년대 팝 신을 휩쓴 고무로 데쓰야의 가사가 내용적으로도 기교적으로도 빈약했던 것이나, 아이다 미쓰오 시문집의 노골적인 표현 같은 것은 될 대로 되라는 당시의 사회 분위기를 잘 반영하고 있습니다. 그러나 그런 시대도 막을 내리고 등장한 신세기 디플레이션 시대, 이제 '샐러드 문화'는 더 이상 의식조차 하지 못할 정도로 사회에 스며들어 있습니다. 중장년층 남성이 아무런 저항 없이 '모닝구무스메(일본의 대표적인 10대 소녀 아이돌 그룹─옮긴이 주)'를 받아들여 "일본의 미래는 워, 워, 워, 워(모닝구 무스메의 히트곡 가사—옮긴이 주)" 같은 가사의 노래를 부를 수 있게 된 것은 『샐러드 기념일』이 뿌린 씨앗 덕분이 아닐까요.

실제로 『샐러드 기념일』이 씨를 뿌린 땅에서 또 한 명의 아이돌이, 이번에는 문학의 중심인 소설의 형태로 싹을 틔우고 꽃을 피우게 됩니다.

다와라 마치

1 ＼ 다와라 마치의 '이종 콜라보레이션'으로는, +아사이 신페이 『싱싱한 단가입니다』, 『또 하나의 사랑』, +안노 미츠마사 『안노 미츠마사 기리에 백수—다와라 마치와 읊는 사랑의 노래에서』, 『거기까지의 하늘』, +이나코시 고이치 『꽃다발처럼 안기고 싶어』, +오타 게이분 『꽃점』 등이 있다.

2 ＼ 「8월의 아침」, 「야구 게임」, 「아침 넥타이」, 「바람이 되다」, 「여름 배」, 「모닝 콜」, 「하시모토 고교」, 「기다리는 사람 놀이」, 「샐러드 기념일」, 「황혼 골목」, 「좌우 대칭의 나」, 「잘 있어」, 「재즈 콘서트 IMA」, 「골목 고양이」, 「언제나 아메리칸」—『샐러드 기념일』에 실린 열다섯 장의 제목을 열거하면 정말로 열다섯 곡의 노래가 실린 앨범처럼 보인다.

3 ＼ 다국적적이라는 면에서는 비슷하지만 '겨드랑이 털 전문 여배우'로 유명해진 구로키 가오루나 흑인 병사와의 짧은 로맨스를 그린 「베드 타임 아이스」로 데뷔한 야마다 에이미는 오히려 당시에는 섹시한 안티 우등생 이미지가 있었다. 참고로 당시 여고생이었던 이의 말에 따르면, 교실 내에는 『앙앙(anan)』파와 『논노(non-no)』파가 있었는데 『앙앙』파는 야마다 에이미를, 『논노』파는 다와라 마치를 읽었다고 한다.

4 ＼ 『샐러드 기념일』의 내용에 관해 가나이 미에코는 다음과 같이 말한다. "샐러드의 맛을 본 연인이 내뱉은 '맛있다'라는 말에 도취하고, 케첩을 좋아한다는 '너'의 취향을 메모지에 적어놓고, 애써 만든 계란 샌드위치를 먹다 남겼다고 속상해하고, '네'가 아스파라거스를 싫어한다는 것을 알게 되어 당황하고, 실연이 두렵지만 정작 실연한 뒤에는 '보기 전에 날지 않는다 무엇을 보게 될지 모르지만 미끄러지듯 산다'고 생각하고, '내 무릎에 있는 아기의 무게를 느끼고 꼬마 불량배 자는 숨소리'에 귀를 기울이는 젊은 여

자의 세계. 그녀의 세계는 단가로 옮기 오래전부터 타자에 대한 교태와 '미끄러지듯 사는' 것의 둔감한 자족으로서 한결같이 운율화되어왔다는 사실을 새삼 깨닫고 아연실색하게 된다"(『분가쿠카이(文学界)』, 1989년 7월호). 냉정한 눈으로 봤을 때 『샐러드 기념일』의 주인공이 초 울트라 보수녀라는 사실은 명백하다.

5 \ 1987년은 『샐러드 기념일』과 함께 아베 조지의 데뷔작 『담장 안의 넌더리 나는 사람들』이 밀리언셀러를 기록했고, '넌더리 나는 ○○'가 유행어 대상을 수상한 해이기도 하다. 이해의 베스트셀러 10에는 앞에서 말한 책 외에 『극악 세계의 멋진 사람들』, 『담장 안의 플레이볼』까지 아베 조지의 책이 세 권이나 올라 있다. 애교가 가득한 여자아이 구어체 단가와 야쿠자 출신 작가의 옥중 생활기가 같이 읽혔던 것이다. 「가라다 기념일」은 양쪽을 모두 조롱하는데, 당시의 독자가 '순정파'와 '무뢰파'로 양분되어 있었던 것인지 아니면 양쪽을 모두 읽음으로써 정신의 균형을 유지하고 있었는지는 전혀 알 수 없다.

6 \ 와타나베 준이치의 『실락원』은 1997년의 밀리언셀러이다. 50대 남자와 30대 여성의 불륜을 생생하게 그린 탓에 닛케이 신문 연재 때부터 화제가 되었다. 내용의 대부분은 여행과 식사와 섹스로 채워져 있다. 또 『초콜릿 혁명』에서 몇 수 골라보면 다음과 같다. "만날 때마다 안기지 않아도 되게 함께 살고 싶은 7월", "불고기와 그라탱을 좋아한다는 소녀야, 나는 너의 아버지가 좋단다", "알려져서는 안 되는 연애, 또 조금 알리고 싶은 연애". 『샐러드 기념일』의 주인공이 그대로 30대가 된 느낌이다.

요시모토 바나나
YOSHIMOTO BANANA

소녀 문화라는 지하 수맥

독서계가 『샐러드 기념일』로 시끌벅적하던 1987년, 요시모토 바나나는 「키친」으로 가이엔 신인 문학상을 수상하며 데뷔합니다. 그러나 그녀가 '바나나 현상'이라 불릴 정도로 폭발적인 인기를 얻게 된 것은 조금 지난 뒤의 일입니다.

제1차 바나나 열풍은 1989년입니다. 1988년 1월에 『키친』이 단행본으로 출간되어 좋은 평가를 얻기는 했으나 1988년은 『노르웨이의 숲』이 독주하던 때였습니다. 그러나 이듬해 마치 무라

요시모토 바나나 ＼ 1964년 도쿄 도 출생. 아버지는 평론가 요시모토 다카아키. 1987년 니혼 대학 예술학부 졸업. 1987년 「키친」으로 데뷔. 이즈미 교카 문학상(『키친』, 1988), 예술선장 문부대신 신인상(『물거품/성역』, 1988), 야마모토 슈고로상(『티티새』, 1989), 스칸노상(이탈리아, 1993), 무라사키 시키부상(『암리타』, 1995), 펜디시메 문학상 '언더35'(『암리타』, 이탈리아, 1996), 마스케라디르젠트상 문학 부문(『암리타』, 이탈리아, 1999), 두마고 문학상(『불륜과 남미』, 2000) 등 수상.

카미 하루키와 교체라도 하듯이 '바나나 원년'이 찾아왔습니다. 연간 베스트셀러 열 권 중 네 권을 바나나가 쓴 책이 차지하는 등 전대미문의 사태가 일어난 것입니다. 다작을 하는 그녀는 이 시점에서 이미 소설 다섯 권, 수필 한 권을 발표한 상태였는데, 그 판매 부수가 어처구니없을 정도였습니다. 추산에 따르면 『키친』(1988년 1월) 130만 부, 『물거품 / 성역』(1988년 8월) 90만 부, 『슬픈 예감』(1988년 12월) 80만 부, 『티티새』(1989년 3월) 140만 부, 『하얀 강 밤배』(1989년 7월) 70만 부, 『파인애플링』(1989년 9월) 50만 부.

신인 작가의 소설이 베스트셀러가 되는 일 자체는 드물지 않습니다. 그러나 요시모토 바나나는 출간한 모든 책이 단기간에 동시 다발적으로 엄청나게 팔렸다는 점에서 이례적입니다. 단순히 위의 숫자를 더해도 570만 부!

요시모토 바나나가 소비된 방식은 무라카미 하루키와 비슷합니다. 즉, 일반 독자와 비평가(아마추어와 프로) 양쪽의 지지를 모두 받았습니다. 위의 숫자에 더해 아쿠타가와상 후보 두 번, 이즈미 교카 문학상(『키친』), 예술선장 신인상(『물거품 / 성역』), 야마모토 슈고로상(『티티새』) 수상 경력이 이를 입증하고 있지요. 하지만 무라카미 하루키론이 비평가들의 수수께끼 풀이 전쟁으로 발전한 것과는 달리 바나나론은 진화하지 않았습니다. 그들은 오직 '왜 요시모토 바나나는 인기가 있는가'라는 문제에만 흥미를 갖고 파고들었습니다. 결론을 미리 말씀드리자면 그들의 시

요시모토 바나나

도는 모두 실패한 것으로 보입니다. 그 이유는 아마 요시모토 바나나가 '미지의 나라'에서 온, 문자 그대로 에일리언이었기 때문일 것입니다.

자세한 이야기는 조금 이따 말씀드리기로 하고 우선 '바나나론'의 실례를 들어보기로 하겠습니다. 요시모토 바나나를 논하는 방식은 다른 작가나 작품의 비평과는 미묘하게 달라서 다음과 같이 크게 세 유형으로 나눌 수 있습니다.

 (A) 일반적인 작품 & 작가 평(무엇이 새로운가에 대한 분석)

 (B) 마케팅 비평(왜 인기가 있는가에 대한 분석)

 (C) 상품 비평(상품으로서의 책을 분석)

B나 C 같은 비평의 수요가 매우 높았다는 것이 바나나스럽게 보이기도 합니다. 즉, 요시모토 바나나는 내가 어떻게 읽었느냐 하는 것 이상으로 다른 사람들은 어떻게 읽었는지가 궁금한 작가였다고 할 수 있습니다.

급진적 문체와 보수적 내용

그럼 우선 A유형의 비평부터. 바나나 열풍에 불이 붙기 직전에 나온 서평을 읽어봅시다.

개인적으로 요시모토 바나나의 소설에서 가장 인상적이었던 건 근래의 신인들에게서 종종 눈에 띄듯이 잔재주로 글을 썼다거나, 관념적인 시건방짐이 전혀 없었다는 점입니다. 물론 모두 허구이지만 그녀만의 리얼리티 있는 문체가 마치 사실만 쓴 것처럼 독자를 감동시킵니다. 또한 작가가 '인생'을 보는 관점이 탄탄하기 때문에 읽고 난 후에 기분이 상쾌해집니다. _야스하라 겐,
『신칸텐보(新刊展望)』, 1988년 4월호

이 작가는 슬플 때는 그냥 슬프다고 쓴다. 사랑을 해서 기쁠 때는 기쁘다고 쓴다. 그저 솔직해서 귀엽다. 내가 가장 놀란 문장은 도시에 지는 노을의 아름다움을 묘사한 부분. 요시모토 바나나는 쓸데없는 말을 하지 않고 단숨에 이렇게 쓴다. "대단히 아름다웠다." 두 손 들었다. 이 솔직함은 거의 과격함이다. 이것은 순정만화의 순애 표현의 과격함과도 흡사하다. 사람이 이렇게까지 솔직할 수 있을까! _가와모토 사부로, 『선데이 마이니치』, 1988년 9월 4일호

사람이 이렇게까지 솔직할 수 있을까! 위의 서평에 대해서도 같은 말을 할 수 있다는 생각은 듭니다만. 첫 번째 인용은 『키친』의 서평이고 그다음 인용은 『물거품/성역』의 서평입니다.

이처럼 바나나에 대한 초기 평가는 무라카미 하루키나 다와라 마치처럼 '문체의 참신함'에 대한 놀라움이 기폭제가 되었습니다. 책을 덮은 후 느껴지는 상쾌한 기분, 순수함, 솔직함, 천진난만함, 순정만화적이라는 표현은 바나나를 논할 때 기본적으로 등장하는 단어들입니다.

요시모토 바나나의 '참신한 문체'란 어색한 표현이나 문법적

으로 이상한 문장이 아무렇지 않게 사용되는 것을 가리킵니다. 『키친』의 일부를 발췌해보겠습니다.

　　내가 세상에서 가장 좋아하는 장소는 부엌이라고 생각해.
　　부엌이 있고, 식물이 있고, 한지붕 아래에 사람이 있고, (이하 생략)
　　나보다 먼저 잠이 든 것이 행복하게 보이는 미소였다.

　처음 문장은 『키친』의 서두입니다. 기존의 작문법에 따르면 '내가 세상에서 가장 좋아하는 장소는 부엌이다'라고 단정 짓거나 '내가 세상에서 가장 좋아하는 장소는 부엌이라고 나는 생각한다'라고 써야 할 것입니다. 두 번째 문장의 '식물이 있고(植物がいて)'도 본래의 용법과 어긋나고(식물의 경우 '植物があって'라고 하는 것이 일반적이다―옮긴이 주), 세 번째 문장에서는 '잠이 든 것'을 받는 술어가 없습니다. 이렇게 분석을 하다보면 "'나는 흑흑흑 했다'라는 문장을 보는 것만으로도 기분이 나빠진다"(쓰치야 미치오, 『치시키(CHISHIKI)』, 1990년 1월호)는 사람이 나와도 이상하지 않습니다.

　그러나 위와 같은 의견은 소수파. 비판은 오히려 문체보다 내용에 관한 것이 많았습니다. 바나나가 등장했을 때부터 비판적이었던 도미오카 다에코와 아사다 아키라를 예로 들겠습니다. 도미오카는 아사히 신문 문예시평에서 "요즘 젊은 사람들이 살아가는 훈훈한 이야기다. 그래서 그 훈훈한 이야기가 '문학' 동네의 영감님들을 감동시킨 것이다"(1988년 8월 29일)라고 썼고, 순정만화 독자이기도 한 아사다는 순정만화의 영향을 받은 듯한 바나나의 작품을 지적하며 "그러나 바나나에게서는 순정만화의 급진성을 전혀 찾아볼 수 없다"고 단언합니다. 내용에 관한 비판도 소개해드립니다.

> 요시모토 바나나는 오시마 유미코 풍의 공허한 느낌을 잘 활용하긴 하지만, 뿔뿔이 흩어졌던 사람들이 결국 인정미 넘치는 훈훈한 유사 가족 같은 관계를 맺으며 그 후로도 오랫동안 행복하게 잘 살았답니다, 라는 식으로 이야기를 끝내버리지요. (…) 즉, 급진적인 순정만화가 애써 가족을 해체해놓았는데 요시모토 바나나는 가족을 부활시켜 체제 옹호적인 달콤한 결말로 매듭지어버리니 아저씨들에게도 인기가 있는 것이죠. 대단히 반동적인 소설이라고 생각해요. _아사다 아키라 인터뷰, 『고로(GORO)』, 1989년 3월 9일호

나의 기대가 섞인 평을 덧붙이자면 『물거품』의 마지막 부분은 아무래도 억지로 갖다 붙인 듯한 느낌이 들어 어색하고 미흡하다. (…) 마치 미담의 결말과 같지 않은가. 솔직히 이 결말에는 실망했다. 결국 거짓 '이야기'로 막을 내리고 있기 때문이다. 『물거품』 전체가 희미하게 기승전결을 따르고 있다는 점도 마음에 들지 않는다. 부탁건대 앞으로는 이처럼 흔해빠진 '이야기'로 마

요시모토 바나나

무리하며 타협하지 않기를 바란다. _니시오 간지, 『가이엔(海燕)』, 1988년

10월호

어머나, 이런 곳에 니시오 간지의 이름이…… 아사다 아키라와 니시오 간지가 같은 의견이라는 점도 흥미롭지만, 어쨌든 두 사람이 공통적으로 지적하는 것은 내용의 허술함입니다. 이야기의 결말을 훈훈한 미담으로 적절히 맺는 기법은 그녀의 작품에서 종종 발견되는 경향입니다.

문체(형식)는 급진적이지만 이야기(내용)는 보수적인 멜로드라마. 달리 말하면 바나나 팬은 이야기의 형식에 전율했고, 안티 바나나는 이야기의 내용에 혀를 내둘렀지요. 이런 식으로 그녀의 소설은 받아들여졌습니다.

요시모토 바나나는 팬시상품

다음으로 B유형의 바나나 비평, 즉 마케팅 비평입니다. 마케팅 비평이란 다음과 같은 것을 가리킵니다.

"붉은 꽃 하면 석산(石蒜)"을 떠올리는 아버지는 낡은 아버지. 지금 가장 트렌디한 붉은 꽃은 바나나 꽃. _「요시모토 바나나는 90년대의 세이 쇼나곤(헤이안 시대 여류 작가—옮긴이 주)」, 『주간 분슌』, 1989년 1월 5일호

"이렇게 소리 내어 펑펑 운 건 처음"(18세 여고생의 고백) / 남

자라면 한 번쯤 듣고 싶은 대사로 시작했습니다만, 지금 세간의 여성을 울리고 있는 인물은 화제의 소설가 요시모토 바나나 양입니다. 네? 모른다고요? 이런 이런, 인기남이 되긴 글렀네요. _

「요즘 여자들은 왜 '요시모토 바나나'에 울고 웃는가?」, 『고로』, 1989년 2월 23일호

대체 무엇이 여자들의 마음을 쥐고 흔들며 또 남자들은 왜 그것을 철저히 거부하는가? / 책을 읽지 않는 남성 여러분을 위해 여기 바나나 껍질을 한 겹 벗겨보자 _「비즈니스 맨을 위한 '요시모토 바나나'

연구」, 『사피오(SAPIO)』, 1989년 11월 9일호

괄호 안의 기사 제목과 잡지명을 보면 분명하죠. 요시모토 바나나라는 작가(상품)가 잘 팔린다더라, 특히 젊은 여성에게 인기가 있다고 하더라, 라는 정보를 주워들은 남성 잡지의 기사입니다. 보도를 보니 바나나를 읽는 독자층은 10~20대 여성이 90퍼센트라고 하더라. 때문에 위의 기사는 '왜 잘 팔리는 것일까?'를 추측하고 '요즘 여자 연구'를 하기 위한 것으로, 이른바 문예비평과는 자연스럽게 그 목적도 방법도 다릅니다.

그러나 솔직히 말씀드리면 어설픈 문예비평보다 이런 기사 쪽이 훨씬 더 바나나 작품의 본질에 다가가는 경우가 있습니다. 그이유는 그들이 '바나나의 어디가 좋은지 우리는 전혀 모르겠어!'라는 데서 출발하고 있으며, 문학 이외의 분야도 시야에 넣어가며 수수께끼 풀이에 도전하고 있기 때문입니다. 문학계에 넘치

요시모토 바나나

는 다와라 마치 평보다 마케팅 잡지에 실린 분석이 더 정곡을 찔렀던 것과 비슷하다고 할까요?

특히 압권이었던 것은 '소녀학 입문 강좌'라는 부제 아래 '소녀 상품학', '소녀 민족학', '소녀 언어학', '소녀 문학'의 네 개 부문으로 나눠 '바나나의 수수께끼'를 푼 특집 기사 「어른을 위한 요시모토 바나나」(『데이스 재팬(Days Japan)』, 1989년 9월호)입니다. 후지오카 와카오(CF 프로듀서), 니시카와 류진(마케팅 플래너), 오쓰카 에이지(평론가), 이토 세이코(멀티 크리에이터), 아키모토 야스시(방송 작가) 등 웬만한 그쪽 업계 사람들은 다 취재했다는 이 기사에는 주옥같은 키워드가 가득합니다.

리카 인형 사진이 실린 지면에서 그들이 한 분석에 따르면, "문구나 팬시상품이 젊은이들에게 인기가 있잖아요. (…) 요시모토 바나나의 경우도 마찬가지죠", "환경음악 같다고 생각해요. (…) 나는 그걸 백그라운드 노벨이라고 부르고 있습니다만"(후지오카 와카오), "바나나의 책도 옷이나 액세서리처럼 패션의 일종", "(요즘 소녀들에게―인용자 주) 음악이나 소설은 자신을 주인공으로 하는 무대의 소품에 지나지 않죠. 바나나의 소설도 그 소품 중 하나이고요"(니시카와 류진), "문학소녀이면서도 구어체로 글을 쓰는. (…) 말하자면 옛날 소설의 현대어 역 같은 부분이 있고", "하시모토 오사무가 『마쿠라조시(枕草子)』의 현대어 역 작업을 하고 있는데, 바로 그것과 비슷한 부분이 있다고 생각합니다"(아키모토 야스시), "바나나의 소설은 근대 문학을 아주 알기

쉬운 형태로 시뮬레이션하고 있는 것 같습니다"(오쓰카 에이지),
"현대의 소녀들은 태어날 때부터 이미지의 허구 속에 살고 있는
셈이라 바나나 월드가 곧 현실입니다"(이토 세이코).

팬시상품, 액세서리, 옛날 소설의 현대어 역, 근대 문학의 시뮬
레이션…… 광고 카피 같은 코멘트가 이어져 다소 거북스럽긴
하지만, 읽고 난 뒤 기분이 상쾌하다거나 문체가 참신하다는 식
의 평범한 평보다 바나나 작품을 평가하는 말로 훨씬 더 적합하
다고 생각합니다. 예를 들어 다음과 같은 비평은 제 눈에는 덜떨
어져 보입니다.

결국 '나'란 대체 누구인 것일까. (…) 아무리 생각해도 그 점
을 모르겠다. 게다가 많든 적든 이것은 요시모토 바나나의 '나'
에게 공통되는 '아름다운 성질'이며, 사실 그녀의 작품 대부분
은 이러한 '나'의 불가사의한 특권성에 기생하고 있다. 나는 '나
는 모든 것을 알고 있었다'라는 단언을 의심 없이 신용한다. 그
러나 '모든 것을 알아'버린 후에 남는 것은 무엇인가. '비애감'일
까. 아니면 '앎'의 공허함인가. _시마 히로유키, 『가이엔』, 1989년 5월호

이렇게 생각해보면 어떨까. 저자는 이렇게 말한다. "응, 내가
세상에서 가장 좋아하는 장소는 부엌이라고 생각해"라고. 이 말
에서는 '아, 그렇구나', '응' 하는 중얼거림도 들린다. 이야기를
들으면서 내는 말이 아니라 무언가 말하려 생각에 잠기면서 '응,

있잖아, 나는 이렇게 생각해'라고 말을 꺼낼 때 내는 그 '응'. 상대를 향한 것이라기보다 절반 이상은 자기 속의 나에게 내뱉는 응답 '응'이 삶의 한 리듬이 된 것이다. _가토 노리히로, 『시소노카가쿠(思想の科學)』, 1992년 4월호

전자는 단편 「밤과 밤의 여행자」의 비평, 후자는 문법적으로 이상한 『키친』의 서두에 관한 해석입니다만, '참 수고 많으십니다'라는 말밖에 드릴 말씀이 없습니다.

시마 히로유키와 가토 노리히로가 말하는 바는 오쓰카 에이지와 아키모토 야스시가 말하는 것과 기본적으로 그다지 다르지 않습니다. 그럼에도 문학 전문가 쪽이 더 엉성하게 보이는 이유는, 어쩌면 바나나의 문학 세계 자체가 기성 문예비평 용어나 논법을 거부하는 요소를 가지고 있기 때문인지도 모릅니다. 무라카미 하루키를 논할 때면 그래도 상관없었을지 모르지만, 무슨 문제든 '문학의 문제'로 끌어와 억지로라도 '아는 척'을 해야 하는 비평가에게 바나나는 생각지 못했던 골칫거리가 아니었을까요?

바나나 월드는 코발트 문학?

자, 그럼 결국 요시모토 바나나는 무엇이었던 것일까요.

우선 다음의 두 문장을 비교해보시기 바랍니다.

나는 처음으로 타인에 대해 허식 없는 그런 감정을 느꼈다. 어

떤 종류의 필터도, 쓸데없는 마음의 혼란도 없는 깨끗한 감정. 아라시와 있으면 나는 내가 생물이라는 생각이 들었다.

그런 느낌은 내 속에 소중히 간직하려고 했다. 이제 다시 걷거나 달릴 수는 없지만, 그래도 그런 느낌은 보물과 같았다.

전자는 요시모토 바나나의 「물거품」의 한 구절이고, 후자는 기타가와 에리코가 각본을 쓰고 기무라 다쿠야와 도키와 다카코가 주연한 인기 텔레비전 드라마 〈뷰티풀 라이프〉(2000)의 소설판 일부입니다(드라마에서는 등장인물의 내레이션으로 낭독되었습니다). 두 문장 다 주인공의 독백인데, 문장의 터치는 물론이고 기분의 표현 방법, 진행 중인 이야기와 거리를 두는 방식 모두 매우 흡사합니다.

1980년대까지는 인기 드라마가 시나리오 형식으로 출간되는 것이 일반적이었고 소설판이라는 형식이 일반화된 시기는 1990년대 이후입니다. 그래서 양자를 간단하게 비교할 수는 없습니다만, 그럼에도 두 작품에서 느껴지는 동종성은 무엇을 의미할까요? 일반 소설과 드라마의 소설판 모두 요시모토 바나나를 모방하게 된 것일까요?

그보다 저는 이 세대 여성에게 세대적인 공통 체험이라고 해도 좋을 '문체'가 있었던 것이 아닐까 생각합니다. 애초부터 요시모토 바나나의 '문체'는 순정만화의 영향을 많이 받았다는 지적을 받아왔습니다. 예컨대 『요시모토 바나나론』을 쓴 마쓰모토 다카유키는 이렇게 말합니다.

> 요시모토 바나나의 문체가 만화적이라는 점은 데뷔작인 「키친」 때부터 이미 지적받아왔다. 나도 직감적으로 문체에 만화적인 요소가 들어 있음을 금방 알아차렸다. 그러한 만화적인 요소를 긍정하는 사람도 있었고 부정하는 사람도 있었다. 나는 처음부터 그런 논의에는 관심이 없었고, 그것이 중요한 포인트라고도 생각하지 않았다. 왜냐하면 나의 감각으로는 매우 '당연'하게 느껴졌기 때문이다. _마쓰모토 다카유키, 『요시모토 바나나론─'보통'이라는 무의식』, 1991

실로 자신만만한 분석입니다. 그러나 이렇게까지 만화의 영향을 지적하면서 왜 '또 하나의 소녀 문화'에 대해서는 아무도 알아차리지 못했을까요? 이것은 일본 문학사의 큰 수수께끼라고할 수 있습니다. '또 하나의 소녀 문화'란 바로 1980년대 소녀들을 사로잡았던 순정만화의 활자판, 즉 코발트 문고입니다. '문체'가 받은 영향을 논하려 한다면, 그림과 글로 구성된 만화보다는 문장으로만 된 상품을 참조하는 게 더 나을 텐데 말이죠.[1]

슈에이샤에서 나온 코발트 문고. 10대 소녀를 대상으로 하는 '코발트 시리즈'는 1976년에 창간되었습니다. 창간 당시에는 '10대의 성', 이른바 '소녀용 포르노' 노선(이른바 주니어 소설)을 걸

었으나 1980년대 즈음부터 노선을 크게 전환합니다. 히무로 사에코를 필두로 20대 여성 작가가 속속 등장해 학원 러브 코미디 등을 양산해냈고, 이들은 10대 소녀들 사이에서 절대적인 인기를 누리게 됩니다.[2] 특히 코발트에 SF를 도입하고 '아타시(あたし)'라는 여성 일인칭 대명사를 정착시킨 아라이 모토코는 주목할 만한 존재였습니다.

자, 다시 요시모토 바나나로 돌아와봅시다. 바나나가 얼마나 '코발트'였는지 예를 보여드리도록 하지요.

> 우리는 무엇인가를 기다리고 있었다. 이 새하얀 방에서. 이미 오래전부터. 어쩌면 태어났을 때부터 줄곧 기다리고 있었는지도 모른다. / 갑자기 인기척이 났다. 나는 황급히 얼굴을 들었다. 정면에 여신이 서 있었다. 여신. 어떻게 그것이 여신인지 알았는지는 분명치 않다. _아라이 모토코, 『언젠가 고양이가 되는 날까지』, 1980

> 가족이라는, 분명히 존재했던 것이 세월 속에서 한 명 한 명 줄어들어 문득 나 혼자 여기 있게 되었다는 생각이 들면 눈앞에 있는 것이 모두 거짓말로 보이게 된다. 나고 자란 방에서 이렇게 정확하게 시간이 지나, 나 혼자 남게 되었다니, 놀라운 일이다. / 마치 SF다. 우주의 어둠이다. _요시모토 바나나, 『키친』, 1988

참고로 『언젠가 고양이가 되는 날까지』는 아라이 모토코의 첫 번째 코발트 작품(전체 작품으로서는 두 번째)으로, 공전의 소녀소설 붐을 일으킬 정도로 히트를 친 작품입니다. '아타시'라는 일인칭의 우월성. 진행 중인 이야기로부터 문득 거리를 두는 유체이탈 감각. 비평가의 극찬을 받으며 그들을 수수께끼 풀이로 내몰았던 요시모토 바나나의 특질은 아라이 모토코에게도 공통적으로 나타나는 것입니다. 요시모토 바나나의 특질이란, 정확하게는 '요시모토 바나나들'의 특질이었던 것이 아닐까요.

코발트계 소녀 소설과 요시모토 바나나의 관련을 언급한 논문이 있는지 조사해본 결과, 두 편 정도 발견할 수 있었습니다. 하나는 교육 잡지에 게재된 시무라 유키코의 「소녀들의 독서 — 오리하라 미토와 요시모토 바나나의 작품으로 보는 소녀상」(『문학과 교육』, 1997년 6월호). 다른 하나는 미쓰이 다카유키의 「요시모토 바나나 신화」(미쓰이 다카유키 & 와시다 고야타, 『요시모토 바나나 신화』에 수록, 1989)입니다.

시무라 유키코는 마이니치 신문사가 초등학교 4학년생부터 고등학교 3학년생까지를 대상으로 실시한 독서 조사 데이터를 바탕으로 여자 중고교생이 즐겨 읽는 작가의 변화 추이를 분석했습니다. 그리고 1980년경부터 히무로 사에코와 아라이 모토코의 주니어 소설(그녀는 이렇게 부르고 있습니다)이 순위에 자주 등장한다는 사실, 1980년대 후반부터 중학생은 오리하라 미토, 고교생은 요시모토 바나나로 나뉘기 시작한다는 사실을 밝혀냈습니다.

오리하라 미토는 코발트 문고의 라이벌 격인 '고단샤 X문고 틴스 하트'가 주된 활동 무대였기 때문에 엄밀하게는 코발트 작가라고 할 수 없습니다. 하지만 그래도 오리하라 미토는 히무로 사에코와 아라이 모토코의 여동생뻘이라고 봐야 하겠지요. 시무라 유키코는 오리하라 미토의 인기 작품(『천사가 내리는 밤』, 『틴에이지 블루』, 『벚꽃 아래에서 만나요』 등)과 요시모토 바나나의 인기 작품(『키친』, 『티티새』, 『N·P』 등) 사이에 커다란 공통점이 있다고 지적합니다. 첫째, 주인공의 성장을 다룬 이야기라는 점, 둘째, '와타시' 혹은 '아타시'라는 일인칭으로 서술되어 있다는 점. 둘의 차이는 주인공의 나이 설정밖에 없다고까지 그녀는 말합니다.[3]

오리하라 미토나 요시모토 바나나가 데뷔한 1980년대 후반은 코발트 문고의 성공을 지켜본 출판사들이 이 시장으로 뛰어들어 틴스 문고가 거대한 마켓으로 성장한 시기입니다.[4] 동시에 코발트(등 틴스 문고)가 기존의 학원 코미디 또는 러브 로맨스(리얼리즘 소설) 노선에서 황당무계한 SF판타지로 그 축을 옮기기 시작한 시기이기도 했습니다. '드래곤 퀘스트' 같은 컴퓨터 게임의 영향이었던 걸까요? 요시모토 바나나가 특히 10대 독자들의 열광적인 지지를 받았다는 사실도 이렇게 생각하면 이해가 갑니다. 거칠게 말하면 히무로 사에코가 개발하고 아라이 모토코가 우주 저편으로 보내버렸던 이야기를 요시모토 바나나가 다시 지상으로 끌어내린 것이라고 할 수 있습니다.

한편 고등학교 사회과 교사이기도 한 미쓰이 다카유키는 언어의 측면에서 히무로 사에코, 아라이 모토코, 요시모토 바나나의

요시모토 바나나

유사성을 지적하면서도 양측의 미묘한 차이를 중요시합니다. 그는 바나나의 소설은 "순정만화가 열어젖힌 세계, '코발트 문고' 또는 '주니어 소설'이 열어젖힌 세계, 그리고 그것들이 무의식의 배경 또는 공백으로 가라앉힌 체험을 언어가 지닌 힘으로 끄집어내 우리에게 제3의 미지 영역을 제시하는 세계"라고 말합니다.

확실히 공통점이 많기는 합니다만, 요시모토 바나나와 코발트를 완전히 동일시하는 것도 적절치 않습니다. 코발트와 바나나의 커다란 차이점은 스토리의 완성도입니다. 기본적으로 엔터테인먼트로 개발된 코발트계 문학에는 권두의 자기소개부터 해피 엔딩으로 끝나는 결말에 이르기까지 시리즈가 가지는 다양한 제약이 있습니다. 반면 바나나는 훨씬 자유롭습니다. 달리 말해 '느슨'합니다. 이걸 '순수문학적'이라고 할 수도 있겠지요. 아무튼 그렇기 때문에 바나나는 가이엔 신인 문학상에 당선될 수 있었던 것이고, 만약 코발트 문학 대상에 응모했더라면 『키친』은 낙선했을지도 모릅니다.

초기 바나나 작품은 대부분 가족, 죽음, 고독이라는 세 가지 키워드로 정리할 수 있습니다. 화자인 주인공 주변에는 반드시 죽음과 고독의 그림자가 짙게 드리워져 있습니다. 마지막 가족인 할머니를 잃거나(「키친」), 전작의 등장인물의 죽음에서부터 이야기가 시작되거나(「만월」), 교통사고로 사랑하는 연인을 잃거나 (「달빛 그림자」), 사생아인 주인공의 어머니가 자살을 시도하거나 (「물거품」), 사고로 남편을 잃은 여자와 자살로 연인을 잃은 청년과의 만남이 주제이거나(『성역』), 어렸을 적 기억을 잃은 주인공이 부모의 죽음에 관한 사실을 알게 되거나(『슬픈 예감』), 아름다운 사촌이 중병에 걸리거나(『티티새』). 누군가가 죽거나 어디선가 죽음의 냄새가 나지 않으면 이야기가 시작되지 않습니다.

또 그런 고독한 여자아이가 주변 사람과 유사 가족 관계를 맺어 작은 위안을 얻는다는 것이 대략적인 스토리 전개인 탓에 자연스럽게 '보수적', '반동적인 미담' 같은 비판을 받게 됩니다. 코발트의 까마득한 선배인 순정만화의 내용이 훨씬 급진적이라는 점을 생각하면 순정만화와 바나나를 비교하는 것은 어불성설입니다.

바나나를 최첨단 순정만화와 비교하는 일 자체가 잘못으로, 오히려 바나나가 그리는 이야기는 순정만화의 등장으로 인해 소멸되었던 아주 오래된 유형의 이야기와 닮았다고 볼 수 있지 않을까요? 바로 전전(戰前) 시기부터 1945년대까지 흥했던 소녀 소설 말입니다. 부모를 잃고 천애고아가 되거나, 집이 몰락하여 꽃파는 소녀가 되거나, 결핵에 걸린 소녀가 신슈 지방의 요양소에 강제로 입원하는 등의 비극은 오래전에 멸종한 옛 소녀 소설의 단골 주제였습니다.[5]

새 부대(문체=이야기 형식)에 오래된 술(이야기 내용). 바로 다와라 마치의 구어체 단가가 인기를 얻게 된 것과 같은 그림입니다. 아니, 오히려 바나나가 마치보다 그 정도가 더 심했습니다. 그렇기 때문에 새 부대(문체)를 처음으로 접한 올드 문학 세대와 오래된 술(이야기)을 처음으로 맛본 코발트 세대 모두에게 '신선한 감동'을 줄 수 있었던 것 아닐까요.

작가 이름과 저자 후기라는 메타 메시지

마지막으로 C유형의 상품 비평이 남아 있습니다. 상품 비평이란 이야기 그 자체에 대한 비평이 아니라 책의 주변 정보나 책의 부가 가치에 관한 비평을 뜻합니다.

요시모토 바나나의 가장 강력한 부가가치는 '요시모토 다카아키의 둘째 딸'이라는 혈통이었는지도 모릅니다. 그런데 동시에 '바나나'라고 하는, 사람을 우습게 보는 듯한 필명도 독자를 깜짝 놀라게 한 것 같습니다. 초기 요시모토 바나나 평가에는 필명에 대한 언급이 적지 않습니다.

> (가이엔 신인 문학상의 ― 인용자 주) 심사위원인 나카무라 신이치로는 '바나나'라는 '터무니없는 필명'에 놀랐다는 이야기를 무엇보다 먼저 적고 있는데, 깜짝 놀란 사람은 나카무라만이 아닐 것이다. 일반적으로 '바나나'는 사람에게 붙이는 이름이 아니다. 누구나 그런 감각을 가지고 있다. 개나 고양이라면 몰라도 젊은 여자 이름으로 '바나나'라니…… _미우라 마사시, 『선데이 마이니치』, 1988년 3월 13일호

요시모토 바나나 씨는 왜 '바나나'라는 이상한 필명을 붙였을

까. '바나나'를 히라가나로 적는 것도 재미있다. 가타카나로 적힌 '바나나'를 보면 그 순간 노란색, 단맛, 샷 짱(바나나를 절반밖에 못 먹는 여자아이가 나오는 동요)과 같은 연상이 이어지지만, 히라가나로 적힌 '바나나'를 보면 작가가 젊은지 나이가 들었는지, 남자인지 여자인지, 일본풍인지 서양풍인지 짐작이 가지 않는다. 대체 어떤 사람일까? 그런 호기심에 이끌려 책에 손이 가고야 만다. _아가와 사와코, 『클래시(CLASSY)』, 1988년 10월호

고작 '바나나' 정도의 이름으로 이렇게나 신기해하다니. 만약 이 탤런트나 연예인의 이름이었다면 이런 호들갑은 떨지 않았을 것이므로(기상천외한 이름으로 유명한 '기타노 다케시 군단'이 등장한 지 오래이므로), 문학계라는 곳이 얼마나 순진한 곳인지를 알 수 있습니다. 무엇보다 일본에는 이미 '바나나'라는 이름의 문인이 있지 않았던가요. 원조 '바나나'는 물론 '바쇼(芭蕉, 에도 시대 시인 마쓰오 바쇼. 바쇼의 열매가 바나나이다 ― 옮긴이 주)'를 말합니다. 왜 아무도 '바나나=바쇼'임을 언급하지 않는 걸까요. 여전히 불가사의입니다.

그런데 '바나나=바쇼'도 코발트 앞에서는 의미를 갖지 못합니다. 코발트 문고 세계로 눈을 돌리면 아이 아즈미, 아키즈키 코, 잇시키 민토, 고나미 이사키, 마사모토 논(차례로 푸른 아즈미, 가을 달 코, 민트 일색, 작은 물결 농어, 원본 NON ― 옮긴이 주) 같은 필명은 일반적인 수준이고, 표지와 삽화를 담당하는 일러스트레이

터의 경우 고바야시 폰즈, 하나사키 사쿠라, 모모쿠리 미칸(차례로 고바야시 식초간장, 꽃 피는 벚꽃, 복숭아 밤 귤―옮긴이 주) 같은 이름도 보입니다. 아, 그러고 보니 '나카무라 우사기(나카무라 토끼―옮긴이 주)' 씨도 코발트계 문학 작가였지요. '요시모토 바나나'는 충분히 허용 범위 안에 있습니다.[6]

또 하나 자주 거론되는 주변 정보로 '저자 후기'가 있습니다. 바나나의 책에는 언제나 기묘한 '저자 후기'가 달려 있곤 했습니다. 유감스럽게도 현재 나오고 있는 문고판에는 '저자 후기'가 삭제되어 있습니다만. 그 예를 하나 소개합니다.

「키친」을 후쿠타케 쇼텐의 데라다 히로시 씨에게, 「만월」을 후쿠타케 쇼텐의 네모토 마사오 씨에게, 「달빛 그림자」를 이 소설의 원안이 된 마이크 올드필드의 동명의 명곡을 소개해준 요시카와 지로 군에게 바칩니다. 그리고 '책이 나왔다'라는 사실 자체를 통째로 나의 아버지에게 바칩니다. 복잡한 헌사가 되어 미안합니다만, 괘념치 마시고 받아주시기 바랍니다. 정말 감사합니다. _『키친』

평론과 논픽션이라면 몰라도 소설에 '후기'가 달린 일 자체가 이례적이고, 또 거기에 담당 편집자나 친구, 가족에게 보내는 개인적인 감사의 말과 헌사가 이어지는 것도 기묘한 광경입니다. 인용문의 앞 문단에는 "나에게는 (…) 지인과 친구가 많이 있고,

사실은 그 사람들 모두에게 나의 처녀…… 단행본을 바치고 싶은 마음입니다"와 같은 어안이 벙벙한 문구까지 등장합니다.

『물거품/성역』 후기에 나오는 '프로로서의 기쁨'이라는 부분을 포착한 도미오카 다에코는 단 두 편만으로 거장 흉내를 내는 신인 작가의 낯 뜨거운 모습을 은근히 비판합니다만, 어쨌든 바나나의 '저자 후기'는 어른들을 놀라게 했습니다. 그래서 이런 비평까지 등장하게 되었습니다.

> 내가 생각하기에 요시모토 바나나는 일본 문학의 '후기' 역사에서 혁신을 이룬 작가이다. 누구도 이처럼 노골적으로, 솔직하게, 그리고 교묘하게 '후기'를 적은 사람이 없었다. (…) '후기'에 보이는 솔직한 감사의 표출. 매 작품의 '복잡한 헌사'. 거기서 엿볼 수 있는 한 사람 한 사람과의 연결을 매우 소중히 하는 태도. (…) 소설 작품이 하나의 픽션이라면 '후기'는 그런 소설들에 대한 메타 픽션이라고 할 수 있을 것이다. _가마타 도지, 「'후기'와 '그리움'」,
> 『고쿠분가쿠』 별책, 1991년 5월

'저자 후기'에 내포된 "'그리움'의 감각과 그것을 환기하는 메타 픽션/메타 메시지"야말로 바나나가 많은 독자를 획득할 수 있었던 이유이다. 이것은 재미있는 견해라고 생각합니다. 그런데 흥을 깨뜨려 미안합니다만, 이와 같은 '저자 후기=메타 픽션/메타 메시지'도 실은 코발트 문고가 개발한 것입니다.

요시모토 바나나

'저자 후기'가 굳어진 시기는 1980년 전후, 즉 히무로 사에코 무렵부터였던 것 같습니다. 이후 무대 뒤 이야기를 소개하는 공간으로서, 작가와 독자를 잇는 통신란으로서 '저자 후기'는 코발트 문고에서 빼놓을 수 없는 요소, 부록 이상의 것으로 성장합니다. 순정만화의 여백에 등장하는 관계자들만이 아는 뒷이야기와 비슷한 성격이라고 할까요. 다시 아라이 모토코로 돌아와 예를 들어보지요.

첫 번째 책이 나왔을 때를 잊을 수 없습니다. 친척들과 친구들에게 책을 나누어준 빗케, 동네 서점에 달려가 내 책을 들여놓도록 애써준 참, 서점에 갈 때마다 내 책을 눈에 띄는 장소로 몰래 옮겨준 쇼. 가장 놀라운 것은 외판원에게 거꾸로 내 책을 팔려고 했다는 미키코 양(물론 성공하지 못했지만). 뭐라고 해야 할지 정말…… _아라이 모토코, 『언젠가 고양이가 되는 날까지』

뭐라고 해야 할지 정말…… 총 스무 명 이상의 친구와 지인의 이름이 이어지는 감사의 말. 바나나가 쓴 후기는 그래도 공식적이고 덜 집요한 편이지요.

BANANA라는 수출품

바나나 붐에는 아직 이야기가 남아 있습니다. 제1차 붐이 일어난 해가 1989년이라면 제2차 붐이 일어난 해는 1993년. 그녀의 소설이 여러 나라 말로 번역된 시기입니다.

당시 『키친』은 이탈리아, 미국, 영국, 독일, 스페인 등 다섯 나라에서 출간되었고 프랑스, 네덜란드, 한국 등 여덟 나라에서 계약을 마친 상태였습니다. 한차례 열광이 지나간 후 그저 평범한 인기 작가의 대열에 들어선 것처럼 보이던 바나나가 세계적으로 뜨는 모양이더라. 그것도 대학에서 일본 문학을 전공한 문학 전문가들 사이에서가 아니라 은행 사무직 같은 젊은 여성과 주부 사이에서 인기를 끈다고 하더라. 그런 뉴스가 들려오면서 '바나나는 왜 인기가 있을까'라는 질문에 다시 관심이 모이게 되었습니다. 우선 일본 내의 의견부터.

'바나나 마니아'라는 카피나 일본과 별반 다르지 않은 독자층까지 포함하여, 바나나의 작품이 일본에서처럼 하위문화의 하나로 소비되고 있음을 알 수 있다./이 증언은 무라카미 하루키가 주로 일본 문학에 특별한 관심을 갖고 있는 사람들을 독자로 하는 '일본 문학'으로서 수용되었음을 시사하는 것인데, 바나나의 작품은 미국 이외에서도 '일본 문학'이 아닌 하위문화로 수용되었다고 볼 수 있다. _오쓰카 에이지, 『보이스』, 1994년 9월호

바나나 본인에게 세계문학에 대한 의식은 없지만 대신 시장에 대한 명확한 인식이 있습니다. 스스로 장인이라고 말할 정도니까요. 그녀가 큰 영향을 받은 순정만화는 치열한 세계입니다. 인

기가 떨어지면 바로 퇴출. 그만큼 만화가들은 독자가 무엇을 원하는가 잘 알고 있지요. 요시모토 바나나도 비슷한 감각을 가지고 있어요. 그리고 일본 시장이 보편적인 것이 된 이상, 그 감각은 세계에서도 통합니다. 요시모토 바나나가 미국에서 인기를 끈 이유는 애니메이션 〈꼬마숙녀 치에〉가 프랑스에서 인기를 끈 이유와 기본적으로 동일합니다. _가라타니 고진 인터뷰, 『고코쿠히효(廣告批評)』, 1993년 5월호

가라타니 고진과 오쓰카 에이지가 동시에 지적하는 것은 바나나의 하위문화성입니다. '일본적인 것'이 담겨 있지 않은 소설로 그녀는 전 세계에 확산될 수 있었습니다. 메이드 인 재팬의 만화와 애니메이션, 컴퓨터 게임이 전 세계에 확산될 수 있었던 것과 같은 구조로 말입니다. 가라타니 고진은 직설적으로 "여기에서 볼 수 있는 것은 문화의 유아화"라고 말하고 있습니다.

그럼 미국과 이탈리아의 지식인들은 어떻게 보았을까요.

일본 고전 문학, 현대의 팝송, 그리고 요시모토의 책에는 공통점이 두 가지 있다. 그것은 '슬픔'과 '그리움'이다. 이 단어는 영어로 번역하면 매우 이상하게 들린다. (…) '노스탤지어'란 말은 '그리움'을 번역하기에 적합하지 않은 단어일지 모르나 나는 이보다 더 좋은 말을 찾을 수 없다./노스탤지어는 일본 심미학의 근본과 밀접한 관련이 있다. 그것은 '모노노아와레(무상함, 애

수 정도의 의미 — 옮긴이 주)'이다. _이안 부르마, 『이안 부르마의 일본 탐방』, 1998

소녀를 위한 문학은 장밋빛이어야 하지만 일본의 소녀 문학은 어둡다. 청춘은 봉오리에서 꽃이 피는 즐거움을 만끽하는 시기가 아니라 언젠가 찾아올 운명을 피할 수 없는 시기, 어른이 되어야 한다는 숙명을 받아들이는 시기인 것이다. 그것은 '태어나길 잘했다. 살아 있어 행복하다'로 끝나는 서양적 낙관주의와 달리 '모노노아와레'라고 하는 조용한 한숨 같은 것이다. _레나타 피즈, 라 레푸블리카(La Repubblica), 1991년 7월 18일자, 『마르코 폴로(マルコポーロ)』, 1993년 12월호

미국과 이탈리아의 지식인이 요시모토 바나나의 특징으로 모노노아와레를 꼽다니! 세계 공통의 하위문화성과 일본적인 모노노아와레. 이 불편한 동거를 어떻게 이해하면 좋을까요. 이안 부르마와 레나타 피즈가 공통적으로 지적한 요소가 하나 더 있습니다. 바로 성의 월경(越境) 또는 양성구유성입니다.[7] 그 또한 일본적인 특질(예를 들어 다카라즈카 소녀 가극단)이라고 두 사람은 해석하고 있는데, 만약 그렇다면 문제는 그런 일본적인 이야기(모노노아와레와 미소년)가 왜 전 세계적으로 통했는가입니다. 미국과 이탈리아 여성들은 가와바타 야스나리나 미시마 유키오를 읽듯이 바나나 요시모토를 읽은 것일까요.

요시모토 바나나

이 기회를 빌려 말해둡니다만, 바나나를 보고 모노노아와레나 다카라즈카 가극단 따위를 연상하는 것은 질 나쁜 오리엔탈리즘에 지나지 않습니다. '질 나쁜 오리엔탈리즘에 지나지 않는다'라는 표현이 좀 지나치다면 그냥 '억측에 지나지 않는다'라고 해두지요. 감상주의는 세계 어느 곳에나 있는 것입니다. 자, 그럼 만화 같은 하위문화를 인용해 해석하는 게 옳은 것일까요. 그것도 너무 식상하고 간편한 해석 같습니다.

요시모토 바나나(히무로 사에코, 아라이 모토코, 오리하라 미토 역시)에게는 국경을 넘어 전 세계 여성에게 호소하는 요소가 본래부터 있었던 것이 아닐까 하고 저는 생각합니다. '소녀의 성장담'은 국경을 넘는다. 그 예 가운데 하나가 영미 문학사에서 '가정 소설'로 불리는 장르입니다. 예를 들어 버넷의 『소공녀』, 『비밀의 화원』, 슈피리의 『하이디』, 몽고메리의 『빨간 머리 앤』, 웹스터의 『키다리 아저씨』…… 모두 전 세계 소녀들을 사로잡은 소설입니다. 눈치채셨는지요? 위에서 열거한 이야기들에는 커다란 공통점이 있습니다. 작자와 주인공이 모두 여성인 데다 주인공이 천애의 '고아'라는 사실입니다. 즉, 『키친』과 같은 특질을 갖추고 있습니다.

코발트 문고의 전성기는 1980년대입니다. 그럼 그 이전인 1960년대와 1970년대에 어린 시절을 보낸 일본 소녀들(저도 이 세대에 속합니다)은 무엇을 읽었을까요. 바로 『빨간 머리 앤』(과 비슷한 유의 이야기)입니다. 『빨간 머리 앤』과 『하이디』는 1970년대에 텔레비전 애니메이션으로 만들어져 남자 어린이들에게도 인기를 끌었는데, 그전까지는 완전한 '소녀 대상 한정 상품'이었습니다. 물론 '소녀 대상 한정 상품'에는 올컷의 『작은 아씨들』, 포터의 『폴리애나』 같은 작품도 있고, 좀 더 성장한 독자를 염두에 둔다면 브론테 자매의 『폭풍의 언덕』과 『제인 에어』, 사강의 『슬픔이여 안녕』, 콜레트의 『청맥』 등을 더할 수도 있습니다. 또 긴이로 나츠오, 다치하라 에리카, 미쓰하시 지카코 등의 'J포엠'을 더해도 좋습니다. 이 정도면 '그래, 맞아! 나도 고등학교 때 읽었어!' 하고 기억을 떠올리는 분이 많이 계실 것입니다.[8]

만약 하위문화라는 말을 사용하고자 한다면 이러한 '소녀 대상 한정 문학'이야말로 전 세계적인 하위(부차·방계·지하·하층·피차별)문화라고 할 수 있습니다.

쓰인 시대는 한 세기 가까이 차이가 있으나 요시모토 바나나와 코발트계 문학은 『빨간 머리 앤』과 사실상 같은 흐름에서 이해할 수 있는 내용입니다. '소녀라고 하는 젠더 역할'에 얽매이지 않은 주인공 캐릭터. 작은 사건을 통해 정신적 자립을 이루어가는 성장 이야기. 여자끼리의 우정을 중시하는 가치관. 남자와의 관계를 쉽게 연애로 발전시키지 않는 신중함. 그리고 섹스가 나오지 않는다는 것. 1990년대 후반 코발트 문고가 소년끼리의 연애를 그리는 '보이즈 러브'로 기울어져간 데서도 알 수 있듯이 (이는 장르의 쇠퇴를 의미한다고 생각합니다만), 성의 월경과 양성구유성 등도 소녀 문학의 세계에서는 비교적 자주 일어나는 일입니다.

이처럼 10대 독자가 선호하는 요소를 두루 갖추고 있던 반면, 소녀 문학에는 가족을 중시하고 체제 보완적인 결말을 맞이하는 등 극히 보수적인 면도 포함되어 있습니다. 그래서 과거 열광적인 지지를 받았던 『빨간 머리 앤』유의 이야기는 유럽과 미국에서는 이제 거의 읽히지 않게 되었습니다. 그런 상황에서 수입된 '바나나 요시모토'. 그녀가 전 세계, 특히 여성에게 지지를 받았다고 한다면, 그것은 현대적으로 각색된 『빨간 머리 앤』이 모종의 향수를 자극했기 때문이 아닐까요. 즉, '나는 이 세계를 알고 있다'라는 감각 때문입니다.

여자아이의 나라에서 온 에일리언

바나나가 거론되는 방식은 일반적인 문예작품의 그것과는 많이 다릅니다. 그것은 문예작품이라기보다는 문예상품, 아니 '바나나'라는 캐릭터상품에 가깝습니다. 질적으로 비슷한 것은 리카 인형이나 산리오의 키티 같은 가공의 캐릭터입니다. 어눌한 표현과 죽음으로 물든 멜로드라마. 그곳은 인형 놀이의 세계입니다. 인형 놀이이기 때문에 아무리 사람이 죽어도, 가족 구성이 엉망진창이어도 현실적인 느낌이 들지 않습니다. 또한 캐릭터 상품이기에 저자의 이름이나 후기 같은 주변 정보가 화제를 불러일으킵니다. 마케팅 비평에서 말하는 '팬시상품' 등의 분석은 그런 의미에서 핵심을 찔렀다고 할 수 있습니다. 다만 그런

그들도 코발트 문고의 존재에까지는 생각이 미치지 못했던 것이고요.[9]

요시모토 바나나를 에일리언이라고 한 이유는 그녀가 '여자아이의 나라'에서 '남자 어른의 나라'로 넘어온 요술공주 샐리였기 때문입니다. 소녀 대상 문학계(여자아이의 나라)에서는 당연한 것들이 문학계(남자 어른의 나라)에서는 강력한 파워를 발휘합니다. '마하리쿠 마하리타!' 소녀 문학계의 주문을 거는 순간 일제히 쓰러져간 어른 인텔리들. 무라카미 하루키의 '간텍스트성'에 쏟았던 열정의 10분의 1만이라도 요시모토 바나나에게 쏟았다면, 아니, 근대 저변에 흐르는 소녀 문화라는 지하 수맥을 눈치챌 수만 있었다면 그렇게 멍청한, 아니 고매한 '분석'으로 칠전팔도하지 않아도 되었을 텐데.

무라카미 하루키, 다와라 마치, 요시모토 바나나. 1980년대 말 문학 신에서 이 세 명의 존재는 역시 상징적입니다. 새 부대에 넣은 낡은 술. 젊고 발랄한 언어로 덮인 표층과, 그 이면에 숨어 있는 성인 가요적 서정성. 문체(형식)의 새로움에 주목했는가, 아니면 이야기(내용)의 낡음에 주목했는가에 따라 그들에 대한 평가는 두 갈래로 갈라졌다고 할 수 있습니다.

무라카미 하루키의 대중적인 문체(네지메 쇼이치가 '다방 주인 문체'라고 표현한)는 어째서 그토록 강력하게 지지받았을까요? 사토 요시아키는 그 이유를 받아들이는 쪽의 신체적 감각의 문제로, 긍정적으로 파악하고 있습니다. 무라카미 하루키가 데뷔한

요시모토 바나나

1979년은 구와타 게이스케가 리드 보컬인 '사잔 올 스타즈'가 데뷔한 해이기도 합니다. 사토는 『바람의 노래를 들어라』와 〈사랑하는 엘리〉의 '문체'를 음악적으로 분석한 뒤 다음과 같이 설명합니다.

> 이후 그(무라카미 하루키 — 인용자 주)가 히트작을 많이 만들어 낼 수 있었던 것은 물론 그가 가진 기술의 승리라고 할 수 있지만, 본질적으로는 팝 상품과 그 수용의 문제이다. 독자가 자연스럽게 느끼는 '노래', 즉 수용의 컨텍스트가 달라진 사실을 영리한 그는 놓치지 않았던 것이다. 사잔 올 스타즈와 유민이 그랬던 것처럼 말이다. _사토 요시아키, 「J와 팝의 문학사」, 『21세기 문학의 창조4: 탈문학과 초문학』, 2002

사람들, 특히 젊은이들을 둘러싼 생활환경은 1970년대를 기점으로 크게 바뀌었습니다. 생활의 중심에 기분 좋은 사운드와 영상이 중요한 요소로 들어왔습니다. 청각과 시각에 기분 좋은 자극이 늘어나면 독서 행위와 문학의 문체 역시 변용을 피할 수 없습니다. '성인 가요적인 신체'에서 '팝적인 신체'로. 사토 요시아키는 무라카미 하루키와 사잔 올 스타즈가 데뷔한 1980년을 전후로 사람들의 신체 감각이 바뀐 것이라고 설명합니다. 이는 매우 재미있고, 그리고 중요한 지적입니다. 무라카미 하루키, 다와라 마치, 요시모토 바나나는 사잔 올 스타즈나 유민처럼 한 시대의 획을 그은 것입니다.

그러나 이야기의 내용으로 눈을 돌리면 사정이 조금 복잡해집니다. 어딘지 모르게 성인 가요의 서정성을 벗어버리지 못한 이야기들. 규범을 거스르는 듯해 보이지만 사실은 제도에서 일탈하지 못하고 기분 좋은 결말로 이야기를 맺는 체제 보완적인 태도. 그들이 발신하는 이야기의 어중간한 보수성은 대체 어디서 왔을까요?

아마 독자 측에서도 보수적인 이야기를 원하는 마음이 있었기 때문일 것입니다. 때는 거품경제의 절정기. 거리에는 욕망이 들끓고 있었습니다. 여대생 붐이나 부잣집 아가씨 붐 같은 현상이 끊임없이 생겨나고, 신체 라인을 그대로 드러내는 옷이 유행하고, 성적으로 해방된 (것처럼 보이는) 젊은 여자들=갸루(girl)가 밤거리를 활보하고 있었습니다. 그런 곳에 다와라 마치나 요시모토 바나나를 가져다놓으니 어찌나 마음이 '정화되고' '따뜻해지고' '편안해지던지'! 한 모금의 청량제. '아, 아직도 이렇게 착한 아이가 남아 있었구나'라는 안심.

사실 요시모토 바나나를 페미니즘의 관점에서 평가하는 목소리가 없는 것은 아닙니다. 다만 그 대부분은 유보적인 평가입니다. 바나나 작품의 소녀성을 퇴화로 볼지, 돌연변이로 볼지, 새로운 변화의 조짐으로 볼지에 따라 이야기가 달라지기 때문입니다. 가나이 요시코에 따르면 바나나가 그리는 소녀들은 "'여성 시대'라고 하는 10년간의 '축제'가 끝난 뒤 도래한 페미니즘의 허탈 상태"를 응시하고 있는 것이라고 합니다. "'여성 시대'의 공허함에 '어머니의 딸'들이 민감하게 반응하고 있는" 것이라고 말입니다(「페미니즘의 눈으로 '바나나 현상'을 읽다」, 『고쿠분가쿠』 별책 1991년 5월호).

맞습니다. 그녀들과 같은 '청순파'가 인기를 끌기 바로 전에는 '안티 청순파' 아이돌이 존재감을 발휘하던 시대가 있었습니다.

**1 ** 앞서 언급한 「어른을 위한 요시모토 바나나」(『데이스 재팬』)에는 코발트 작가 구라하시 요코의 인터뷰가 실려 있다. 또한 이 기사는 소녀 소설과 바나나 작품과의 유사성에 대해서도 언급하고 있지만, 언어화가 제대로 이루어지지 못한 탓에 양자의 유사성을 충분히 논하지 못하고 있다. 아쉬운 일이 아닐 수 없다.

**2 ** 코발트 문고의 초기 집필진은 도미시마 다케오, 사에키 지아키, 사토 아이코 등이다. 창간 라인업에 도미시마 다케오의 『교복의 가슴 언저리에는』이 포함된 사실에서도 알 수 있듯이 초기 코발트 문고는 '아저씨 작가가 쓰는 야한 문학'이었다. 1980년대에 들어 히무로 사에코를 필두로 다나카 마사미, 구미 사오리, 마사모토 논 등 20대 '언니 작가'들이 속속 등장. 순정만화의 활자판 또는 순정만화의 원작 소설이라는 위치를 확립. 거대한 시장을 형성한다. 전성기인 1980년대 말에는 초판 20만 부, 40만 부도 드물지 않았다. 창간 이후 누적 작품 수가 총 2,900편 이상인 거대한 시장이다. 1990년대 후반, 소년끼리의 동성애를 다룬 '보이즈 러브'가 주류가 되면서 한창때의 기세는 수그러들었지만 여전히 누적 100만 부를 넘는 시리즈가 많다.

**3 ** 오리하라 미토의 소설은 바나나보다 어조가 상당히 어리다. 예를 들어 "A형. 게자리./성적은 그럭저럭 좋은 편. 특기라고 하면 엄마한테 배운 요리 솜씨 정도?"(『틴에이지 블루』). 그래서 양자를 동일시하는 것은 어렵지만 연령이 올라감에 따라 오리하라 미토에서 요시모토 바나나로 독서 경향이 발전한다는 설명은 이해가 간다. "청춘 소설이나 주니어 소설과 같은 장르의 소설은 아동 문학이나 성인 문학과는 차원이 다른 것으로 여겨져 논해지는 일이 거의 없었"는데, "아이들을 위한 문학 및 독서 교육을 진지하게 고민하고자 한다면 아동 문학과 성인 문학의 중간에 위치한 문학에도 눈을

돌릴 필요가 있다"는 시무라의 지적은 중요하다.

4 \ 고단샤 X문고 틴스 하트, 가도카와 스니커 문고, 후지미 판타지아 문고, 아사히 소노라마 문고 등. 이후 틴스 문고의 유행은 초등학생에게까지 확대되어 1989년에는 도쿠마 문고 파스텔 시리즈, MOE 문고 스위트 러브 스토리, 후타바샤 이치고 문고 틴스 메이트, 갓켄 레몬 문고 등이 차례차례로 창간되었다.

5 \ 가라사와 슌이치의 소녀 소설론 『미소녀의 역습』에 따르면, '불행한 소녀 소설'이 가장 인기를 얻었던 시기는 전쟁의 상처가 채 아물지 않았던 1945~1950년대 초였다. 그러나 그 이후 순정만화나 해외 소녀 소설의 번역판이 득세하면서 급격히 쇠퇴하게 되었다. 이런 소녀 소설에는 독자에게 보내는 메시지를 담은 '머리말'이 달려 있었는데, 코발트와의 유사성이 느껴진다.

6 \ 코발트 문고(그리고 요시모토 바나나)는 등장인물의 이름도 결코 소홀히 취급하지 않는다. 책의 앞부분에는 정성스럽게 지은 이름과 함께 자기소개를 하는 것이 그들의 방식이다. "내 이름은 鳥海人魚. / 도리우미 닌교라고 읽지. / 내가 아라시의 이름을 처음으로 들은 것은 어머니에게 나의 이 엉뚱한 이름의 유래를 물었을 때였어"(요시모토 바나나, 「물거품」). "내 이름은 우미노 모모코(海野桃子). 모쿠즈(해초 부스러기 ─ 옮긴이 주)는 물론 별명. 딸 이름을 모쿠즈라고 짓는 부모가 세상에 어디 있겠어. 우미노 가의 외동딸. 내일이면 스무 살이 되지"(아라이 모토코, 『언젠가 고양이가 되는 날까지』).

7 \ "요시모토 바나나의 이야기는 다카라즈카 가극단과 소녀 만화에 존재하는 양성구유의 10대 세계와 관련이 있다. 두 편의 단편으로 구성된 『키친』은 성 전환한 아버지 이야기와 죽은 여자친구의 옷을 입은 소년의 이야

기이다. 그럼에도 성의 역할 전환이 일그러지게 그려지지는 않았다"(이안 부르마). "그녀의 문학 세계에서 성은 혼동되어 일본에서는 드물지 않은 이상적 앤드로지너스(androgynous)의 이미지가 구축된다. 일본의 여성은 영원히 소녀로 남기를 원하며 어른 여성의 역할을 연기하는 것을 싫어한다. 여성이 연기하는 무대 위의 남자와 사랑에 빠지며, 적어도 무대 위에서는 남자처럼 행동할 수 있다는 사실에 도취한다. 사랑에 빠지는 남성은 미소년처럼 달콤하고 부드러운 남자여야 한다"(레나타 피즈).

8 \ 훨씬 이전, 전쟁 전 혹은 전쟁 중에 소녀 시절을 보낸 세대에게는 요시야 노부코가 그 위치를 차지했던 듯하다. 참고로 요시야 노부코는 당시의 소녀 소설과는 분명하게 구별되는 작풍을 가지고 있었는데, 그렇기 때문에 소녀들의 인기를 얻을 수 있었다고 보아야 할 것이다. 히무로 사에코의 인기 장편 시리즈 『클라라 백서』는 해외 소녀 소설 또는 요시야 노부코의 여학교 기숙사 시리즈의 계보를 연상시키는 작품으로, 소녀 문학의 수맥이 하나로 연결되어 있음을 느끼게 한다.

9 \ "바나나가 등장했을 때 모두 '아, 이거 코발트잖아' 하고 말했었지"라고 가르쳐준 이가 있다. 바로 코발트계 문학을 연구하는 게임 디자이너 요네미쓰 가즈나리이다. 나를 포함해, 그 사실을 눈치채지 못했던 비평가들 모두 해고다! 자세한 것은 요네미쓰 가즈나리의 「L문학의 원류는 80년대 후반의 코발트에 있다」(『하토요!(鳩よ!)』, 2002년 5월호)를 참조하시길. 또한 소녀 대상 한정 문학에 대해서는 사이토 미나코의 「소녀 소설 사용법」(『분가쿠카이』, 2000년 6월호), 「L문학 해체 신서」(『하토요!』, 2002년 5월호)를 같이 보기 바란다.

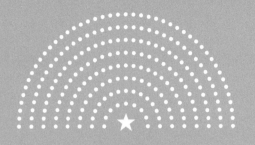

제2부

여성 시대의 선택

HAYASHI MARIKO

UENO CHIZUKO

하야시 마리코
HAYASHI MARIKO

신데렐라 걸의 우울

'여성 시대'라 불리던 시기가 있었습니다. 1970년대 후반부터 1980년대에 이르는 시기. 당시에는 여성들이 뭔가 크게 달라지리라는 예감 같은 것이 있었습니다.

1977년에 『크루아상(クロワッサン)』, 『모어(MORE)』와 같은 여성지가 창간된 일은 그 상징적인 예 가운데 하나입니다. 두 잡지는 각각 『앙앙』과 『논노』의 언니뻘이라는 위치를 설정했는데, 단순한 라이프 스타일 정보지나 패션 잡지의 틀을 넘어 '여성의 새

하야시 마리코 \ 1954년 야마나시 현 출생. 1976년 니혼 대학 예술학부 졸업. 카피라이터를 거쳐 1982년 『룰루랄라를 사서 집으로 돌아가자』로 데뷔. TCC상 신인상(1981), 나오키상(『막차를 탈 수 있다면/교토까지』, 1986), 분게이슌주 독자상(「적당히 해라 아그네스」, 1986), 기모노 그레이스 교토 대상(1992), 시바타 렌자부로상(『뱌쿠렌 렌렌』, 1995), 요시카와 에이지 문학상(『모두의 비밀』, 1997) 등 수상. 일본 문예가 협회 이사(1996~), 나오키상 심사위원(2000~) 등으로 활동.

로운 삶의 방식'을 제창하여 많은 독자를 사로잡았습니다.[1]

'여성의 새로운 삶의 방식'이란 간단히 말해 '결혼하여 주부가 되고 엄마가 되는 것만이 여자의 인생이 아니다' 정도의 의미입니다. 평범한 OL(office lady, 사무직 여성을 가리키는 일본식 조어—옮긴이 주)로 만족하기는 싫다, 삶의 보람을 찾고 싶다, 이런 생각과 연속선상에 있습니다. 일시적 유행의 성격이 없는 것은 아니었지만, '여성의 자립', '커리어 우먼', '자유분방한 여자' 같은 말이 유행하는 등 '나도 가만히 있을 수 없다'라는 기운이 어느 때보다 고조된 시기임은 확실했습니다. 오래된 여성 주간지들도 같이 나섰는데, 기사 제목을 훑어보면 당시 분위기가 얼마나 고조되어 있었는지를 알 수 있습니다(사이토 미나코, 『모던걸론』에서 발췌).

- 탈OL. 당신도 할 수 있을까. 어떻게 하면 잘할 수 있나. _『주간 조세이(週刊女性)』, 1976년 6월 8일호
- 여성들의 선망 직업 베스트 10. _『주간 조세이』, 1976년 11월 9일호
- 아아!! 꽃다운 OL이여, 안녕. _『조세이 세븐(女性セブン)』, 1976년 11월 10일호
- 도전! 슈퍼 레이디가 되는 법. _『비쇼(微笑)』, 1977년 12월 31일호
- 커리어 우먼의 소득은 얼마나 되나? _『조세이지신(女性自身)』, 1979년 9월 6일호
- 25페이지 대특집. 성공하는 전직. _『주간 조세이』, 1980년 4월 29일호

하야시 마리코

• 영구 보존판. 여성의 100대 직업과 그 수입. _ 『주간 조세이』, 1981

년 2월 17일호

미디어의 분위기뿐만이 아닙니다. 실제로 1975년을 경계로 기혼 여성의 취업률은 상승세로 변화했고, 1984년에는 일하는 기혼 여성의 수가 전업 주부를 웃돌게 됩니다. 일본 경제가 저성장 시대로 접어들면서 가계 유지의 필요성에 따라 비정규직 노동 시장으로 유입되는 주부의 수가 늘어난 것이 주된 이유입니다. 그러나 그렇다고 '여성의 자립' 열풍이 완전히 허상에 지나지 않는다고도 할 수 없습니다.

이러한 기운의 배경을 거슬러 올라가면, 역시 1970년대 초의 우먼 리브(women's liberation)에 도달하게 됩니다. 종종 우먼 리브는 미국에서 일본으로 건너온 운동처럼 여겨지기도 하는데, 실제로는 1960년대 말의 신좌익·전공투 운동 속에서 태어난 것입니다.

우먼 리브가 가지는 사상 운동으로서의 특징은 ① 여성의 섹슈얼리티를 문제 삼았다는 것, ② 개인의 해방(나답게 살고 싶다)에 집중했다는 것, 이 두 가지라고 저는 생각합니다. '성 해방'과 '개인의 해방'. '남녀평등'이라는 온건하고 무던한 목표가 아니라, 섹슈얼리티라는 가장 개인적인 부분을 포함하여 여성의 해방을 추구했기 때문에 이 운동은 의미가 있었던 것이고 또 남성 사회의 거센 반발을 샀던 것입니다. 급진적인 리브 운동은 1975년 국제 여성의 해(International Women's Year) 무렵부터 서서히 시들어갔고 '우먼 리브'라는 말도 점차 들리지 않게 됩니다. 그러면서 더 희석되어 대중화된 형태로 확산된 것이 위에서 말한 '여성 시대', '여성의 자립' 붐이라고 할 수 있습니다.

하야시 마리코라는 이름의 여성은 바로 그런 시기에 전격적으로 등장했습니다. 여성지의 '자립 거품'(이것을 '크루아상 증후군'이라고 명명한 사람도 있습니다) 속에서 유일하게 홀로서기에 성공한 최고의 스타. 이렇게 불러도 되겠지요.

그러나 언론 매체, 정확하게는 남성 언론 매체는 그녀를 결코 다와라 마치나 요시모토 바나나처럼 따뜻하게 환영하지 않았습니다. 왜일까요?

『룰루랄라를 사서 집으로 돌아가자』가 안겨준 충격

1980년 11월에 발행된 『크루아상』의 표지(속지가 아니라 표지!)에는 「여자의 기회」라는 기사 제목과 함께 다음과 같은 긴 문장이 실려 있습니다. "확실히 지금 사회는 남자에 비해 여자가 얻을 수 있는 기회가 훨씬 적습니다. 하지만 기회란 길바닥의 돌멩이처럼 굴러다니는 것이 아닙니다. 중요한 점은 기회를 포착할 수 있는 예민함과 그것을 내 것으로 만드는 적극성이 아닐까요." 책을 펼쳐보면 '30세 카메라맨', '23세 스타일리스트', '26세 유리 공예가' 등과 함께 '25세 카피라이터'를 소개하는 기사가 나옵니다.

올해 5월, 하야시 씨는 다니던 프로덕션을 그만두었다. 이토이 씨의 소개 덕분에 프리랜서로 일할 수 있게 됐기 때문이다. 그녀는 벌써 하라주쿠에 개인 사무실을 낼 정도다. 일류 크리에이터들과 함께 일하는 기회도 얻었다. (…) "같은 직종이라 하더라도 일의 내용은 하늘과 땅만큼이나 다릅니다. 그리고 빛을 보지 못하는 사람의 숫자가 압도적으로 많죠. 저도 그랬고요. 하지만 이토이 씨가 저를 양지로 끌어내주었습니다." _「여자의 기회」, 『크루아상』, 1980년 11월 25일호

표제어는 "연습 삼아 쓴 성인 가요 가사가 이토이 시게사토의 눈에 띄어 프리랜서로. 독립 반년 차. 하라주쿠에 사무실도 생겼다". 이토이 시게사토, 프리랜서, 독립, 하라주쿠 개인 사무소 같은 화려한 키워드로 포장된 '25세 카피라이터'가 바로 하야시 마리코입니다.

당시 그녀의 이름은 정보에 민감한 여대생과 OL 사이에서 꽤 유명했고 호감도도 높았다고 기억합니다. '우리의 스타' 정도의 뉘앙스라고 할까요. 연줄도 없고 일류 대학 출신도 아니고 일류 기업에 취직한 것도 아니고 미모가 뛰어난 것도 아니지만, 적극적인 태도와 실력으로 기회를 잡은 사람. 카피라이터, 스타일리스트, 디자이너, 코디네이터 같은 외래어 이름의 직종을 선망하던 그때, 여성지에 이름이 실리는 '일류 크리에이터들과 함께 일하는 카피라이터'가 된 것만으로도 그녀는 충분히 '성공한 사람'

이었습니다.

그러나 하야시 마리코의 성공 이야기가 본격적으로 시작되는 것은 그 후의 일입니다. 성공의 계기는 물론 1982년에 나온 첫 수필 『룰루랄라를 사서 집으로 돌아가자』가 50만 부에 육박하는 베스트셀러가 된 일입니다. 그녀는 '머리말'에서 이렇게 우렁차게 선언합니다.

> 내가 이번에 이런 책은 쓴 것은 비뚤어진 여자의 반격이라고 보면 된다. 여자들(특히 젊은 여자들)이 쓴 수필이나 평론을 흉내 내는 글에 진짜 속내가 담겨 있었던가. / '아침, 새하얀 시트로 몸을 감은 채 침대 위에서 눈을 떴다. 우유를 마시고 남자를 만나러 카페테라스에 갔다'는 식의 글에 과연 진실이 담겨 있을까. (…) 그녀들은 질투, 시샘, 시기, 이 세 가지를 절대 그리려 하지 않는다. 그런데 그 세 가지가 그렇게 추한 것일까? 그래? 말해 봐! / 어쨌든 나는 언어의 여자 프로레슬러가 되기로 작정했고, 지금까지 나온 어여쁜 책들을 완전히 깔아뭉개기로 결심을 굳혔다. _하야시 마리코, 『룰루랄라를 사서 집으로 돌아가자』, 1982

「러브(love) 편」, 「잡(Job) 편」, 「리브(liberation) 편」의 3부로 나뉜 이 책은 여자의 속내(처럼 보이는 것)로 가득한 즐거운 수필집이었습니다. 이 책의 문고판 해설을 쓴 다카하시 무쓰오는 『룰루랄라를 사서 집으로 돌아가자』의 가치는 관찰의 날카로움과 경쾌한 문장에 있다고 평가합니다.

'룰루랄라'의 공적을 하나 더 들자면, 현대적 언문일치의 달성이다. (…) 현대의 언문일치는 하야시 마리코의 출현을 기다려야만 했다, 고 하면 과한 칭찬일까. 물론 언문일치에서 말과 글의 비중은 양쪽이 동일하다. '룰루랄라'의 문체는 구어체의 경쾌함과 문어체의 중후함을 두루 갖추고 있다. _다카하시 무쓰오, 『룰루랄라를 사서 집으로 돌아가자』 가토카와 문고 해설, 1985

『룰루랄라를 사서 집으로 돌아가자』의 매력이 '여자의 속내(처럼 보이는 내용)'와 '현대의 언문일치(처럼 보이는 문장)'에 있음은 분명합니다. 자타가 공인하는 인기 카피라이터였던 그녀에게 '현대의 언문일치' 정도는 식은 죽 먹기였을 것입니다. 다만 약간의 이견을 내놓자면, '여자의 속내(처럼 보이는 내용)'와 '현대의 언문일치(처럼 보이는 문장)'는 하야시 마리코가 나오기 전에 이미 개발된 상태였습니다. 그 효시로서, 잡지 『다카라지마(寶島)』에 연재된 후 1980년에 단행본으로 나와 30만 부가 팔린 베스트셀러, 시타모리 마스미+미야무라 유코의 『아노·아노(ANO·ANO)』를 들 수 있습니다. 간단히 비교해보도록 하죠.

얼마 전까지만 하더라도, 고등학생 때까지만 하더라도 조금 달랐을 것이다. 어떤 식으로 달랐는가 하면, 왜 그런 거 있잖아.

그의 방에서 나올 때 주위 눈을 의식하거나 떳떳하지 못한 느낌이 드는 것. 다음 날 낮에 아무리 '외박한 게 아니라 아침 일찍 와서 논 거야'라는 얼굴을 하려고 해도 '역시 나는 나쁜 아이인 걸까. 나쁜 물이 든 걸까' 그런 생각 때문에 방을 나오면서 나도 모르게 고개를 떨구는. / 하하하. 근데 그런 나이는 벌써 지났지.

_「내가 반한 남자와 함께 맞이하는 아침에 죄책감은 어울리지 않는다」, 『아노·아노』

차이가 나는 건 일을 끝내고 나서다. 침대 위에 꼴사납게 누워 있는 고깃덩어리를 보며 후회라는 커다란 낙인을 찍을지, 아니면 전보다 더 사랑스러워진 연인이 될지는 그때 남자가 무엇을 했느냐에 따라 갈라진다. / 담요를 뒤집어쓰고 등을 돌린 채 잠을 자는 남자는 논할 필요도 없겠지만. 대체 다른 분들은 어떤 대우를 받고 있는 것일까? (…) 부족한 나의 경험에 비추어 말하자면 다음 날 아침 식사를 같이 제대로 먹고 가는 남자도 믿을 만한 것 같다. _「정말 사랑하고 있는지 아닌지는 애프터 케어로 알 수 있다」, 『롤루랄라를 사서 집으로 돌아가자』

이러한 '언문일치'는 (여자아이용 J포엠과 코발트 문고와 함께) 그 후 다와라 마치의 구어체 단가와 요시모토 바나나의 소설로 이어진다고 볼 수 있습니다. 그러나 내용에 주목해보면 위의 두 글 모두 '외박 다음 날의 이별'을 다루고 있습니다. 즉, 우먼 리브 후 10년이 지난 1980년 전후에는 혼전 섹스도, 그것에 대해 이야기

하야시 마리코

하는 행위도 그다지 부끄러운 일이 아닌 것입니다(당연한 일이지만).

이렇게 하야시 마리코의 수필이 성공을 거두면서 그녀는『꿈꾸는 시절이 지나도』(1983),『꽃보다 결혼 수수경단』(1983) 등의 히트작을 연달아 내놓습니다. 또한 잡지 화보 촬영, 텔레비전 출연 등으로 순식간에 미디어의 총아로 떠오릅니다. 그러나 그런 그녀를 주간지가 가만히 놔둘 리가 없지요. 아래와 같은 제목의 기사가 줄을 잇습니다.

- 돈·지위·명예를 원해! 광고계의 오야 마사코(일본의 유명 가수이자 탤런트, 사업가, 작가―옮긴이 주). 고급 아파트 '성공 이야기'_『주간 요미우리(週刊讀賣)』, 1982년 10월 24일호
- "'못생겼다', '텔레비전에 나오지 마라' 대중은 유명인사에게 잔인하게 굴어요" 여자의 속내 '질투, 시샘, 시기' 이야기로 히트. 한 달 용돈 백만 엔, 팬티스타킹의 산에 둘러싸여 "아, 결혼하고 싶다" 절규. _『주간 겐다이』, 1983년 12월 3일호
- "묻기 좀 그런데, 처녀 상실은 언제?" 마가키 오야카타(전직 스모 선수―옮긴이 주). "아팠다는 기억밖에…… 언제가 첫 경험인지는 불명." 하야시 마리코. _마가키 오야카타와의 대담, 『주간 호세키(週刊寶石)』, 1983년 10월 21일호
- "그러지 말고 첫 경험이나 횟수 같은 걸 더 물어봐." 드디어 대결! 연속 베스트셀러, 누드까지 선보인 슈퍼 에세이스

트의 "왜 남자 경험을 더 많이 물어주지 않지?"라는 물음에 가네다 왈 "달거리해?" _가네다 마사이치와의 대담, 『주간 포스트(週刊ポスト)』, 1983년 12월 2일호

여성지의 스타가 남성지로 오면 이런 취급을 받습니다. 데뷔 당시 악의적인 기사에 얼마나 시달렸는지 그녀는 여러 번 언급했는데, 위의 주간지 기사를 보면 그것이 결코 과장이나 피해망상이 아님을 알 수 있습니다.

그런데 대체 그녀의 무엇이 남자들의 호기심을 자극했을까요? 젊은 여자가 성적인 이야기를 글로 써서 베스트셀러가 된 것 때문이라면, 그런 예는 얼마든지 있습니다. 『아노·아노』가 그렇고, 나카야마 지나쓰의 『신체 노트』(1976), 나카자와 게이의 『바다를 느낄 때』(1978), 미노베 노리코의 『이제 턱은 괴지 않는다』(1978)도 그렇습니다. 그러나 하야시 마리코의 경우는 그 취급이 미묘하게 달랐습니다.

첫 번째 이유는 그녀가 텔레비전 프로그램에 나와 활동하거나 누드 사진을 잡지에 공개하는 등 개인으로서의 활동을 통해 사람들의 눈길을 끌었다는 데 있습니다. 순수하게 글만 쓰는 사람이었더라면 아마 이런 식으로 대우받지는 않았을 것입니다. 따라서 위와 같이 아슬아슬한 중상(中傷), 거의 성희롱 수준(혹은 성희롱)의 대우가 '허용'된 데는 텔레비전의 영향이 컸다고 보입니다.

하야시 마리코

그러나 이유는 그것만이 아닙니다. 두 번째 이유는 그녀가 '신분 상승'의 이미지를 갖고 있었다는 것입니다. 엘리트와 결혼하고 싶다는 소망도, 인기 카피라이터 겸 에세이스트로서 버는 연소득이 수천만 엔에 달한다는 사실도 그녀는 감추려 하지 않았습니다. 그녀는 지금까지 없던 새로운 유형의 '여성 유명인'이었습니다. 이런 '신분 상승'의 이미지는 그녀가 소설을 쓰면서 더욱 뚜렷해졌습니다. 그리고 언론과 세상은 '여자의 신분 상승'에 대해 매우 관용적이지 않습니다.

여자의 계층 이동에는 엄격한 일본

1984년, 하야시 마리코는 자전적 소설 『별에 소원을』을 내고 소설가로의 변신을 시도합니다.[2] 나오키상 후보에 올랐다가 떨어지길 세 번. 그때마다 언론은 신이 나서 기사를 써냈습니다.

- 야마구치 요코 씨는 소주를, 오치아이 게이코 씨는 커피를, 하야시 마리코 씨는 맥주를 벌컥! 애석합니다! 세 명의 나오키상 낙선의 순간. _『주간 요미우리』, 1984년 8월 5일호

- 아! 하야시 마리코 씨, 나오키상 참으로 안타깝습니다. 그런데 옆에 있는 사장 비서 같은 미녀는 누구? "내 어시스턴트예요." _『주간 아사히』, 1985년 2월 1일호

- '역시나'라고 해야 하나 '아쉽다'라고 해야 하나. 또다시 나오키상 심사에서 탈락한 하야시 마리코의 원통함. _『선데이 마

너 따위가 감히 나오키상이라니 말도 안 돼! 이렇게 외치고 있는 것 같습니다. 상을 받아도 기사가 되고, 상을 못 받아도 기사가 되는 사람은 그리 많지 않지요. '질투, 시샘, 시기'는 하야시 마리코가 아니라 주간지 기자의 전매특허가 아닌가 싶을 정도입니다. 1986년, 후보에 오른 지 네 번만에 나오키상을 받았을 때의 반응 역시, 신진작가에 대한 일말의 경의를 표하면서도 농 섞인 태도에는 변함이 없었습니다.

- "이제 남자까지 원하면 천벌을 받을 것." 나오키상 수상 하야시 마리코 씨의 룰루랄라 기분 _『주간 아사히』, 1986년 1월 31일호
- 나오키상 받으면 "혼수로 하지요" 농담하던 하야시 마리코 씨. 어머니에게 연락 중 결국 눈물 _『주간 분슌』, 1986년 1월 30일호
- 네 번째 시도 끝에 간신히 '막차'에 탈 수 있게 된(하야시 마리코는 『막차를 탈 수 있다면』으로 나오키상을 수상했다 ― 옮긴이 주) 하야시 마리코의 룰루랄라 나오키상 _『선데이 마이니치』, 1986년 2월 2일호

주간지 기사 제목만 늘어놓아 좀 그렇습니다만, 그 밖에 딱히 인용할 만한 기사가 없다는 것 역시 1980년대의 하야시 마리코를 나타내고 있습니다.

앞서 '여자의 신분 상승'에 미디어(세상)는 관용적이지 않다고 말씀드렸습니다. 하야시 마리코를 '아이돌'로서 논하기 위해 필요한 키워드, 그것은 바로 계층 이동입니다.

일개 OL에서 최고의 카피라이터로, 카피라이터에서 에세이스트로, 에세이스트에서 작가로. 불과 수년 만에 눈부신 성공을 일궈낸 그녀는 전형적인 신데렐라 걸, 젊은 일본 여성들의 선망의 대상, 신분 상승의 모델이었습니다. 게다가 (또는 그러나) 그녀의 신분 상승은 일반 공모의 신인 문학상에 응모하는 등의 '정규 절차'를 통해서가 아니라 '우연찮은 행운'이 중첩된 덕분에 이루어진 것처럼 보였습니다. 우연찮게 쓴 수필이 히트를 치고, 우연찮게 쓴 소설이 문학상 후보에 오르고…… 작가란 직함은 모름지기 긴 세월 동안 쓰라린 경험과 문학적 수양을 쌓아야만 비로소 손에 넣을 수 있는 것이라는 낡은 가치관에서 보면 하야시의 방식은 유명세를 이용한 '지름길'로밖에 보이지 않았을 터입니다.[3]

1980년대 하야시 마리코가 차지했던 위치와 그녀의 가치를 제대로 평가한 문헌은 많지 않습니다. 그런 문헌 중에서도 특별히 주목할 만한 것은 그녀의 자전적 소설 『원스 어 이어』(1992)의 문고판에 실린 나카모리 아키오의 해설입니다.

하야시 마리코는 1980년대라는 개척되지 않은 길을 선두에서 걸었다. 그것은 말하자면 장애물로 가득한 벼랑, 돌덩이로 가득한 울퉁불퉁한 산에 혼자서 길을 내는 작업과 같았다. 여자들은 이윽고 하야시 마리코가 낸 길 위를 달리기 시작했다. 어떤 이는 미나미 아오야마(도쿄의 고급 주택지 — 옮긴이 주)에 살며 선망하는 외래어 이름의 직업을 갖기 위해 동분서주했다. 어떤 이는 여자의 속내를 무기로 하는 칼럼니스트가 되어 이름을 날렸다. 또 어떤 이는 방송인에서 나오키상 수상 작가로 변신하기 위해 소설 집필에 몰두했다. (…) 모두가 하야시 마리코 이후의 여자들. 그렇다. '하야시 마리코 인생 게임'의 참가자들이었다. _나카모리 아키오, 『원스 어 이어』 가도카와 문고 해설, 1997

나카모리 아키오는 하야시 마리코가 걸었던 길, 즉 "출발점은 평범한 여대생, 카피라이터 양성 강좌를 거쳐 광고 제작 회사 어시스턴트로, 다음은 카피라이터가 되어 독립, 에세이스트로서 쓴 책이 베스트셀러. '세 칸 전진'. 다음에는 방송인으로. 피로가 쌓여 '한 번 휴식'. 이내 작가가 되어 마침내 나오키상(!)…… 이라는 구조"를 '하야시 마리코 인생 게임'이라고 명명합니다. "그녀의 훌륭한 점은 그녀가 인생 게임에서 승리했다는 부분이 아니다. 이 인생 게임을 만든 이가 바로 하야시 마리코 자신이기에 그녀는 위대한 것이다."[4]

'인생 게임'을 다른 말로 하면 바로 계층 이동입니다. '하야시 마리코 인생 게임'을 부정적으로 평가하면 다음과 같이 됩니다.

그것은 야마다 에이미를 억지로 끌어내고, 우치다 슌기쿠를 새삼스레 조명하고, 한편에서 시미즈 지나미를 띄우고, 요코모리 리카나 야마다 미호코 같은 어중이떠중이까지 '작가' 예비군으로 만들어 편집자의 창고 안에 쌓아둘 수 있도록 했다. 또한 시이나 사쿠라코를 만들어냈고, 야마다 구니코가 소설을 쓰도록 했고, 유미리를 제멋대로 굴도록 방치했다. 그리고 이제 하야시바 나오코까지 '작가'로 만들겠다는 도에 어긋난 소행 역시 하야시 마리코가 열어젖힌 지옥의 문으로 통해 있다. 이렇게까지 말했는데도 아직 감이 안 오는 바보는 그냥 죽어라. _오쓰키 다카히로,

「80년대 초, 마리코가 연 '지옥의 문'의 전말」, 『별책 다카라지마 요즈음의 '문학'』, 2001

오쓰키 다카히로를 화나게 한 것 역시 계층 이동의 문제입니다. 나카모리 아키오가 긍정적으로 평가한(그것이 설사 의례적인 평가였다 할지라도) 하야시 마리코의 역할에 대해 오쓰키는 '지옥'이라고 표현합니다. "출세욕, 명예욕, 물욕, 그리고 성욕까지 모두 까발려 보인다. 인간이라면 누구나 뒤로 감춰 마땅한 어두운 부분을 여봐란듯이 내보인다. 게다가 '여자'라는 캐릭터를 용의주도하게 이용하면서 '다 알면서 일부러 연기하는 것'이라는 변명의 여지까지 남겨둔다. '여자의 속내'를 파는 장사꾼"이 바로 하야시 마리코다, 라고 그는 말합니다.

그러나 오쓰키가 말하는 "출세욕, 명예욕, 물욕, 그리고 성욕"은 "인간이라면 누구나 뒤로 감춰 마땅한 어두운 부분"일까요? 저는 그렇게 생각하지 않습니다. "출세욕, 명예욕, 물욕, 그리고

성욕"은 오랫동안 남성의 속성, 남성에게만 특권적으로 허용된 특질이었습니다. 게다가 그들은 그것을 "인간이라면 누구나 뒤로 감춰 마땅한 어두운 부분"이라고도 생각하지 않았습니다. 정확하게는 '여자라면 누구나 뒤로 감춰 마땅한 어두운 부분'이라고 해야 합니다.

과거 여성에게 허용된 계층 이동은 결혼밖에 없었습니다. '옥여(玉の輿, 결혼을 통한 여성의 신분 상승을 상징하는 꽃가마―옮긴이 주)'란 말이 생겨난 것도 그런 이유에서이지요. 그런데 하야시 마리코는 입으로는 결혼하고 싶다고 이야기하면서 실제로는 혼자 힘으로 출세의 기회를 거머쥐는 '남성적 신분 상승'을 실현했습니다. 결과적으로 그녀가 까발린 것은 '여자의 속내'가 아니라 '남자의 속내'가 되는 셈입니다.

여기서 특히 주의해야 할 점은 그녀의 발상 자체가 비지식계급의 그것이었다는 점입니다. 강렬한 상승 지향의 욕망을 품고 출세를 위해서라면 물불을 가리지 않고 돌진. 이것은 지식인이 아니라 일반 대중, 고학력자가 아니라 저학력자, 부끄럼 많은 도시인이 아니라 촌사람, 즉 일본 사회 다수파를 차지하는 사람들의 발상입니다. 그걸 알면서도 그녀는 '비인텔리 여성', '촌동네 언니' 역할을 맡아서 수행했습니다. 그녀가 '비지식계급=일반 대중'이라는 뜻은 아닙니다. 공식적으로 거의 다루어지지 않는 (이러쿵저러쿵해도 저널리즘은 지식계급=인텔리겐치아의 소굴입니다) 대중의 욕망을 언어화한 사람이 바로 그녀였다는 의미입니다.

하야시 마리코

오다지마 다카시는 하야시에 대한 강렬한 짜증을 고백하면서 다음과 같이 말합니다.

> 그 시기(데뷔 당시 ─ 인용자 주) 그녀가 손에 넣었던 것은 여성들의 대변자 위치이다. 더 분명히 말해, 미모가 뛰어나지도 집안 배경이 좋지도 않은 시골 출신의 애인 없는 젊은 여자들의 가혹한 일상을 체현한 것이 하야시 마리코다./그렇기에 그녀가 늘 어놓는 불평에는 보편성이 있었고, 그녀가 제시하는 소녀취미는 진부하기는 하지만(아니, 오히려 진부하기 때문에) 여성 독자의 마음을 쥐고 흔들었던 것이다. _오다지마 다카시, 「의사 황실교(疑似皇室教)·하야시 마리코에게 천벌을 내린다」, 『다카라지마 30』, 1994년 4월호

이 장의 첫머리에 인용한 여성 주간지의 기사 제목을 다시 한번 봐주시기 바랍니다. 무책임하게 여성의 상승 지향을 부추겼던 시대, 하야시 마리코는 그런 흐름 속에서 출현했습니다. 계층 이동의 신데렐라 이야기, 하야시 마리코는 그 일을 왕자님 없이 완수했지요. 그런 의미에서 하야시 마리코는 분명한 '우먼 리브의 산물'입니다.

다만 우먼 리브와 하야시 마리코 사이에는 결정적인 차이가 있습니다. 리브가 자본주의 사회의 경쟁 원리를 부정하고 여성 전체를 아우른 사회 변혁을 목표로 했던 데 반해, 하야시 마리코는 나 혼자만의 출세를 택했습니다. 이것은 조금도 이상한 일이

아닙니다. 당연한 귀결이지요. 사회 전체의 변혁을 생각하는 것 자체가 '가진 계층', '인텔리의 우쭐함'에서 나오는 발상이기 때문입니다. 한편, 저널리즘의 '마리코 때리기'는 남자 사회를 위협하는 뭔지 모를 기운을 무의식적으로 느낀 사람이 그만큼 많았다는 사실을 증명합니다. 일부러 성적으로 '과격'하게 보이는 발언을 골라 자극적으로 조명하고, 너 같은 여자애가 뭘 할 수 있겠느냐며 조소하고, 욕망을 드러낸 여자만큼 추한 것은 없다는 이미지를 부여하고. 하야시 마리코에 대한 비판은 우먼 리브에 대한 비판과 같은 종류의 것을 담고 있었습니다.

추잡한 남녀 관계를 전문으로 그리는 작가?

데뷔 20년차로 100권이 넘는 책을 쓰고 수많은 수상 경력을 자랑하고 나오키상 심사위원까지 맡고 있는 그녀입니다만, 어떤 의미에서는 그녀만큼 불행한 작가도 없습니다. 하야시 마리코라는 인물이 주는 인상이 너무 강렬한 탓인지 1980년대의 그녀는 언론 노출이 잦았던 데 비해 작품이나 작가에 대한 평론은 물론이고 서평조차 거의 찾아볼 수 없고, 소설가로서도 인정받지 못했습니다.

하야시 마리코는 유명하지만 하야시 마리코가 쓴 작품은 읽지 않는다. 하야시 마리코가 쓴 수필은 읽어도 하야시 마리코가 쓴 소설은 읽지 않는다. 하야시 마리코를 싫어하는 사람일수록 잡지 칼럼 이외에 그녀가 쓴 책은 한 권도 읽은 적이 없다. 서평다운 서평은 1990년대에 들어서야 보이기 시작합니다. 그 배경에는 그녀가 맞이한 몇 번의 전환점이 있습니다만, 우선 그 전에 소설가 하야시 마리코에 대한 평가가 어떠한지 살펴보지요.

우선 가장 솔직한 의견부터.

> 그렇다. 나는 완전히 굳어버렸다. / 솔직히 고백하면 당초 계획으로는 / '소설가로서 무능하다', '무능한 주제에 상까지 받아 우쭐대는 꼴이 사납다' / 정도의 취지로 쓸 생각이었다. 그러나 천만의 말씀, 하야시 마리코는 제대로 된 소설을 쓰고 있지 않은가. / ……젠장. / 『주간 분슌』 같은 데다 써대는 팔자 좋은 글만 보고 '틀림없이 작가 미달' / 이라고 생각했던 내 입장은 어떻게 되나? _오다지마 다카시, 「의사 황실교·하야시 마리코에게 천벌을 내린다」, 위의 책

오다지마 다카시가 무엇을 읽고 '하야시 마리코는 제대로 된 소설을 쓰고 있다'고 생각했는지는 모르겠습니다. 그러나 하야시 마리코의 기능을 정확히 간파한 사람답게, 무책임한 말은 하지 않고 있습니다. 하야시의 소설을 실제로 읽고 '의외로 재미있다', '의외로 엄격하게 글을 쓰네' 이렇게 느낀 사람들이 적지 않으리라고 생각하는데, 아래의 글은 그 점을 좀 더 논리적으로 설명한 예입니다.[5]

나오키상 수상작이 으레 그렇듯 '현대 여성의 욕망과 속내를

솔직히 그렸다'는 평가는 정형화된 문구처럼 들린다. 그럼에도 그녀의 작품에는 젊은 여성의 내면에 귀를 기울일 때 드러나기 쉬운 나르시시즘의 냄새가 거의 나지 않는다. (…) 모든 작품에서 주인공에 대해 화자가 언제나 객관적인 '비평적 성격'을 잃지 않는 것은, 화자의 시점을 정하는 그녀의 능력이 뛰어나기 때문이다. _간 사토코, 「작가 가이드 하야시 마리코」, 『여성 작가 시리즈 20』, 1997

그러나 문제는 간 사토코가 '객관적인 비평적 성격'이라고 부르는 하야시 작품의 특질이 반드시 호의적으로 받아들여지는 것만은 아니라는 사실입니다. 그것은 제94회 나오키상 수상작인 『막차를 탈 수 있다면 / 교토까지』의 심사평에 단적으로 드러나 있습니다.

남자와 여자의 추한 모습에 대한 묘사가 매우 뛰어나지만, 그런 만큼 뒷맛도 나쁘다. 그럼에도 하야시 씨가 수상자로 선정된 이유는 그녀에게 심사위원을 굴복시킬 만한 힘이 있었기 때문이고, 그것은 매우 자랑할 만한 사실이다. _야마구치 히토미, 「사건을 처리하는 어른의 눈」, 『올 요미모노(オール讀物)』, 1986년 4월호

지저분한 남녀의 교분을 그리고 있지만, 읽은 후 가슴에 남는 게 아무것도 없었다. 나는 표를 던지지 않았다. 물론 지저분한 남녀를 그리는 건 좋다. 하지만 그것만으로는 문학상을 받을 만

하야시 마리코

한 소설이 되지 못한다. _이케나미 쇼타로, 「태산명동……」, 위의 책

 남자 등장인물에게 매력을 느끼지 못했고 읽으면서도 대체 무슨 연유로 이런 하찮은 남자의 이야기를 따라가야 하는가, 화가 치밀었다. 그러나 한편 다시 생각하면 그런 느낌을 불러일으키는 것 역시 작가의 수완이라 할 수 있다. _진순신, 「친밀한 소세계」, 위의 책

 하야시의 작품에 등장하는 여주인공은 모두 옹졸하고 추잡하다. 필자처럼 착한 사람밖에 그리지 못하는 것도 문제지만 하야시의 여주인공들이 보이는 추잡함에는 두 손을 들게 된다. 다만 강력한 후보작을 네 번이나 연이어 써냈다는 사실은 경탄할 만하며 경의를 표해 마땅하다. _이노우에 히사시, 「고급스러운 쓴웃음」, 위의 책

 작품을 평가한 것인지 완력을 평가한 것인지 분명치 않은 심사평입니다. 아무튼 '추하다', ' 지저분하다' 같은 단어가 여러 번 나온다는 점에 주목할 필요가 있습니다. 하야시 작품의 특징이 바로 이것입니다. 즉, 그들이 '추함'이라고 표현하는 것, 달리 말해 등장인물의 욕망, 원한, 복수심, 우월감과 같은 '부정적 감정'을 가차 없이 폭로한다는 점입니다.
 데뷔작 『별에 소원을』(1984)부터 대히트작 『불유쾌한 과일』(1996)까지 이러한 방침은 기본적으로 변화하지 않습니다. 『막차를 탈 수 있다면/교토까지』와 같이 도시를 무대로 한 연애 소설

에서도, 『별빛의 스텔라』, 『원스 어 이어』와 같은 자전적 소설에서도, 아래에서 언급할 역사 소설에서도 여주인공은 남자에게 사랑받기 위해, 세속적인 성공을 손에 넣기 위해 발버둥 칩니다. 또한 '여자의 무기'를 휘두르는 소질을 타고난 여자들의 교활함을 철저하게 비판하는 동시에 자신도 그것을 손에 넣고 싶어 안달합니다. 그리고 여자의 교태에 쉽게 넘어가는 남자들을 질색해하면서도 여주인공들은 교태를 부리고 싶은 유혹에서 완전히 벗어나지 못합니다.

하야시 마리코의 수필 세계가 '양(陽)'이라고 하면, 소설 세계는 '음(陰)'이라고 할 수 있습니다. 남들 눈에는 성공한 사람, 행복한 사람처럼 보이지만 늘 걱정과 근심을 달고 사는 주인공. 언뜻 보기에 원만한 결말을 맞이하지만 단순한 해피엔드라고 단정할 수 없는, '정말 이걸로 끝일까'라는 주인공의 가벼운 후회와 한숨을 남긴 채 끝나는 이야기. 멋 부리지 마. 한 꺼풀 벗기면 누구나 다 이렇잖아? 이런 부정적 메시지가 담겨 있는 듯합니다.

나오키상 심사 때 하야시 작품의 '부정적 특질'을 날카롭게 간파한 이는 이쓰키 히로유키밖에 없었습니다.

하야시 씨는 무의식적인 페미니스트다. 남성에게 사랑받길 원하면서 동시에 남자의 적이 되어버린다. 바로 이 부분이 대단하다. 심사가 끝난 뒤 담소를 나눌 때, 모리타 씨의 작품(공동 수상한 모리타 세이고의 『어시장 이야기』— 인용자 주)에 비해 뒷맛이

좋지 않다는 이야기가 나왔다. 나를 포함한 남자 위원들은 하야
시 씨로부터 뭔지 모를 위협을 느꼈던 것일 테다. _이쓰키 히로유키,
「보이지 않는 대단함」, 위의 책

아이돌은 위험한 냄새를 풍겨서는 안 된다. 다와라 마치와 요
시모토 바나나를 통해 도출되는 이 법칙에 입각하여 말하자면,
하야시 마리코는 작품의 질적인 면에서도 아이돌 실격이었던 셈
입니다.

그렇다면 그녀는 어떻게 오늘날의 지위를 쌓았을까요.

줄곧 현대 젊은 여성을 그리던 그녀가 역사 소설과 전기 소설
분야로 진출한 것이 하나의 전환점이라고 할 수 있습니다. 이토
히로부미, 노기 마레스케, 메이지 천황 등의 관계를 통해 시모다
우타코의 생애를 그린 『천황의 숙녀』(1990)는 처음으로 '문단'
의 인정을 받은 작품입니다.[6] 1995년에는 야나기하라 뱌쿠렌의
연애 스캔들을 조사하여 쓴 『뱌쿠렌 렌렌』으로 시바타 렌자부로
상을 수상. 1997년에는 연작 단편 『모두의 비밀』로 요시카와 에
이지 문학상을 수상. 그사이에도 순수문학(비슷한 것?)에 도전한
『문학소녀』(1994), 마이니치 신문에 연재한 가족 소설 『훌륭한
가족 여행』(1994), 무샤노코지 사네아쓰의 정부 마스기 시즈에
를 주인공으로 한 『여문사(女文士)』(1995) 등 다양한 작품을 발표
합니다. 『신초 45(新潮45)』에서부터 『분가쿠카이』까지 발표 매체
의 폭이 넓어졌고, 점차 문단 내에서 '소설가 하야시 마리코'의

평가가 올라갑니다. 한무라 료는 시바타 렌자부로상 심사평에서 다음과 같이 그녀에게 성원을 보냅니다.

> 바쿠렌을 둘러싼 주변 인물의 묘사가 보통이 아니다. 한 사람 한 사람의 성격을 묘사하는 내용과 방식은 내가 이상으로 삼는 소설의 형태를 훌륭하게 재현하고 있다. / 하야시 씨, 축하합니다. / 여기까지 도달하셨다면 이제 연문학(軟文學)의 세계를 떠나셔도 좋지 않을까요. 여류 작가의 배출이 현저한 오늘날, 그중에서도 특출난 거목이 되리라 믿어 의심치 않습니다. _한무라 료, 「거목의 향기가 난다」, 『소설 스바루(小説すばる)』, 1995년 12월호

여기서 중요한 것은 "연문학의 세계를 떠나셔도 좋지 않을까요"라는 부분입니다. 그녀는 문단 선배들에게 비슷한 말을 여러 차례 들었음에 틀림없습니다. 나오키상을 수상했을 때부터 시바타 렌자부로상, 요시카와 에이지 문학상 때까지 일관되게 그녀를 응원했던 세 사람이 이쓰키 히로유키, 구로이와 주고, 와타나베 준이치인데(이것은 일본의 많은 문학상이 같은 심사위원에 의해 수여되고 있다는 증거이기도 합니다[7]), 구로이와 주고는 나오키상 심사평에서 "잡일을 그만두고 작가의 길에 매진하면" 좋겠다고 충고한 바 있습니다. '수필을 쓰면 펜이 거칠어진다. 소설에 전념하길.' 선배 작가가 후배 작가에게 설교할 때 쓰는 상투적 말입니다. 실제로 하야시 마리코 역시 그런 잡음(일 테지요. 역시.) 속

에서 소설을 써왔고 경쟁에서 승리한 것입니다.

10년간 글을 써 얻어낸 평가. 그것은 그녀가 '남자 사회의 주민'으로 인정받았음을 의미합니다. 그렇습니다. 카피라이터에서 작가가 되는 것만으로는 여자의 인생 게임=계층 이동은 끝나지 않습니다. 여류 작가로서 '남자 사회 속에서 자기 자리'를 확보해야 게임은 비로소 끝이 납니다. 실제로 그녀는 아리요시 사와코나 미야오 도미코 같은 '여류 작가'들을 의식한 발언을 하기 시작하는데, 『룰루랄라를 사서 집으로 돌아가자』 당시의 팬들(이미 30대가 된)이 마리코를 급속하게 떠난 것 역시 이즈음이었다는 생각이 듭니다.

신데렐라 걸의 변절과 숙명

마리코 인생 게임의 끝과 마리코 팬의 이탈. 그 대비가 첨예하게 드러난 시기가 1989~1990년입니다. 잡지 『다카포(ダカーポ)』의 '좋아하는 방송인, 싫어하는 방송인' 설문조사 결과가 그 상징적인 예입니다. 1989년과 1990년, 2년 연속으로 '좋아하는 여성 방송인' 부문과 '싫어하는 여성 방송인' 부문에서 하야시 마리코는 당당하게 1위를 차지합니다.[8] 활자 세계의 주민으로 돌아간 그녀가 허다한 텔레비전 방송인을 물리치고 좋아하는 순위와 싫어하는 순위 모두에서 1위를 차지했다는 것 자체가 매우 이례적인 일이겠지요. 대체 당시의 하야시 마리코(와 하야시 마리코의 독자들)에게 무슨 일이 일어났던 것일까요?

그것은 그녀의 결혼이었다, 라고 나카모리 아키오는 명쾌하게 대답합니다. "1980년대는 대체 언제 끝났을까? 베를린 장벽이 붕괴한 날일까? 소련 연방이 해체됐을 때일까? 아니면 쇼와 천황이 붕어한 날일까? 아니다. 1980년대가 '여성 시대'인 이상, 우리 모두 그날을 알고 있다. 그렇다. 하야시 마리코가 결혼한 날이다"라고.

그랬다. '하야시 마리코 인생 게임'의 골은 '나오키상'이 아니라 '결혼'이었다. 대학은 나왔지만 아무것도 가진 것이 없는 여자가 1980년대에 욕망을 무기로 삼아 지위, 명예, 명성, 돈, 남자까지 손에 넣었지만 결혼만큼은 손에 넣지 못했다…… 그것이 하야시 마리코의 이야기였다. 행복이라는 이름의 조각 그림 맞추기의 마지막 조각을 채워 넣지 못하는. 때문에 그녀는 욕망에 사로잡혔고 여자들은 공감을 표했다. / 그러나 어느 날 갑자기 베를린 장벽이 무너지듯…… 마지막 조각이 채워졌다. 이상적인 모양의 '결혼'이라는 마지막 조각이 말이다. 이로써 하야시 마리코의 조각 그림은 훌륭하게 완성되었고, 그 순간 여자들의 1980년대는 극적으로 종료되었다. _나카모리 아키오, 『원스 어 타임』 가도카와 문고 해설

한편 오구라 지카코는 하야시 마리코의 전환점이 결혼 전에 이미 찾아왔다고 말합니다. 아이돌 출신 연예인이 갓 태어난 아기를 데리고 출근한 일이 계기가 되어 일어난 1987~1989년의

하야시 마리코

'아그네스 논쟁' 때 말입니다.

　　하야시 마리코는 이 '사건'에 말려듦으로써 페미니스트들로부
터 많은 상처를 받았을 것이다. 그녀가 아그네스를 비판했을 때
어쩌면 그녀는 페미니즘이라는 사상이 자기 편을 들어주리라 생
각했는지도 모른다. / 그러나 페미니스트들은 그러지 않았다. 그
이유는 우에노 지즈코의 억지스러운 논리 바꿔치기 때문이다.
나는 마치 전선을 뛰쳐나온 척후병을 아군이 뒤에서 쏘아 죽인
듯한 개운치 않은 뒷맛을 씻어내지 못하고 있었다. / 더욱이 나는
일본의 페미니스트들이 하야시 마리코의 '감성'이 아니라 우에
노 지즈코의 '이성'에 우르르 찬동한 것에도 꺼림칙한 기분을 느
꼈다. (…) 하야시 마리코의 재능 속에 존재하는 '무딤'이라는 측
면을 서양 사상의 수입품인 페미니즘으로서는 이해하기 어려운
모양이다. _오구라 지카코, 「하야시 마리코론—장거리 주자의 영광과 고독」, 『월간 아사

히』, 1991년 3월호

　　"『천황의 숙녀』를 다 읽은 후 나는 아그네스 논쟁이 하야시 마
리코에게 준 상처의 깊이를 새삼 느끼게 되었다. 내가 느꼈던 것
은 암담함이었다"는 전문(前文)으로 시작되는 위의 논고는 독립
적인 하야시 마리코론으로서는 거의 유일한 것이며 또한 가장
걸출한 것입니다. 오구라는 이렇게 말합니다. 데뷔 당시 하야시
마리코에게는 "남자 사회의 불의에 대한 분노와 넘치는 활력, 건

강한 욕망, 똑똑함, 그리고 기분 좋은 성질이 모두 있었다." 그러나 페미니스트들의 판결로 '여성 증오의 대표 작가'가 되어버렸다. 그녀를 버린 페미니스트들은 "그녀가 남성 사회 속에서 홀로 투쟁해왔던 고독을 이해하지 않고 무시해버려도 되는가."

여기에서 드러나는 것 역시 계층의 문제입니다. 사실 페미니즘은 1980년대 말부터 급격하게 대중성을 잃어버리면서 '인텔리 사상'화됩니다. 얄궂게도 페미니즘이 여성 내부를 지식인과 대중이라는 두 개의 층으로 나누어버린 것입니다.

하야시 마리코의 변절이 정말로 아그네스 논쟁에서 입은 상처 때문인지 아닌지는 저도 판단을 내릴 수가 없습니다. 그러나 오구라 지카코의 말처럼 1990년대 이후 하야시가 쓴 글에는 여성 혐오(미소지니)의 색이 짙어진 것이 사실입니다. 과거 "잡지 모델처럼 잘나지 못해 서러운 여성 여러분, 조금만 기다리세요. 내가 복수해줄 테니까"(『꿈꾸는 시절이 지나도』)처럼 '요령 나쁜 여자들'을 위한 메시지를 보냈던 하야시 마리코가 『천황의 숙녀』에서는 노기 장군의 입을 통해 다음과 같은 대사를 읊고 있습니다.

여자란 아는 것이 아무것도 없구나. 유신 때 대체 어떤 일을 했다는 것이냐. 여기저기 울부짖고 다니거나 자기 목에 칼을 들이대는 게 고작이다. 그게 아니면 지사를 숨겨주거나 밀서를 전하는 정도다. 아무도 남자들처럼 칼을 들고 맞서려 하지 않았다.
_『천황의 숙녀』, 1990

하야시 마리코

뭐, 어디까지나 소설 속 대사이니 꼭 하야시 마리코의 의견과 같다고는 할 수 없겠지요. 그러나 데뷔 당시의 그녀를 아는 사람이라면, 그녀가 남자 사회 속의 의자와 결혼이라고 하는 마지막 카드를 손에 넣은 후 '건너편 사람', '먼 그대'가 되어버렸다는 느낌을 지우기 힘듭니다. 간혹 그녀의 수필에 섞여 있는 '점잖은 체'하는 부분을 발견할 때면 '아, 룰루랄라 마리코 씨도 이렇게 소노 아야코처럼 되어버리고 마는구나(본서 제5장 우에노 지즈코/「마지막 우먼 리브 투사」 참조—옮긴이 주)'하는 생각이 들곤 합니다.

그러나 하야시 마리코의 변모는 한편으로 시대의 변화에 호응한 결과라고도 할 수 있습니다. 1980년대 초의 저성장기, 그리고 거품경제의 절정기, 다시 거품 붕괴로 이어지는 어지러운 변화 속에서 어느덧 '여성 시대' 같은 허식은 통하지 않게 되었습니다. 아그네스 논쟁이 열기를 더해갈 때, 한쪽에서는 과거 하야시 마리코를 적대시했던 저널리즘과 그녀를 묵살했던 문학계가 '청순파' 다와라 마치와 요시모토 바나나를 예찬하고 있었습니다……

하야시 마리코를 질주하게 한 동기는 '욕망'이었다고 일컬어지곤 합니다. 그러나 또 하나의 동기를 잊어서는 안 됩니다. 바로 '남자들이 좋아하는 귀여운 여자애들만 이득을 보는 건 불공평하지 않은가'라는 생각입니다. 그녀가 『룰루랄라를 사서 집으로 돌아가자』를 쓴 이유, 아그네스 찬을 비판한 이유도 근원을 따지자면 바로 이것입니다.[9] 그러나 그녀에게 동기를 부여한 이 구조는 그렇게 만만한 상대가 아닙니다.

　나오키상 심사위원이며, 사적으로는 한 딸의 어머니이기도 한 하야시 마리코는 이제 누구도 부정할 수 없는 유명 인사입니다. 젊은 여성의 행실을 꾸짖고, 유복한 사생활을 자랑하고, 황실과의 친밀감을 표현하고. 계층 이동에 성공한 사람이 보수 반동화하는 것은 자연스러운 흐름이라고 해야겠지요. 성의 여주인이 되어버린 신데렐라에게 무엇보다 소중한 것은 성을 지키는 일이며 무엇보다 경계해야 할 것은 제2, 제3의 신데렐라가 출현하는 일이니까요. 그것이 모든 혁명가의 숙명인 이상, 싸움은 평생 끝나지 않을 것입니다. 그녀의 다음 목표는 역사에 이름을 남기는 것일지도 모르겠습니다. 뭐, 지금까지 위만 보고 달려온 그녀이니 그쯤은 용서해줘도 되지 않을까요.

하야시 마리코

1 ＼ 당초 『크루아상』은 '뉴 패밀리 잡지'로 출발했지만 실패. 이듬해 리뉴얼하여 '여자의 신문'이라는 캐치프레이즈로 많은 독자를 얻게 된다. 한편 『모어』는 독자의 성생활 등을 조사하여 발표한 「모어 보고서」가 화제가 되었다. 「모어 보고서」는 1980년에 단행본으로 출간되어 베스트셀러가 되었다. 『앙앙』, 『논노』는 20세 전후의 독자를 대상으로 한 잡지이고 『크루아상』, 『모어』는 당시 25세 전후였던 베이비 붐 세대를 겨냥한 잡지였다. 다만 실제로는 광범위한 연령층이 읽었던 것으로 보인다.

2 ＼ 소설가로 변신한 이유에 대해 하야시 자신은 한 주간지와의 인터뷰에서 "수필은 모든 것에 대해 책임을 져야 하거든요. 그래서 좀 지쳐 있어요. (…) 그래서 지금, 잠시 소설로 피난한 거죠"(『아사히 저널』, 1984년 7월 27일 호)라고 밝히고 있다.

3 ＼ 당시 언론이 다른 업종에서 소설가로 전업한 이들을 어떤 식으로 야유했는지는 다음과 같은 기사를 통해서도 엿볼 수 있다. "야마구치 요코 씨라고 하면 긴자의 호스티스 또는 작사가로, 오치아이 게이코 씨는 전 인기 DJ 레몬으로, 하야시 마리코 씨는 '룰루랄라' 카피라이터로 알려져 있다./그런데 지금 이 세 명이 소설가로서 주목받고 있다. 명성은 다른 세계에서 얻었으니 이번엔 소설을 써서 선생님이 되고자 하는 것일까."(「지금 주목받는 세 여성 작가 야마구치 요코, 오치아이 게이코, 하야시 마리코가 '남자를 그리는 법'」, 『주간 아사히』, 1984년 6월 1일호).

4 ＼ 하야시 마리코보다 네 살 아래로 1987년에 나오키상을 수상한 야마다 에이미는 자신도 '하야시 마리코 인생 게임의 참가자'였음을 고백한 바 있다. "아! 한숨이 나왔다. 그녀가 작가라니! (…) 나는 그때 배 위에서 일어난

일을 분명하게 기억하고 있다. 왜냐하면 듣지도 보지도 못한 여자에게 난생처음으로 질투에 가까운 감정을 느꼈기 때문이다. 남자와 관련된 것도 아닌데!! 아, 나도 소설을 쓰고 싶다. 그리고 모두가 나의 재능을 인정하도록 만들고 싶다('인정받고 싶다'가 아니라 '인정하도록 만들고 싶다고' 생각하는 건방짐!). 실제로 처녀작을 쓰기까지 내 마음속에는 언제나 그 생각이 있었다"(야마다 에이미, 『별에 소원을』 고단샤 문고 해설, 1986).

5 ＼ 간 사토코는 또한 "메이지 이후의 일본 근대 소설사는 이른바 '순수문학' 중심으로, '재미있는 소설'을 배제하려는 경향이 두드러졌다. 그리고 오늘날 그 피해를 입고 있는 재능 있는 작가가 바로 하야시 마리코라고 할 수 있다", "마음을 열고 작품을 접한다면 하야시 마리코는 스토리텔러로서의 재능을 타고난 대표적인 젊은 작가이며 현대를 대표하는 소설 장인이라고 인정하지 않을 수 없을 것이다"라고도 말한다.

6 ＼ 『천황의 숙녀』가 불러일으킨 반향에 대해 하야시 자신은 이렇게 말한다. "그때까지 줄곧 교양 없는 젊은 여성 작가 취급을 받아왔는데, 이 작품으로 평가가 확 달라졌어요. 무시로 일관하던 딱딱한 잡지들도 칭찬이 가득한 서평을 실어주고 나에 대한 태도가 달라졌죠. 그런 의미에서는 하나의 전환점이 된 작품이에요"(「1990년 이후의 전작품 해설」, 『월간 가도카와(月刊カドカワ)』, 1997년 7월호). 역사 소설을 쓰면 곧 작가의 '격'이 올라가는 문단의 관습을 어떻게 생각해야 할까. 일정 연령에 달한 작가가 역사 소설로 옮겨가는 일은 역사 자료에 의지한 연명술로 보아야 하고, 현대를 무대로 한 연애 소설이 실은 지력과 체력을 요구한다는 설도 있다.

7 ＼ 하야시 마리코가 수상할 당시, 구로이와 주고와 와타나베 준이치는 나오키상, 시바타 렌자부로상, 요시카와 에이지 문학상의 심사위원을 겸임하고 있었다. 이쓰키 히로유키는 나오키상과 요시카와 에이지 문학상의 심사

하야시 마리코

위원을 겸임하고 있었다.

8 \ 『다카포』 1989년 4월호에 따르면, '좋아하는 여성 방송인' 부문 1위가 하야시 마리코로 205표. 이하 2위 도이 다카코(197표), 3위 고미야 에쓰코 (89표), 4위 요시모토 바나나 / 구로야나기 데쓰코(각 70표). '싫어하는 여성 방송인' 부문 1위도 하야시 마리코로 176표. 이하 2위 미야자키 미도리(104 표), 3위 아그네스 찬(102표), 4위 니시다테 요시코(88표), 5위 우에노 지즈 코(60표)로 이어진다. 득표수만 봐도 하야시 마리코의 독무대라는 사실을 알 수 있다.

9 \ 앞서 인용한 논고에서 하야시 마리코가 취할 수밖에 없었던 '전략'에 대해 오구라 지카코는 이렇게 설명한다. "세상에는 요령이 좋고 남자에게 교태를 부리는 여자와 요령이 나쁘고 남자에게 교태를 부릴 수 없는 여자가 있다. 이 상황에 대처하는 방법은, 고전적인 페미니스트처럼 남자 사회에 저항하거나 대다수의 보통 여자처럼 울며 겨자 먹기로 단념하는 두 가지가 있다. 그러나 하야시 마리코는 고전적인 페미니스트의 방법을 취하기에는 수치심에 너무 민감했고, 포기하고 단념하기에는 오만할 정도로 자부심이 높았다. 그래서 그녀는 제3의 방법을 취할 수밖에 없었다. 제3의 방법이란 불공정한 제도에 공범으로 참여하여 그 시나리오를 수정한다는 공상이었다."

우에노 지즈코
UENO CHIZUKO

바이링갸루의 복수

하야시 마리코가 1980년대를 질주한 '여성 시대'의 기수라면, 우에노 지즈코 역시 시대를 공유한 또 한 명의 기수라고 할 수 있습니다.

그녀의 데뷔작 『섹시 걸의 대연구』는 '갓파 사이언스 시리즈'로 1982년에 출간되었는데, 하야시 마리코의 『룰루랄라를 사서 집으로 돌아가자』도 같은 해에 출판되었습니다. 두 권 모두 가벼운 페이퍼백으로 출판되었다는 점과 섹슈얼한 소재를 경쾌한 필치로 다루고 있다는 점, 이후 아그네스 논쟁으로 두 사람이 맞대

우에노 지즈코 \ 1948년 도야마 현 출생. 1977년 교토 대학 대학원 문학연구과 박사과정 수료. 1982년 『섹시 걸의 대연구—여자 읽는 법·읽히는 법·읽게 하는 법』으로 데뷔. 1988년 '아그네스 논쟁'으로 세간의 화제를 모음. 교토 세이카 대학 등을 거쳐 1993년 도쿄 대학 조교수(후에 교수).

결하게 된다는 점 등을 생각하면 이런 일치들이 흥미롭게 보이기도 합니다. 그렇지만 두 사람 사이에는 커다란 차이점이 있습니다. 하야시 마리코의 경우 남자 사회의 거센 반감을 일으켰던 데 반해, 우에노 지즈코의 경우 의외로 남자 사회와 커다란 알력을 빚지 않고 흘러온 것처럼 보인다는 점입니다.

어쩌면 두 사람은 출발점부터 달랐다고 해야 할지 모르겠습니다. 하야시 마리코는 일개 OL에서 작가로 '신분 상승'을 이루었던 것이고, 우에노 지즈코는 학문 세계라는 아성으로부터 세속 언론의 세계로 '강림'했다고 볼 수 있기 때문입니다. 혈혈단신으로 아무런 보호구 없이 저널리즘이라는 전쟁터에 뛰어들 수밖에 없었던 하야시 마리코와는 달리, 우에노 지즈코에게는 처음부터 든든한 경호원이 딸려 있었습니다. 『섹시 걸의 대연구』표지에는 경호원의 추천사가 인쇄되어 있습니다.

이 책은 문자 그대로 우에노 씨의 처녀작이다. 아니, '처녀 상실작'이라 해야 할지도 모르겠다. (…) 만약 당신이 젊은 남성이라면 이 책을 읽고 큰 지적 충격을 받아 불능 상태에 빠질지도 모른다. 그러나 이 책이 해체해버린 양성 신화, 그 단편이 만들어내는 새로운 인간의 이미지가 바탕이 되어 남녀 혹은 여남 커뮤니케이션이 형성되어가리라는 것에는 의심의 여지가 없다.

_야마구치 마사오, 「모든 남성의 꿈과 희망을 빼앗아버리는 책」, 『섹시 걸의 대연구』표지,

1982

기호론부터 국가론에 이르기까지, 풍부한 학식과 날카로움을 겸비한 저자는 수많은 여성학자 중에서도 학문의 최첨단을 주도하는 본격파 중의 본격파이다. 이름만 내세울 뿐 성실하지 못한 대가들은 그녀의 번뜩이는 칼날 앞에서 그저 줄행랑을 칠 뿐이다. 머지않은 미래에 우에노 지즈코라는 이름과 그 번뜩이는 칼날이 세계 학계를 놀라게 할 날이 올 것이다./그런 본격파 중의 본격파가, 처녀도 아니면서 처녀작을, 갓파 사이언스 시리즈로 출판한다는 것은 굉장한 일이다. _구리모토 신이치로, 「흥미로우나 위험하지 않은, 흔치 않은 여류 학자」, 위의 책

처녀, 처녀, 무슨 포주집에 처녀 알선하는 업자도 아니고……
어쨌든 '인텔리 남자 어른'을 내 편으로 만들었다는 것(마음대로 조종했다는 것?)이 우에노 지즈코의 출발점을 결정하는 데 긍정적으로 작용했음에는 틀림없습니다.

야마구치 마사오나 구리모토 신이치로 같은 '뉴 아카데미즘 계열' 학자가 그랬듯이, 1980년대는 지식인 사이에서 온건파 행세를 하는 것이 묘하게 인기를 끌던 시기이기도 합니다. '페미니즘을 현대 사상으로 승격시킨 여자'에서 '학계의 구로키 가오루'까지, 학자스럽지 않은 화려한 선전 구호를 달고 다니는 우에노 지즈코도 초창기에는 이런 위치에서 출발했습니다.

그러나 데뷔 후 수년간 우에노는 무명 상태에 가까웠고, 그녀의 이름을 알고 있는 사람의 경우에도 '여성학을 연구하는 신진

기예의 사회학자' 정도의 이미지만 갖고 있었습니다. 우에노 지즈코의 이름이 널리 알려진 시기는 거품경제가 절정을 달리던 1988~1989년입니다. 일개 여성학자를 미디어의 총아로 만들었던 요인은 대체 무엇이었을까요?

'B형 지즈코'라는 착각

자타가 공인하는 우에노 지즈코의 세일즈 포인트, 그것은 딱딱한 것과 부드러운 것을 모두 다룰 수 있다는 점입니다. 음담패설도 오케이, 사회구조 분석도 오케이. 그것은 '학문적 세계의 얼굴/저널리즘의 얼굴' 또는 '남성 언어/여성 언어'를 구분해 사용할 수 있다는 의미이기도 합니다. 본인은 자신의 혈액형이 AB형인 데서 따와 A형 지즈코와 B형 지즈코로 부르고 있습니다만,[1] 그냥 이해하기 쉬운 말로 표현하면 두 가지 언어를 구사한다는 의미의 바이링구얼(bilingual), 아니 1980년대 유행어를 빌려 '바이링갸루(bilingual+girl)'라고 부를 수 있을 것 같습니다. 정리해보지요.

(A) 딱딱한 우에노 지즈코(학문적 세계의 얼굴/남성 언어 세계)

(B) 부드러운 우에노 지즈코(저널리즘의 얼굴/여성 언어 세계)

양자의 차이는 저서의 제목에도 그대로 반영되어 있습니다. A형=딱딱한 저작 목록에는 『구조주의의 모험』, 『근대 가족의 성립과 종언』, 『가부장제와 자본주의』 등이 있습니다. B형=부드러운 저작 목록에는 『섹시 걸의 대연구』, 『여자 놀이』, 『스커트 밑의 극장』처럼 일부러 오해를 불러일으킬 만한 이중 의미의 제목을 붙인 책들이 있습니다. A형과 B형의 중간쯤에 위치하는 책으로는 『'나'를 찾는 게임』, 『여자는 세계를 구할 수 있는가』, 『'여연(女緣)'이 세상을 바꾼다』 등이 있고요.

그러나 이것은 어디까지나 책의 제목이 주는 이미지에 국한되는 이야기이지, 내용 면에서 모든 저서를 딱딱한 것과 부드러운 것으로 뚜렷하게 양분할 수 있는 것은 아닙니다. 바이링갸루의 내부는 좀 더 복잡하게 이루어져 있습니다. 딱딱한 것과 부드러운 것을 모두 다룰 수 있다는 사실은 치밀함과 털털함이 혼재한다는 의미이며, A형과 B형의 존재라는 모순을 떠안아야만 한다는 의미이기도 합니다. 출발이 순조로웠던 그녀였으나 이후 여기저기에서 빈축을 산 원인은 바로 여기에 있다고 해도 과언이 아닙니다.

앞에서 우에노 지즈코가 유명해진 시기는 1988~1989년이라고 말했습니다. 정확히는 『여자 놀이』(1988)와 『스커트 밑의 극장』(1989)이 연이어 베스트셀러가 되면서 유명해지기 시작했지요. 수필집 『여자 놀이』가 10만 부, 속옷 문화론을 논한 『스커트 밑의 극장』이 30만 부. 인문과학 계열 책으로서는 파격적인 판매량입니다.

이 두 권의 책은 'B형 지즈코'를 대표하는 책입니다. 『여자 놀이』는 페미니스트 아티스트로 유명한 주디 시카고가 여성의 성기를 주제로 만든 작품이 표지와 속지에 가득한 책이었고,[2] 『스커트 밑의 극장』에는 속옷 차림의 여성과 팬티 사진이 이곳저곳에 인쇄되어 있습니다. 두 권 모두 내용적으로는 결코 쉬운 책이 아닙니다만, 시각적으로는 포르노그래피와 구분하기 어려운 요소를 가지고 있었습니다. 페미니즘 관련 책으로는 믿기지 않을 정도의 판매 부수를 올린 데는 이런 편집 전략이 한몫했음이 틀림없습니다.

그런데 우에노 지즈코가 유명해진 원인은 정말로 'B형 지즈코'에게 있는 것일까요? 저는 그렇게 생각하지 않습니다. 왜냐하면 아무리 좋게 표현해도 'B형 지즈코'에게 세련되었다는 수식어는 어울리지 않기 때문입니다. 아니, 분명히 말해 B형 지즈코는 촌스럽습니다.

'B형=부드러움'에는 '담론 내용의 부드러움'과 '담론 형식의 부드러움'이라는 두 가지 의미가 있습니다. 요컨대 전자는 '하반신 이야기'를 뜻하고, 후자는 '카피라이터 흉내 내기'를 뜻합니다. 그녀의 '학자답지 않은 스스럼없는 행동'이란 ① 태연하게 음담패설을 하고 ② 카피라이터처럼 신조어를 연발한다는 두 가지로 집약할 수 있습니다.

하나씩 살펴봅시다. 우선 '담론 내용의 부드러움=음담패설'부터. 『여자 놀이』는 여성의 성기를 주제로 만든 작품으로 눈길을 끌었다고 했습니다. 그런데 그 이상으로 화제가 된 것은 권두에 실린 짧은 수필이었습니다. 글의 제목은 「오만코(여자 성기의 속칭―옮긴이 주)가 가득」입니다.

오만코!라고 외쳐도 아무도 반응하지 않을 때까지 나는 오만코를 외칠 것이고, 구로키 가오루 씨는 여자의 겨드랑이 털에 충격을 받는 이가 없어질 때까지 팔을 번쩍 들어 올리고 다닐 것이다. 그때까지 우리는 더 많은 오만코를 바라보고 묘사하고 이야기해야 한다. 더 많은 오만코를 통해 '여성(나 자신)'을 볼 수 있게 될 것이다. _우에노 지즈코, 「오만코가 가득」, 『여자 놀이』, 1988

이걸 촌스럽다고 하지 않으면 뭐라 해야 할까요…… 10년 전이면 몰라도 요즘 세상에 '오만코'라는 말이 먹힐까? 이것이 당시 제가 느낀 솔직한 감상이었습니다.

하지만 그녀의 계획이 어느 정도 성공을 거둔 것은 사실입니다. "페미니즘 학계의 '구로키 가오루' 우에노 지즈코의 밝은 '오만코 선언'"(『주간 아사히』, 1988년 8월 26일호), "그 단어를 연발하는 여자 조교수의 기발한 남성 체험"(『주간 겐다이』, 1988년 9월 24일호), "필살어 오XX 표현으로 가슴 철렁"(『주간 요미우리』, 1988년 12월 18일호) 같은 주간지 표제어에 그 사실이 여실히 드러나 있지요. 이런 뻔한 도발에도 꼬박꼬박 응수해주는 남성 주간지란 얼마나 친절하고, 예의 바르고, 쉬운 미디어인지. 친절하고, 예의 바르고, 쉬운 미디어는 그러나 주간지만이 아니었습니다. 나이 든 남성 지식인들 역시 그녀의 '전략'에 응수(한 것이 아니라면 그냥 호색가 영감)했습니다.

예전에 구로키 가오루 씨의 『방종도 유분수』를 읽을 기회가 있었는데, 여자들 놀이의 폭이 넓어졌다는 막연한 느낌을 받았다. 그런데 이번에 우에노 지즈코 씨의 신작 『여자 놀이』를 읽고 나서는 지적인 방종도 꽤 훌륭한 수준에 도달해 있다는 느낌을 가지지 않을 수 없었다. / 당대의 인기인 두 분이 이렇게 성기와 성에 대해 솔직하게 이야기하는 모습을 지켜보자니 마치 캄캄한 밤에 쏘아 올린 폭죽을 보는 듯해 참으로 즐겁다. _야마오리 데쓰오, 「구로키 가오루와 우에노 지즈코」, 『주오코론』, 1988년 10월호

나는 문장의 기예나 기교에 관심을 가지고 있다. (…) 특히 연상의 아저씨들을 손안에서 주무르는 '귀여운 여자'의 기예가 제법 훌륭하다. / 이것은 '여자라는 무기'의 사용을 의미하는 것이 아니다. 아사다 아키라나 나카자와 신이치 같은 '귀여운 남자'에게서 발견되는 재주와 같은 것이다. _모리 쓰요시, 「우에노 지즈코의 여자 연구」, 『시소노카가쿠』, 1989년 1월호

이미 64세의 노인인 나에게는 저자가 『여자 놀이』라는 제목으로 무엇을 노렸던 것인지 잘 전달되지 않아서 그저 여성끼리의 레즈비언적 즐거움을 전하는 가벼운 수다 책 정도로 생각했습니다만, 책을 열자마자 본서를 위해 쓴 장문의 논설 「오만코가 가득」을 읽고 감탄을 금치 못했습니다. _시라토리 구니오, 「빨간 옷을 입은 귀여운 소녀」, 『시소노카가쿠』, 1992년 10월호

요즘 여자들은 자유분방해서 참 보기 좋네…… 얼굴에 훈훈한 미소를 띤(혹은 높은 곳에서 내려다보는) 듯한 연장자 특유의 여유 작작한 서평. 모리 쓰요시는 "나는 사회운동 같은 것에 그다지 관심이 없으나, 이 책을 통해 우에노가 페미니즘을 현대사상으로 승격시킨 것에는 박수를 보낸다. 그리고 장기적으로 봤을 때 이 책은 사회운동에 도움이 될 것이다"라고 쓰고 있습니다. 그렇습니다. '인텔리 남자 어른'은 짜증나는 '여성 운동'은 싫어하지만 포스트모던한 '지적 유희'는 좋아합니다. 위와 같은 서평을 쓴다는 것 자체가 '기예'이고 '지적 유희'였는지도 모릅니다.

하지만 모두가 이렇게 친절하고, 예의 바르고, 쉽다고 생각하면 큰 오산입니다. 「오만코가 가득」에 박수갈채를 보낸 사람은 극소수이고, 이건 어디까지나 저의 추측입니다만 그 열 배 이상의 사람들이 '이런 몹쓸!'이라고 생각하지 않았을까요? 페미니즘에 찬동하고 안 하고의 문제가 아닙니다. "오만코라는 말을 입에 담거나 오만코에 대해 이야기할 때의 나는 친친(남성기의 유아어―옮긴이 주)!이라고 외치는 여섯 살짜리 어린애 같은 부분이 있다. 점잖은 얼굴을 한 어른이 갑자기 얼굴을 찡그리는 것이 기뻐서, 오로지 그 반응을 일으키는 재미에 빠지곤 한다"(「오만코가 가득」)는 말에 공감할 사람이 그렇게 많지는 않겠지요. 많은 경우 세상 물정 모르고 하는 말이라며 혀를 끌끌 차고 말 것입니다. 음담을 문자로 옮길 때에는 고도의 센스와 기술이 필요합니다. 우에노 지즈코는 하반신 이야기를 꺼낼 때 특히 고약한 센

우에노 지즈코

스를 발휘합니다.

작은 논쟁(?)이 주간지에 소개된 적이 있습니다. 우에노 지즈코가 한 잡지 칼럼에 "'이 사람과 평생 함께하겠습니까', '네' 라고 대답하는 남자는 일생일혈(一生一穴)주의자, 여자는 일생일본(一生一本)주의자(라고 하면 될까)가 되려는 것일까"(『아에라(AERA)』, 1990년 1월 16일호)라고 쓴 데 대해, 이전에 우에노와 대담집(『다형도착(多型倒錯) 쓰루쓰루 대담』)을 낸 적이 있는 미야사코 지즈루가 "어처구니없는 우에노 씨"(도쿄 신문, 같은 해 1월 20일)라고 비판한 내용입니다. 이 논쟁에 대해 구레 도모후사는 다음과 같이 '판정'을 내립니다.

> 우에노 지즈코의 말은 곱게 자란 양갓집 따님이 부리는 허세. 미야사코는 진보적이면서 어리광이 없죠. 우에노의 경우 불량한 말을 쓰고 있지만 단순히 허세에 지나지 않고 진짜 금지어는 아니에요. 만약 남성 사회 은어에 도전할 생각이라면, 그 사람 도야마 출신이니까 좆페, 찬페라고 해야죠. 오만코 같은 건 아무리 말해도 부끄럽지 않아요. 미야사코는 그 점을 지적하고 싶었던 것이겠죠. _구레 도모후사 인터뷰, 쟁점은 '저질인가 저질이지 않은가'. 우에노 지즈코
> vs 미야사코 지즈루의 '학학' 논쟁, 『주간 분슌』, 1990년 2월 8일호

뭐, 이 '판정'도 약간 초점을 빗나가는 느낌은 있습니다만, 양갓집 따님에다 우등생 타입의 사람은 어렸을 때 음담패설을 제

대로 한 적이 없는 탓인지 어떤지, 나이가 들어 음담패설에 눈을 뜨면 그것을 주변에 퍼뜨리고 다니는 나쁜 버릇이 있습니다. 미야코 지즈루가 어처구니없어 하는 것도 당연하지요. 하반신 이야기를 풀어나가는 방식은 하야시 마리코의 초기 산문이 훨씬 세련됩니다. 야한 용어로 이목을 끌겠다는 우에노의 작전은 대실패로 돌아갔다고 보아야 할 것입니다. 『룰루랄라를 사서 집으로 돌아가자』나 『아노·아노』는 물론이고, 성적인 주제를 독자적인 소설 세계로 승화시켜 화제를 모은 한 세대 아래의 야마다 에이미와 사이토 아야코도 이미 데뷔한 후였기 때문입니다.

안에도 밖에도 일곱 명의 적!?

'B형 지즈코'에 대한 이야기를 좀 더 해보지요.

'일혈주의·일본주의'도 그렇습니다만, 우에노 지즈코는 카피라이터 뺨칠 정도로 수많은 신조어를 생산하는 것으로도 유명합니다. 카피라이터 출신의 하야시 마리코, 캐치프레이즈 단가라 불렸던 다와라 마치의 단가처럼, 우에노 지즈코도 카피라이트 전성시대의 흐름에 편승했던(편승하려 했던) 것인지도 모르겠습니다. 그런데 이것 역시 대실패. 아무리 자료를 뒤져봐도 '우에노 지즈코에게는 언어적 센스가 있다'라는 평가를 찾을 수가 없습니다. 반대로 비판하는 사람은 속출. '오만코'는 참을 수 있어도 수준 낮은 광고 대리점이 만든 듯한 신조어는 못 들어주겠다. 이렇게 생각하는 사람이 많았습니다.

우에노 지즈코

우에노 씨 글의 '광고 대리점 감각'도 참을 수가 없다. '신남류', '여자의 네트워크', '다면체 주부', '엔조이스트'…… 뭐랄까 광고업계의 프레젠테이션에 나올 법한 대중적 (…) 인기를 노린 수많은 조어들. 마케팅 이하도 이상도 아니다. (…) 그러나 이 광고 대리점 감각이야말로 우에노를 1980년대 페미니즘의 스타로 끌어올린 최대 포인트처럼 느껴진다. 1980년대의 페미니즘은 상품 개발에 연루되어버렸다. 페미니즘이 장사가 되어버린 것이다. _나카노 미도리, 「페미니즘을 모르겠다」, 『크레아(CREA)』, 1991년 6월호

이 대담한 언니는/밑도 끝도 없이 '마라(남자 성기의 속칭─옮긴이 주) 형제와 오만코 시스터스'/같은 대칭물을 불쑥 들이밀고는 거기서부터 논의를 시작하는 일도 감행한다./이것은 싸구려다./한편 이 싸구려스러운 정도, 즉 근거가 빈약하지만 매력적이면서 대담무쌍한 논단(論斷)과 선정적이고 자극적이며 우수한 조어의 산이 이 책을 베스트셀러로 만든 것도 사실이다./즉, 싸구려지만 이 사람에게는 특이한 재능이 있고, 그 직감에서 나오는 말의 홍수는 여대생 아가씨부터 논단의 호색가 영감에 이르기까지 모든 계층의 사람들을 휩쓴 것이다. _오다지마 다카시, 「전후 세대의 전후 사상가론: 우에노 지즈코」, 『세론(正論)』, 1995년 9월호

언어 감각이 둔해도 버틸 수 있는(?) 아카데미즘의 세계에 속해 있던 그녀는 바깥세상의 수준을 얕잡아 보고 있었는지도 모

르겠습니다. 음담패설 센스 제로. 언어적 센스 역시 제로. 카피라이트의 재능도 하야시 마리코나 다와라 마치보다 훨씬 떨어집니다. 즉, 'B형 지즈코'는 담론 내용에 있어서도, 담론 형식에 있어서도 대실패였다고 할 수 있습니다.

그런데 한 가지 재미있는 사실을 발견하게 됩니다. '카피라이터 우에노 지즈코'에 비판적인 사람들이, 동시에 '그러나 그 광고 대리점 감각 때문에 그녀는 스타가 된 것이다'라고 추론하고 있다는 사실입니다. 나는 속아 넘어가지 않지만 속아 넘어가는 사람들도 있다. 그런 느낌. 그들은 우에노의 언어 감각에 황당해 하면서도 그 재치에 대해서는 일정 부분 인정하고 있으며 오히려 그녀의 경박함을 아끼는 듯이 보입니다. 다음 인용도 마찬가지입니다. 우에노 지즈코를 일관되게 비판했던 야마시타 에쓰코의 비평입니다.[3]

아마도 그녀는 학자인 동시에 유능한 마케터임에 틀림없다. 시대의 변화를 재빨리 파악하는 날카로운 통찰력, 변화하는 '주부'와 '여성'의 동향과 심리를 파악하는 카운슬링 능력, 사회 분석뿐 아니라 스스로를 객관적으로 관찰하는 확고한 눈이 그녀에게 오늘의 '행운'을 가져다주었다. '유명 대학' 출신, 양갓집 자녀, 대학 조교수라는 자신의 기호적 이미지를 충분히 활용하고, '어디까지나 약한 여자의 편'이라는 방침을 고수하며, '여자들'의 풀뿌리 네트워크를 최대한 이용해 심포지엄이나 강연 장소에서

우에노 지즈코

직접적으로 자신의 이론을 어필한다. 또 아사히 신문이라는 영향력이 큰 브랜드 미디어와 제휴해 정력적으로 계몽 활동을 펼친다. (…) 어쨌든 그녀는 다재다능한 것이다. _야마시타 에쓰코, 「밝고 경쾌한 에로 아줌마는 왜 건강의 상징이 되었는가」, 『별책 다카라지마 80년대의 정체』, 1990년

 표면적으로는 '다재다능함'을 칭찬하고 있지만 어딘지 모르게 언짢은 논조의 야마시타 에쓰코는 정말로 그녀를 '유능한 마케터'라고 생각했던 것일까요. 내심 씁쓸함이 있었기 때문에 이런 '칭찬 범벅'이 된 것은 아닐까요.
 'B형 지즈코'를 씁쓸하게 생각한 사람은 더 있습니다. 바이링구얼의 숙명이라고 할까요. 저널리즘(밖)에서도, 학계&페미니즘(안)에서도 '이단자'로 여겨졌던 그녀. 안에도 밖에도 일곱 명의 적. 밖에서는 '페미니즘의 기수'로 불렸던 그녀이지만 페미니즘 업계(여성학회) 내부에서는 비판의 화살을 정면으로 받아내야 했습니다.

 그녀가 문화적 페미니즘(cultural feminism) 비판을 하든, 포르노 비슷한 책을 내놓든, 또 딱딱한 마르크스주의 페미니즘 책을 내놓든, 전부 그때그때 강조하고 싶은 것을 하는 데 지나지 않는다. 그것은 돈벌이 때문일 수도 있고, 인기를 얻으려고 그렇게 한 것일 수도 있다. 또한 진짜로 여성 해방을 위한 일이라 믿고 한 일일 수도 있고, 혹은 우월감, 대항 의식, 자기 방어 때문

에 한 일인지도 모른다(아마도 이 모두가 관련된 것일 테지만). 진지하게 반응하는 것 자체가 손해라는 생각이 들기 시작한다. _오다 모토코, 「페미니스트는 정말로 논쟁한 것일까?」, 『조쿄(情況)』, 1992년 6월호

'밝은 페미니즘'을 떠받치고 있는 한쪽은 남성이라고 생각해요. 그런데 우에노 씨 같은 경우는 남녀 구분이 특히 명확하죠. 여성 문제를 생각할 때, 남성은 성적 대상으로서의 여성밖에 보지 않으니까 그런 걸 써주는 사람이 필요하다는 거죠. 페미니스트는 무서운 사람. 아무하고도 안 자는 사람. 이렇게 생각해요. 그래서 '여자에게 성관계란 무슨 의미?' 같은 걸 묻는 거죠. (…) 『스커트 밑의 극장』은 40만 부나 팔렸어요. 남자는 여자를 볼 때 우선 성적 존재로 파악하고 그 틀에서 벗어나지 않는다. 거기에서 문제를 찾으려고 해요. / 나는 그런 인식밖에 가지지 못하는 게 싫어요. (…) 페미니즘에 대해 잘 모르는 사람들한테 성적인 부분만으로 페미니즘을 알게 하고 싶지 않아요. _에하라 유미코 인터뷰, 「인터뷰―페미니즘은 끝났는가?」, 이케다 쇼코·가나이 요시코 외 편 『'여자의 시대'를 여행하는 페미니즘 1990』, 1990

우에노 지즈코가 한창 소란을 떨었던 때를 생각하면 이런 고지식한 의견이 나오는 것도 이해가 갑니다. 그러나 바로 여기에서 1980~1990년대 페미니스트의 한계, 아니 학자의 한계가 드러나는 듯합니다.[4] 지나치게 엄숙하고 지나치게 협량하다고 할

까요. '세속적 저널리즘'에 대한 암묵적 차별 의식까지 느껴지는 듯합니다. 페미니즘은 이렇게까지 순수무구하지 않으면 안 되는 것일까요. 학문의 세계란 그렇게 대단한 것일까요?

업계 내외의 비판을 통해 드러나는 우에노 지즈코의 모습이란 페미니즘을 수단으로 삼아 '성공한 자', '전향자', '장사꾼', '꼰대 전문가', '꼰대 킬러'의 이미지입니다. 모두 과대평가라 할 수 있습니다. 왜냐하면 그녀의 '유사 포르노', '성적인 것'은 빈축은 샀을지언정 진심으로 인정받은 적이 없기 때문입니다. 또, 남자들이 정말로 '성적인 부분'에만 관심이 있다 하더라도(이 또한 성적 편견에 사로잡힌 생각이라고 여깁니다만), 그걸 우에노 지즈코를 통해 해소할 만큼 궁핍하지도 않았을 것이기 때문입니다.

페미니즘은 원래 '초 마이너', 이를테면 이단 사상입니다. '페미니스트 중에서도 말이 통하는 사람'이라는 조건을 충족했기 때문에 우에노 지즈코는 그나마 설 자리를 얻을 수 있었던 것입니다.

자, 그렇다면 처음 질문으로 되돌아와, 우에노 지즈코는 어째서 미디어의 인기인이 될 수 있었을까요?

'A형 지즈코'가 승리한 까닭

아마 사정은 정반대일 것입니다. 1980년대 우에노의 인기를 뒷받침했던 것은 'A형 지즈코' 부분이 아니었을까요? 학술서 이야기가 아닙니다. 『섹시 걸의 대연구』, 『여자 놀이』, 『스커트 밑의 극장』은 그 부드러운 외양과는 달리, 실제로 읽어보면 결코 쉬운 내용이 아니고 대중적이지도 않습니다. "내용적으로는 A형의 진지한 책과 다르지 않지만 만듦새 면에서 약간의 아이디어가 히트 상품을 낳았던 것이고 독자를 끌어들이게 되었다"(야마시타 에쓰코, 「우에노 지즈코의 페미니즘 '유희'」, 『주오코론』, 1990년 3월호)가 바로 정답입니다.

우에노 지즈코가 인기를 얻은 이유에는 두 가지가 있습니다.

첫 번째 이유는 그녀의 담론이 '남자들이 감상하기에도 적합했다'는 데 있습니다. 달리 말해 의외로 딱딱했다는 것입니다. 오다지마 다카시가 말하는 '여대생 아가씨'나 '논단의 호색가 영감'이 원했던 것은 야한 도발이나 수준 낮은 광고 대리점 카피가 아니라 시대를 읽고 해석하는 눈, 견고한 사회 분석이었습니다. 이전의 페미니즘(리브)은 '여자 마을'이라는 게토를 벗어나지 못하도록 강제된 '특수한 사상'의 영역을 넘지 못했습니다. 문제 제기만 있고 분석은 애매모호한 '경험담'의 집적 같은 것이었습니다. 우에노는 그것을 공적인 언어(남성 언어라고 해도 좋습니다)로 다시 말했던 것입니다. 남자들이 감상하기에도 적합하다는 것은 무슨 의미일까요? 다음의 두 글을 비교해보시기 바랍니다.

집안일은 본래 거기에 사는 사람들 모두가 분담해야 하는 것이지 한 사람한테 떠넘기는 건 이상한 일이죠. 보아하니 그는 여자 발목을 잡고 있는 남자에 불과하네요. 그로 인해 당신은 당신

의 가능성을 얼마나 죽여왔는가요…… 당신은 그를 바꾸려는 노력을 해야 해요. _에자키 야스코, 「주변의 남자를 변화시키기 위해」, 『나는 여자(わたしは女)』, 1977년 10월호

남자와 여자의 평등을 달성하는 데는 두 가지 방법이 있다. 하나는 여자가 '남자 못지않게' 되는 것이다. 여성 해방은 오랫동안 이 노선으로 여겨져왔다. (…) 다른 하나는 반대로 남자가 '여자 못지않게' 됨으로써 양성이 평등해지는 방법이다. (…) 이번에는 남자들이 가정에 돌아올 차례가 아닌가. 남자들에게 '일과 가정'의 '양립'을 물어야 하지 않을까. _우에노 지즈코, 『여자라는 쾌락』, 1986

전자는 1970년대 리브의 흐름 속에서 나온 잡지 속의 한 구절. 후자는 「여자 못지않게 되는 것이 뭐가 나쁜가」라는 우에노 지즈코의 수필입니다. 내용은 거의 동일하다고 해도 좋을 것입니다. 다만 말하는 방식이 다를 뿐입니다. 전자는 '여자가 여자에게', '내가 당신에게' 전하는 사적 언어로 되어 있기 때문에 '남자도 집안일을 하게 하세요'라는 사적 요구로밖에 보이지 않습니다. 하지만 후자는 그것을 '사회 전체'의 문제로 제시하고 있기 때문에 '제대로 된 논리'로 보입니다. 어느 쪽이 더 훌륭한가가 아니라 후자 쪽이 더 남자들이 받아들이기 쉽다는 뜻입니다.

물론 이런 방식이 요구된 배경에는 '여성 시대'에 적응하기 위

한 '남자 사회'의 요청이 있었습니다. 1980년대 후반에 들어서면서 여성을 둘러싼 상황은 크게 변화하기 시작했습니다. 남녀 고용기회 균등법의 시행으로 여성의 고용을 피할 수 없게 되었고, 대학 캠퍼스에는 여학생이 넘쳐났습니다. 또한 주부의 가정 밖 활동이 활발해졌고, 여성의 지갑을 겨냥하지 않으면 장사도 어렵게 되었습니다. 직장도 학교도 지자체도 기업도, 그리고 물론 저널리즘도 여성의 동향에 민감하게 반응하지 않을 수 없었지요. 이리하여 '여자 전문가'인 페미니스트에게 자문의 역할이 돌아오게 됩니다. 즉, 우에노 지즈코는 '남자 사회에 도움이 되는 페미니스트'였던 것입니다.

한편 이런 방식의 담론은 남녀 고용기회 균등법 세대에 속하는 젊은 여성들을 위한 것이었다는 점도 잊어서는 안 됩니다. 1980년대는 젊은 여성이 소비자로 대두한 시대인 동시에 젊은 여성이 소비되는 시대이기도 했습니다. 여대생, 공주 아가씨, 아저씨 걸, 하나코족……(모두 젊은 여성 집단을 가리키는 유행어 — 옮긴이 주). 당사자인 여대생과 OL이 이런 딱지를 기뻐했다고 생각하면 오산입니다. '여성 시대'라는 구호에 위화감을 느꼈던 사회 부적응자 딸들은 다와라 마치 같은 '청순파' 여성상이 유행하는 상황 속에서, 요시모토 바나나 같은 '소녀'에 머무를 수도 없는 상태로, 그녀들을 대변해주던 하야시 마리코가 보수화되는 모습을 지켜봐야만 했습니다. 그런 그녀들은 누구에게 구원을 청해야 했을까요. 1970년대의 리브를 모르는 젊은 세대에게 우에노 지즈코가 영웅처럼 보였던 것은 전혀 이상하지 않습니다.

우에노가 스타가 될 수 있었던 두 번째 이유는 이 영웅성과 관련이 있습니다. 그녀는 카피라이트 센스에서는 한참 뒤떨어지지만 논쟁에서만큼은 무척 강했습니다. 거꾸로 말해, 안티 페미니스트 가운데 그녀를 이길 수 있는 논객이 없었습니다.

①도발에는 맞받아친다. ②걸어온 싸움은 모두 받아들인다. ③한번 올라탄 배에서는 결코 내리지 않는다. 『여자 놀이』의 저자 소개에 실린 처세훈입니다. 이 처세훈은 우에노의 행보가 화제를 모을 때마다 언급되곤 했는데, 이처럼 우에노에게는 처음부터 호전적인 이미지가 있었습니다. 사실 학계 내부의 논쟁은 물론이고 그녀가 여기저기에서 싸움을 걸거나 받아친 흔적이 남아 있는데, 그중에서도 특히 기억에 선명한 것이 아그네스 논쟁입니다.

사실 1988년에 우에노 지즈코가 주류로 떠오른 데는 『여자 놀이』가 베스트셀러가 된 일보다 이 논쟁이 더 크게 작용했다고 할 수 있습니다. 탤런트 아그네스 찬이 갓난아이를 데리고 출근한 일을 비판한 하야시 마리코·나카노 미도리·야마다 에이미에 대항하여, 우에노는 아그네스 찬을 옹호하는 논진을 구성하여(아사히 신문, 1988년 5월 16일 「논단」), 비판 세력 쪽으로 기울어가던 논쟁의 흐름을 완전히 바꾸어버렸습니다. 자세한 내용은 생략하겠습니다만, 우에노 지즈코가 논쟁에 끼어든 방식에는 논리 바꿔치기가 있었습니다. 원래 나카노 미도리와 하야시 마리코의 주장은 '어른의 공간에 아이를 데리고 오지 말라'는 이의 제기였습니다. 그러나 우에노는 "여자들은 규칙을 무시하고 모험을 하는 것 말고는 자기주장을 관철할 방법이 없다"며 아그네스 찬 논쟁을 '일하는 어머니 전체의 문제'로 바꿔치기했습니다. 이를 계기로 논쟁은 새로운 국면에 돌입했습니다. 많은 페미니스트들이 참전하여 탁아소 문제, 모자 밀착 문제, 남성 사회 비판까지 포함한 일대 논쟁으로 발전한 것입니다.[5]

일과 육아의 양립에 관한 다양한 문제, 다양한 입장을 표면화했다는 점에서 아그네스 논쟁에는 큰 의미가 있다고 저는 생각합니다. 그렇지만 오구라 지카코도 지적하듯이(본서 141쪽 참조―옮긴이 주), 우에노의 끼어들기에는 약간의 무리가 있었던 것이 사실입니다. 그녀의 끼어들기를 계기로 이론으로 무장한 페미니스트들이 일제히 논쟁에 참여하여 아그네스 찬을 옹호했고, 감각적인 위화감을 표명했던 나카노 미도리와 하야시 마리코의 원래 주장은 완전히 퇴색되어버립니다.

많은 사람들이 지적하듯, 나카노 미도리와 하야시 마리코의 감각은 결코 페미니즘으로부터 멀리 떨어진 것이 아니었습니다. 그럼에도 백전노장인 우에노가 적장으로 등장하면서 그녀들은 마치 안티 페미니스트의 대표 선수처럼 되어버렸습니다. '오만코'를 백번 외치는 것보다 신문에 '모험'이라고 한 번 쓴 것이 더 큰 인상을 남겼고요. 역시 우에노 지즈코의 강점은 이론(억지 이론도 포함) 부분입니다.

마지막 우먼 리브 투사

하야시 마리코가 리브의 '느낌'을 계승했다면, 우에노 지즈코는 리브의 '담론'을 계승했습니다. 하야시는 '여자의 시대'에 몸을 맡겼던 것이고, 우에노는 '여자의 시대'를 읽었던 것이라고 할까요.

1980년대의 지적 유산을 한가득 등에 업고 있어 잘 보이지 않지만, 우에노 지즈코는 1970년대의 리브 담론을 반복하고 있는 구석이 많습니다.

하반신의 해방이 곧 여성 해방이라는 식의 퍼포먼스(라고 단정 짓는 것은 너무 단순한 평가이긴 합니다만)도 그렇고 '여자 못지않게 되는 것이 뭐가 나쁜가'라며 정색하는 점도 그렇습니다만, 저는 우에노가 사실은 '페미니즘의 기수'가 아니라 '우먼 리브의 마지막 투사'였던 것이 아닐까라는 인상을 받았습니다. 위에서 예로 든 '오만코' 역시 원래는 리브 담론입니다. 1970년대 베스트셀러에 이미 다음과 같은 이야기가 실려 있습니다.

신화 시대 여자의 그것은 '호토'라고 불렸다. / 구마모토 여자의 그것은 '메메'라고 불렸다. / 오사카 여자의 그것은 '오메코'라고 불렸다. / 도쿄 여자의 그것은 '오만코'라고 불렸다. (…) 현대인인 우리는 '호토'라는 말을 주저 없이 내뱉을 수 있지만 '오만코'라고는 쉽게 내뱉을 수 없다. 야마나시 사람들은 브리지트 바르도의 애칭 '베베'를 발음하는 데 상당한 저항을 느끼고, 시코

쿠의 어느 지방에서는 〈밤안개로 사라진 차코〉라는 유행가가 금
지곡에 가까운 취급을 받는다. _나카야마 지나쓰, 「여자의 성기는 누구의 것?」,
『몸 노트』, 1977

1977년 시점에서 이러한 수필에 의미가 있었다는 사실은 인정
하지 않으면 안 됩니다. 제2세대 페미니즘은 여자가 여자의 몸을
긍정적으로 파악하는 데도 중요한 무게를 두고 있었습니다. 우
먼 리브의 흐름에서 나온 '여자의 몸'을 다룬 책들이 1980년을
전후로 붐을 일으키기도 했고요.

여성의 신체에 쏟는 남성 사회의 시선에 대해 논한 『섹시 걸의
대연구』도 사실 그런 흐름에서 나온 책이라 할 수 있습니다. 그
러나 그것도 1980년대 초까지의 이야기. 1988년의 '오만코 수필'
은 뒷북도 한참 뒷북.

어쨌든 우에노를 뒤늦은 리브 투사라고 생각하면 여러 가지
의문이 풀립니다.

첫째, 그녀는 왜 '마르크스주의 페미니즘'이라는 관점을 취
할 수밖에 없었을까. 전공투 운동의 산물인 일본의 리브는 그 발
상이나 용어 자체가 놀랄 만큼 좌익 색채가 강했습니다. 아마도
1970년대의 리브 활동가들은 '마르크스주의 페미니즘'이란 사
상을 몰랐을 테지만, 그럼에도 그녀들은 성 지배와 계급 지배라
는 '이중의 질곡'에서 자유로워지는 것이 곧 여성 해방의 길이라
고 굳게 믿었습니다.[6] 이 같은 문제의식을 가지고 있었으나 지력

우에노 지즈코

및 체력 부족으로 인해 이론적인 발전을 전혀 이루지 못한 채 좌절한 것이 1970년대 일본의 리브였습니다. 이러한 맥락에서 우에노의 『가부장제와 자본주의』(1990)는 그녀들이 자력으로 갚지 못한 우먼 리브의 부실 채권을 20년 만에 갚은 책으로 볼 수 있습니다.

둘째, 'B형 지즈코'에 대한 의문입니다. 1970년대 리브는 언론의 거센 공격을 받아 심한 타격을 입습니다. 우에노가 자주 입에 담는 '전략', '게릴라전' 같은 말은 본래 전쟁 용어입니다. 시대적 흐름이 도운 측면도 무시하지 못하겠지만, 그녀가 취했던 미디어 전략은 과거 언론에 의해 만신창이가 된 리브의 원수를 갚기 위한 복수극으로 볼 수 있지 않을까요? 눈에는 눈을. 미디어에는 미디어를. 원수를 갚기 위해서라면 아저씨들도 상대하고, 활자로 재주도 부리고, 치마라도 걷어 올려 보이는 그런 느낌.

이러한 우에노 지즈코에게 약점이 있다고 한다면 바로 그 1970년대적인 세대 감각입니다. 소노 아야코와의 논쟁은 그것을 상징하고 있습니다. 아그네스 논쟁만큼은 아니지만, 이 논쟁도 일부 언론에서는 꽤 크게 보도되었습니다.[7] 발단은 우에노가 아사히 신문에 연재했던 칼럼(「미드나이트 콜」, 1989년 7월 23일)이었습니다. 우에노는 톈안먼 사건에 관한 글에서 스스로의 전공투 체험을 회상하며 "20년 전 그 사건은 우리에게 하나의 '전쟁'이었는지도 모른다"고 썼고, 이에 대해 전쟁 체험자인 소노가 "'학원 분쟁'은 어떠한 의미로도 '전쟁'이 될 수 없다"(『신초 45』,

1989년 9월호)고 반박한 것입니다.

키워드가 '전쟁'이었던 데서도 알 수 있듯이, 이 논쟁은 전공투 세대에 속하는 우에노와 전중파(戰中派)에 속하는 소노 간의, 말하자면 세대 간 항쟁입니다. "우리 세대는 전 세계적으로 공통점을 가지고 있다. 우리는 질 것을 알면서도 전쟁을 치렀지만 그것을 사회로부터 정당하다고 인정받지 못한 채 보수(保守)와 번영의 물결 속에서 사라져갔다"라는 우에노. "10대 초반에 진짜 전쟁을 겪은 나는 이런 경망한 발언에 깊은 당혹감을 느낀다. (…) 학생은 위험을 느끼면 언제라도 투쟁을 멈추고 집에 돌아갈 수가 있다. 그런 태평스러운 전쟁이 어디 있겠나"라는 소노. 두 사람의 주장을 들어봅시다.

당시나 지금이나 반체제적인 것은 보수적인 것보다 어떤 면에서는 갈채를 받고 인기를 얻는 멋진 방도이다. 그 점을 나는 분명히 하고 싶다. 실제로 우에노 선생은 '투쟁'을 해도 언론으로부터 쫓겨나기는커녕 오히려 사랑받고 있으며, 자유롭게 책도 출판하고 세상 사람들이 부러워하는 대학교수의 지위도 얻었다. 그리고 이는 우에노 선생만의 이야기가 아니다. _소노 아야코, 「새벽 신문의 냄새」, 『신초 45』, 1989년 9월호

'반체제적'이라는 것은 '소수자'의 입장에 서는 것이며 '보수적'이라는 것은 '다수자'의 입장에 서는 것이다. (…) '보수파'에

우에노 지즈코

속하는 사람이 '반체제적'인 사람보다 사회적 자원, 지위, 권력의 배분에 있어 유리하다는 것은 대학생들도 아는 사실이다. 내가 '언론으로부터 쫓겨나지' 않고 있는 까닭은, 언론이 일종의 '연예계'이기 때문이다. 실제로 많은 언론 연예인=지식인들이 학문의 세계 속에서는 일자리와 연구비 배분 등의 권력 구조에 대해 거의 완전히 무력하다. 이것이 '나만의 이야기가 아니'라는 사실은 '나카자와 문제'만 봐도 알 수 있다. _우에노 지즈코, 「여자에 의한 여자 때리기가 시작됐다」, 『월간 아사히』, 1989년 11월호

우에노가 말하는 '나카자와 문제'란 도쿄 대학 교수회에서 나카자와 신이치의 조교수 취임을 부결한 사태를 가리킵니다. 전쟁 체험을 특권화하는 소노와 전공투 체험을 특권화하는 우에노.

오십보백보라는 생각이 듭니다만, 보수 언론계의 마돈나 소노 아야코는 역시 좌익 언론인의 급소를 잘 알고 있습니다. 우에노 지즈코가 아무리 '반체제'의 불리한 점을 강조하더라도 대학 조교수(소노는 교수라 했으나 그것은 잘못된 사실) 자리를 얻고 있으며 언론계에서도 발언의 장을 충분히 얻고 있는 그녀가 다른 사람보다 더 손해 보고 있다고는 절대로 말할 수 없습니다. 그 점은 소노 역시 같습니다만, 여기에는 세대 간 갈등뿐 아니라 고전적이다 못해 고리타분할 정도의 좌익과 보수 간 갈등 구조가 드러나 있습니다.

우에노 지즈코는 여자이고 페미니스트인 동시에 사회학자이

면서 베이비 붐 세대의 좌익 지식인이기도 했습니다. 바로 그 점이 그녀를 바이링갸루이게 하는 이유이기도 합니다. 그녀가 베이비 붐 세대 좌익 지식인 부분에 의거하여 말을 할 때 그녀의 발언은 갑자기 진부해져버립니다. 윗세대(예를 들어 소노)나 아랫세대(예를 들어 사이토 미나코)에게는 진부하게 보이는 베이비 붐 세대적 담론이지만, 신문사나 출판사에는 그 담론에 공감하는 사람이 많이 있었지요. 그 세대가 1980년대에 편집장이나 데스크로 승진함으로써 우에노 지즈코의 무대가 마련되는 원인(遠因)이 되었는지도 모르겠습니다.

비록 그녀가 이곳저곳에서 허점을 드러내고 다녔다 하더라도, 이만큼 미디어를 교란시켰다면 리브의 원수는 충분히 갚았다고 할 수 있지 않을까요? 신분 상승과 함께 급격하게 소노 아야코화한 하야시 마리코와는 달리, 적어도 우에노 지즈코는 1970년대 리브가 남긴 유산의 뒤처리를 했다. 제가 그녀에게 연민을 느끼는 부분이 있다면 오직 이 부분일 것입니다.

선두 주자의 그 후

1980년대가 '여성 시대'란 것 자체가 실은 허울에 불과했다. 이렇게 생각할 수도 있습니다. 그에 대한 '반동'으로 다와라 마치나 요시모토 바나나가 그리는 여성상이 출현한 것이라면 대체 '여성 시대'란 무엇이었나, 하는 생각도 듭니다. 하지만 그럼에도 선발대의 힘이 없었다면 다와라 마치나 요시모토 바나나가 활약

하는 일은 불가능했을 것입니다.

지방 출신의 한 여자가 작가로 성공했고, 멋진 반려를 얻었고, 패션을 즐겼고, 해마다 예뻐졌고, 더 좋은 일을 했다…… 하야시 씨는 여자의 꿈을 하나씩 하나씩 체현해간 것이다. 그것은 여자 뿐만 아니라 남자의 꿈이기도 한지 모른다. 그래서 속 좁은 남자 는 '인기 없는 여자의 결혼 희망 소설, 시샘'이라고 비난하며 왜 곡된 질투를 느낀다. 그런 말을 들을 때마다 나는 불쾌해진다. (…) 하야시 씨는 그런 편견을 발판으로 삼아 싸워 이겼고 자신 만의 확실한 세계와 작품을 만들어왔다. _마쓰모토 유코, 「여자의 꿈을 체현한 뒤의 변모」, 마이니치 신문, 1998년 1월 6일

나는 확실하게, 정확하게, 순식간에 상대를 이기는 법을 찾고 있었다. / 텔레비전 프로그램이라는 제약상 이 중 어느 것 하나라 도 부족한 경우 승부는커녕 과감하게 도전했다가 처참하게 깨지 는 여자를 수없이 봐왔기 때문이다. 저렇게 깨질 바엔 차라리 가 만히 있는 편이 더 낫다고 생각하지 않을 수 없는 그런 비참한 구도였다. / 그런데 내가 아는 한, 멋지게 승리를 이어가는 여성 이 한 명 있었다. / 바로 우에노 지즈코다. / 이 사람에게 배울 수 밖에 없다는 생각이 들었다. _하루카 요코, 『도쿄대에서 우에노 지즈코에게 싸우 는 법을 배우다』, 2000

하야시 마리코와 우에노 지즈코의 경우 이상하게도 위와 같은 직설적인 찬사는 좀처럼 찾을 수가 없습니다. 그 까닭은 그녀들이 신뢰를 얻어내지 못해서가 아니라 그녀들의 팬 대부분이 숨어 지내고 있기 때문이라고 저는 생각합니다.

우에노 지즈코와 하야시 마리코는 여러 가지 의미로 '여성 시대'의 양극과 음극의 관계를 이루었던 듯합니다. 밑에서부터 '신분 상승'을 이룬 하야시 마리코와 위로부터 '강림한' 우에노 지즈코. 남자 사회에서 인정받고 싶다는 열망을 드러냈지만 오히려 남자 사회의 강한 공격을 받은 하야시 마리코. 남자 사회를 날카롭게 비판했음에도 남자 사회 내에서 앉을 자리를 확보한 우에노 지즈코. 그러나 두 사람의 가장 큰 차이점이라 한다면 하야시 마리코는 '비인텔리=시골 출신 언니'의 대변자였던 데 반해, 우에노 지즈코는 '인텔리=양갓집 자제'를 위한 담론을 생산했다는 점입니다. 현대의 책을 읽는 여성(그리고 남성도)은 대체로 양쪽의 요소를 모두 가지고 있습니다. 때문에 두 사람은 그 강렬한 개성과 함께 공감도 일으키면서 반발도 사는 존재였던 것이 아닐까요. 하야시 마리코가 숙원이었던 결혼에 성공한 지 3년 후, 우에노 지즈코는 과거에 나카자와 신이치가 얻지 못한 도쿄 대학 조교수 자리를 획득합니다. 이 또한 실력의 승리라고 할 수 있습니다.

아그네스 논쟁에서 숙적이었던 두 사람은 논쟁이 끝나고 20년 넘게 흐른 21세기의 첫해에야 비로소 '대담'을 나누게 됩니다

(『주간 아사히』, 2001년 3월 2일호).

"저는 아내나 어머니라고 하는 '탈'을 즐기고 있다는 생각이 들어요. 그 탈을 벗으면 저도 페미니즘 쪽에 꽤 가깝지 않나 하는 생각이 들고요"(하야시), "저는 하야시 씨와 같은 메시지를 보내고 있는지도 모르겠군요. '노력해서 손에 넣은 그것이 그렇게 가치 있는 것인가?'라는 이야기를 하고 있다고 생각해요"(우에노).

오! 이것이야말로 역사적인 화해의 순간!

아니, 목적은 달랐으나 고지식한 영감들을 상대로 싸워왔다는 점에서 두 사람은 같습니다. 즉, '여성 시대'의 이면에는 여자 따위 아무래도 상관없다고 생각하는 세상이 존재하고 있었다는 것입니다.

1 \ 『여자 놀이』의 '후기'에서 우에노는 이렇게 말한다. "내 혈액형은 AB형이다. 나에게는 진지한 면도 있지만 불성실하고 실없는 면도 있다. 나의 무겁고 두꺼운 책을 출판해주는 K서점에 대항하여, 이 가볍고 얇은 책을 출판하기로 결정해준 가쿠요 쇼보의 편집자 호시노 지에코 씨는 'A형은 그쪽에다 주시고 이쪽에서는 B형의 일을 합시다'라며 나를 구슬렸다. 덕분에 즐겁게 작업할 수 있었다." 나는 혈액형 자체를 '따분한 사이비 과학'이라고 생각하기 때문에 '왜 그런 어리석은 예를 들었을까?' 같은 생각이 먼저 들지만, 1980년대에는 혈액형 성격 분석이 유행이기도 했다.

2 \ 참고로 2002년에 간행된 『여성학 사전』(이노우에 데루코·우에노 지즈코·에하라 유미코·오사와 마리·가노 미키요 편, 이와나미 쇼텐)의 팸플릿 표지도 주디 시카고의 작품을 사용했다. 나는 이런 것에 마음이 움직이지 않지만(아직도 이런 걸 하고 있나? 하는 생각은 든다), 리브 세대에게는 특별한 느낌이 드는지도 모르겠다.

3 \ 야마시타 에쓰코의 우에노 지즈코 비판은 『'여성 시대'라는 신화—우에노 지즈코는 여자를 구할 수 있나』라는 책에 정리되어 있다. 우에노 지즈코라는 이름이 제목에 들어간 책으로는, 우에하라 다카시의 『우에노 지즈코는 무섭지 않다』도 있다. 이 책은 페미니즘을 접한 뒤 '당신과 헤어지고 싶다'며 돌연 이별을 선고한 아내를 둔 남편이, 아내에게 영향을 미친 우에노 지즈코의 책을 읽어 내려가는 내용으로 된 '체험적 우에노 지즈코론'이다. 하루카 요코의 『도쿄대에서 우에노 지즈코에게 싸우는 법을 배우다』와 함께 3대 '우에노 지즈코' 책이라고 할 수 있다.

4 \ 그러나 이 에하라 유미코의 인터뷰는 페미니즘 업계 내부의 대립 축을

솔직한 언어로 밝히고 있어 재미있게 읽을 수 있다. 그녀는 우에노 지즈코의 독자는 주류 남성이고 오구라 지카코의 독자는 주류 여성(아줌마)임을 지적하기도 하고, 간사이(교토, 오사카를 중심으로 한 일본의 서쪽 지방—옮긴이 주) 페미니즘과 도쿄 페미니즘의 차이를 설명하기도 하고, 딸의 페미니즘과 어머니의 페미니즘에 대해 이야기하기도 한다. 에하라 유미코, 『급진적 페미니즘 재고』에 재록.

5 \ 아그네스 논쟁의 발단은 나카노 미도리가 연재 칼럼에 "나는 다방에 아이를 데려오는 엄마에게 남다른 혐오감을 갖고 있다", "아그네스 찬이 방송국 분장실에 아기를 데려와 육아를 하고 있다는 기사를 읽었을 때, 나는 한마디로 말해 '다방에 아이를 데려오는 어머니와 별반 다를 게 없다'고 생각했다"(「아그네스의 장단」, 『선데이 마이니치』, 1987년 5월 10·17일호)라고 밝힌 것이었다. 이에 찬동한 하야시 마리코는 "아이를 데리고 출근해서 일하는 틈틈이 젖을 먹인 뒤 다시 자리에 돌아온다는 것은 일하는 인간으로서 자부심이 허락하지 않는다. 그것은 너무나 안이한 환상에 지나지 않는다"(「적당히 해라 아그네스」, 『분게이슌주(文藝春秋)』, 1988년 5월호)고 썼다. 우에노 지즈코는 "아그네스 씨가 보여준 것은 '일하는 어머니'의 등 뒤에는 아이가 업혀 있다는 사실, 아이는 혼자서 자라지 않는다는 사실, 아이를 돌볼 사람이 없으면 데리고 다니는 한이 있더라도 누군가가 돌봐야 한다는 사실, '보통 여자들'이 일상적으로 겪는 절박한 현실이었다"(「일하는 엄마가 잃은 것」, 아사히 신문, 1988년 5월 16일)라고 반박했다. 아그네스 논쟁의 자세한 내용에 관해서는 『'아그네스 논쟁'을 읽다』(JICC출판, 1988), 고하마 이쓰오의 『남자가 판결하는 아그네스 논쟁』(야마토 쇼보, 1989), 가토 슈이치·사카모토 가즈에·세치야마 가쿠 편 『페미니즘 컬렉션 1』(게이소 쇼보, 1993) 등을 참조.

6 \ "현재의 일부일처제는 사유 재산제와 함께 자본주의 사회를 떠받치고 있는 두 기둥이다. 여자 쪽에서 보면 성과 계급의 이중 지배 속에 여자의 사

회적 위치가 정해진다고 할 수 있다"(요시키요 가즈에, 「이혼·나의 드라마·딸의 드라마」, 『나는 여자』, 1977년 7월 창간호)라는 리브적인 발언을 이론적으로 다시 말하면, "마르크스주의 페미니즘은 계급 지배 일원설도 성 지배 일원설도 지지하지 않는다. 양자는 서로 배타적인 양자택일의 것이 아니다. 마르크스주의에 대한 비판을 통과한 페미니즘은 지나친 성 지배 일원설을 반성하고 오히려 사회 영역을 '시장'과 '가족'으로 분할하는 것 자체를 문제삼는다"(우에노 지즈코, 『가부장제와 자본주의』, 1990)와 같다.

7 \ 이 모습을 전하는 주간지의 표제어는 "소노 아야코 씨에게 혼이 난 사회학자 '우에노 지즈코' 조교"(『주간 신초(週刊新潮)』, 1989년 8월 31일호), "'웃!' 뜨거운 논쟁. '오만코가 가득'의 페미니즘의 기수 우에노 지즈코 씨의 체험에 소노 아야코 씨 '양갓집 규수의 소꿉놀이'라며 호된 꾸짖음"(『주간 포스트』, 1989년 9월 8일호), "우에노 지즈코 씨 '그땐 그랬지 논문'에 소노 아야코 씨가 통렬한 한마디! '천한 문장'"(『주간 포스트』, 1989년 10월 27일호) 등. '여자들 싸움'을 구경하고자 입맛을 다시는 모습을 확인할 수 있다. '여자에 의한 여자 때리기가 시작됐다'라는 우에노의 반론은 이러한 주간지 기사를 바탕으로 쓴 것이다.

우에노 지즈코

제3부

지식과 교양의 편의점화

다치바나 다카시
TACHIBANA TAKASHI
신화가 된 논픽션

1970년대부터 1980년대 사이에, 이제는 논픽션의 시대다, 라고 일컬어지던 시기가 있었습니다. 다치바나 다카시의 이름은 바로 그런 시기에 언론에 등장했습니다. 당시 그는 이미 여러 권의 저작을 발표한 상태였지만 실질적인 출세작은 역시 『분게이 슌주』 1974년 11월호에 실린 「다나카 가쿠에이 연구—그 금맥과 인맥」일 것입니다. 이 기사가 나간 다음 달, 다나카 내각은 전

다치바나 다카시 \ 1940년 이바라키 현 출생. 1964년 도쿄 대학 문학부 졸업. 1969년 『맨손으로 기어 올라간 남자들』로 데뷔. 1974년 『분게이슌주』에 발표한 「다나카 가쿠에이 연구」로 주목을 받음. 분게이슌주 독자상(「다나카 가쿠에이 연구」, 1974), 신평상(「다나카 가쿠에이 연구」, 1975), JCJ상(「다나카 가쿠에이 연구」, 1975), 고단샤 논픽션상(『일본 공산당 연구』, 1979), 기쿠치 간상(『우주로부터의 귀환』, 1983), 분게이슌주 독자상(「다나카 가쿠에이와 나의 9년간」, 1983), 신초 학예상(『정신과 물질』, 1991), 오카와 출판 문화상(『사이버 진화론』, 1993), 시바 료타로상(1998), 방송 문화상(1998) 등 수상. 1995~1998년, 도쿄 대학 첨단과학기술연구센터 객원교수 역임.

면 퇴진. 다치바나 다카시는 일약 '거대 악을 파헤치는 정의의 언론인'으로 이름을 날리게 됩니다.

그런데『분게이슌주』같은 호에「금맥과 인맥」과 더불어 또 하나의 '가쿠에이 이야기'가 실렸던 것을 아시는지요. 바로 고다마 다카야의「외로운 에쓰잔카이(越山會, 다나카 가쿠에이의 후원회―옮긴이 주)의 여왕」입니다. 사실 다나카 내각을 퇴진으로 몰았던 것은 이 두 편의 기사였고, 두 기사 모두 1975년에 JCJ상(일본 저널리스트 회의 주최)을 수상합니다.

그러나 그 후 다치바나 다카시와 고다마 다카야는 명암이 엇갈리게 됩니다.

고다마 다카야는 다나카 내각 퇴진 후 불과 1년 만에『암 병동의 99일』이라는 장렬한 투병기를 남긴 채 1975년 세상을 떠납니다. 향년 38세. 너무나 이른 죽음이었습니다.

한편 다치바나 다카시는 이후에도 정력적으로 일을 계속하여 20년 후에는 명실상부한 일본 언론계 정상의 자리에 섭니다. 1995년에는 자신의 무대 뒤편을 내보인『나는 이런 책을 읽어왔다』가 베스트셀러가 되었고, 같은 해 도쿄 대학 첨단과학기술연구센터 객원교수로 취임합니다. 저널리즘 세계로부터도 학문 세계로부터도 높이 평가받는 박식함. 일개 논픽션 작가, 저널리스트, 평론가라는 틀로 가둘 수 없는 지식의 제너럴리스트로서의 명성. 그에게 주어진 별칭은 '지식의 거인'이었습니다.

1996년에 출판된『분게이슌주』임시 증간호「다치바나 다카시의 모든 것」(후에 단행본화)은 그런 그의 도달점을 상징합니다. "'지식'의 거인의 멈추지 않는 걸음"이라는 띠지가 달린 이 책에는 각계의 명사들이 보내는 찬사가 가득 실려 있습니다.

다치바나 씨는 여러 영역에 강한 호기심을 가진, 현대 일본에서는 보기 드문 사람이다. 그리고 그 호기심을 충족시키는 법도 보통이 아니다. 관련 문헌을 모조리 읽고, 그 분야의 지식에 정통한 수많은 사람을 만나 캐묻고 다닌다. 이런 다치바나 씨의 엄청난 호기심은 현대 일본의 언론인이나 학자의 수준을 훨씬 넘어서는 것이다. 그는 소크라테스적인 의미의 철학자라고 해도 좋다. _우메하라 다케시, 「소크라테스적 의미의 철학자」, 『분게이슌주』 임시 증간호 「다치바나 다카시의 모든 것」, 1996년 11월

나는 작가나 언론인을 꽤 많이 봐왔고 아는 사람도 많은데, 그중에서도 극히 드물게 존재하는 종족이 있다. / 일반적인 재능을 가진 사람이 보면 아무런 맥락도 없고 복잡하게 산재해 있는 것처럼 보이는 현상이 그 사람의 손에 걸리면 마치 강력한 자석이 모래 속에서 쇳가루를 빨아들여 자석 아래에 '정렬'시키듯 모습을 뚜렷하게 드러내는, 그런 능력의 소유자들이다. / 이런 종족 가운데서도 으뜸가는 인물이 바로 다치바나 다카시다. _지쿠시 데쓰야, 「드문 종족」, 위의 책

다치바나 다카시에 대한 평가는 주로 다음과 같은 면에서 이루어집니다.

(1) 문과와 이과를 아우르는 폭넓은 수비 범위(넓이)

(2) 철저한 문헌 탐색과 집요한 취재력(깊이)

(3) 사물을 정리하여 알기 쉽게 전하는 능력(선명함)

우메하라 다케시가 평가하는 것은 1과 2, 지쿠시 데쓰야가 평가하는 것은 3의 부분입니다. 넓고 깊고 선명하다. 사람들이 칭찬하는 것은 '제너럴리스트 다치바나 다카시'의 방법론이라고 할 수 있겠지요.

하지만 명예를 함께 나눴던 저널리스트 고다마 다카야를 사람들의 기억에서 없애고, 다치바나 다카시만을 '지식의 거인'으로 만든 건 대체 무엇이었을까요? 시대적 이유가 있는 것일까요? 또 다치바나 다카시는 정말로 '문과와 이과를 아우르는 폭넓은' 지식의 탐구자일까요? 우선 그의 원점이라고 할 수 있는 「금맥과 인맥」 시절로 다시 거슬러 올라가봅시다.

가난한 르포라이터가 인기를 얻던 시대

1970년대부터 1980년대에 걸쳐 논픽션이 세대를 풍미하던 시절이 있었다고 앞에서 말씀드렸습니다. 정확하게 말하자면 이 시대에 유행했던 것은 논픽션이 아닌 르포르타주, 논픽션 작가가 아닌 르포라이터입니다.

'르포라이터'라는 단어는 프랑스어의 '르포르타주'와 영어의

'라이터'를 합쳐놓은 이상한 단어로, 다케나카 로가 자신의 직함으로 사용하기 위해 만들어낸 것이라고 합니다. 다케나카는 1950년대부터 주간지 기자로 일했는데, 당시에는 기획을 하는 편집자, 취재를 담당하는 데이터맨(취재 기사), 그들의 보고(데이터 원고)를 문장으로 옮기는 앵커맨(집필자)의 삼자 분업 체제로 잡지 기사가 만들어졌다고 합니다. 이에 의문을 품은 다케나카는 스스로 문제의식을 가지고, 자기 발로 현장을 찾아, 자기 펜으로 글을 쓰는 긍지 높은 직업을 표현하기 위해 '르포라이터'라는 말을 사용했다고 합니다.[1]

다시 다치바나 다카시와 고다마 다카야로 돌아와보죠. 『분게이슌주』 같은 호를 장식했던 「다나카 가쿠에이 연구―그 금맥과 인맥」과 「외로운 에쓰잔카이의 여왕」은 대상에 대한 접근 방법부터 문체에 이르기까지 모조리 정반대였습니다. 고다마 다카야의 기사는 다케나카 로가 말하는 의미의 '르포르타주'라고 할 수 있습니다. 다치바나 다카시가 취한 방법은 그것의 정반대. 많은 데이터맨을 투입하여 방대한 자료를 수집하게 한 뒤, 자신은 앵커맨의 일에만 집중하는 방법이었습니다. 두 기사를 비교해보면 그 차이를 잘 알 수 있습니다.

도쿄 도 지요다 구 히라카와 초에 위치한 '사보 회관'은 건물 자체로는 별다른 특징을 지니지 않는다. 그러나 1층 입구에 표시된 입주자 이름을 보면 빛과 그림자가 교차하는 량산포, 이른바 금권 정치의 중추가 건물을 차지하고 있음을 알 수 있다. (…) 세로로 길게 두 줄로 늘어선 테이블은 끝에서 끝까지 수십 미터는 될 법했다. 테이블을 끼고 네 줄로 늘어선 의자는 다나카 가쿠에이를 총리, 총재로 모신 의원들의 엉덩이를 태웠던 것으로 그 쿠션의 탄력성은 정평이 나 있다. 상석의 다나카가 내는 소리가 하석까지 도달하기 위해서는 상당한 성량이 필요했을 것이다. _고다마 다카야, 「외로운 에쓰잔카이의 여왕」, 『분게이슌주』, 1974년 11월호

다나카 총리의 재력에 대해서는 부언할 필요가 없을 것이다. 항간에 전하는 바에 따르면 총재 선거에서는 30~50억 엔을 썼다고도 하고, 참의원 선거에서는 500~1,000억 엔을 썼다고도 한다. 또 참의원 선거 후에 벌어진 제2차 가쿠후쿠 전쟁(다나카 가쿠에이와 후쿠다 다케오를 중심으로 1978년경에 벌어진 자민당 내부의 파벌 싸움—옮긴이 주)에서는 당내 세력을 굳히기 위해 10~15억 엔어치의 명절 선물을 돌렸다고도 한다. / 아무리 소문이라지만 서민의 상상을 초월하는 금액이다. 공전의 금권 선거를 치렀다는 이토야마 에이타로도 다나카에게는 미치지 못할 것이다. / 그런데 이렇게 돈을 뿌리려면 당연히 돈이 필요하다. 도대체 그 많은 돈은 어디에서 나오는 것일까. _다치바나 다카시, 「다나카 가쿠에이 연구—그 금맥과 인맥」, 위의 책

각각의 기사의 서두 부분입니다. 직접 현장을 찾아 테이블 크

다치바나 다카시

기부터 의자 쿠션의 부드러움까지 그 모습을 세세하게 묘사하는 고다마 다카야. 반대로 다치바나 다카시는 변죽울림을 일절 배제하고 단도직입적으로 숫자를 제시하면서 바로 핵심으로 들어갑니다.

물론 문체의 차이는 리포트 자체의 질적 차이를 나타내고 있습니다. 고다마 리포트는 다나카 가쿠에이의 금고지기이며 오랜 연인이기도 했던 사토 아키(후에 사토 아키코로 개명)의 인생을 좇음으로써 최고 권력자의 인간적인 부분을 부각하는 것이었습니다.[2] 한편 다치바나 리포트는 대량의 데이터에서 나오는 숫자와 그래프를 이용해 금권 정치의 구조를 파헤치는 것이었습니다. 워싱턴 포스트의 우드워드와 번스타인이라는 두 젊은 기자가 쓴 워터게이트 사건 기사가 미국의 닉슨 대통령을 실각시킨 계기 중 하나가 되었다는 이야기는 유명합니다. 「금맥과 인맥」이 워싱턴 포스트의 보도에 필적하는 일본 최초의 본격적인 '탐사 보도'라고 극찬을 받은 것도 어쩌면 당연하다고 할 수 있습니다.

충감도(蟲瞰図) / 조감도, 민요 / 교향곡, 민속학 / 사회학, 웨트 / 드라이. 다양하게 비교할 수 있습니다. 거칠게 정리해보자면, 대량의 인원과 경비를 투입하여 정면 공격을 감행하는 다치바나식 '조사 보도'는 부자 라이터의 방식이라 할 수 있고, 현장에 직접 걸어 들어가 대상의 분위기와 냄새까지 전달하는 고다마식 '르포르타주'는 가난한 라이터의 방식이라고 할 수 있습니다.

이것은 대상에 다가가는 방법론적인 차이를 말하는 것이지, 어느 쪽이 좋고 나쁜가를 말하는 것이 아닙니다. 그러나 1970년대 후반의 비뚤어진 학생들(예를 들어 사이토 미나코) 사이에서는 현장을 발로 뛰는 '가난한 르포라이터' 쪽이 인기가 있었습니다.

당시 절대적인 지지를 받았던 젊은 작가 중 한 명이 『자동차 절망 공장』(1973)으로 데뷔한 가마타 사토시입니다. 『자동차 절망 공장』은 가마타가 직접 도요타의 계절노동자로 일한 경험을 토대로 쓴 내부 잠입형 르포였는데, 이에 자극받아 '나도 언젠가 르포라이터가 될 것'이라며 의지를 불태웠던 청년(대개 남자였습니다)이 많이 있었습니다. 이 책은 취재 방법이 정당하지 않다는 이유로 오야 소이치 논픽션상에서 떨어졌지만, 그 사실 역시 '반골 르포라이터'인 가마타의 인기에 박차를 가했습니다. '르포르타주'라는 말에는 반권력, 반체제, 반자본주의라는 뉘앙스가 강하게 새겨져 있었습니다.

또 다른 스타는 『젊은 실력자들』(1973)로 데뷔한 사와키 고타로입니다. '뉴 저널리즘의 기수'로 불렸던 사와키 고타로는 굳이 분류하자면 여자들 사이에서 인기가 높았습니다. 뉴 저널리즘이란 취재 내용을 마치 현장에서 보도하는 것처럼 실감나게 그리는 방법을 말합니다. 사와키는 매우 스타일리시하게 글을 썼던 데다가, 권력을 비판하지는 않았지만 『패하지 않는 자들』(1976), 『사람의 사막』(1977), 『땅의 표류자들』(1979) 등을 통해 사회적 약자, 패자, 무법자 편에 서고자 하는 자세를 보였습니다. 사회당 위원장 자살 사건을 취재한 『테러의 결산』(1978)으로 오야상을 수

다치바나 다카시

상했을 때가, 무라카미 하루키가 『바람의 노래를 들어라』로 데뷔한 1979년인데, 당시에는 새로운 유형의 르포라이터가 문학계의 스타 못지않게 매우 멋지고 빛나 보였습니다.

부자 라이터가 가난한 라이터를 이긴 날

그럼 당시 다치바나 다카시는 무엇을 하고 있었을까요? 고다마 다카야가 죽은 뒤에도 그는 록히드 재판(미국의 록히드 사가 자사의 비행기를 팔기 위해 여러 나라의 정치인에게 뇌물을 준 사건. 다나카 가쿠에이도 연루되었다 — 옮긴이 주)의 방청을 계속하는 한편, 잇따른 대작을 내놓습니다. 당시 주요 저서 목록에는 다음과 같은 제목이 늘어섭니다.

『중핵(혁명적 공산주의자 동맹 전국 위원회) vs 혁마르(일본 혁명적 공산주의자 동맹 혁명적 마르크스주의파)』(1975)

『다나카 가쿠에이 연구 전(全) 기록』(1976)

『일본 공산당 연구』(1978)

『농협』(1980)

일견 '사회파 르포라이터'처럼 보이지만, 앞서 말했듯이 스무 명 전후의 데이터맨을 고용해 방대한 자료 수집과 취재 활동을 하게 하고 본인은 책상 앞에 앉아 원고에만 전념하여 만들어진 결과물입니다. '탐사 보도'는 「금맥과 인맥」 이후 다치바나가 일관되게 유지한 집필 스타일입니다.

더 중요한 점은 다치바나 다카시가 정치적 색채가 약한 '비정치(nonpolitical)'라이터였다는 사실입니다. 지금이야 비정치 라이터가 이상하게 보이지 않지만, 1970년대 당시에는 언론이 우파(혹은 보수계 혹은 체제파)와 좌파(혹은 진보계 혹은 반체제파)로 분류되어 있었기 때문에 매우 드물었습니다. 자민당 금권 정치의 이면을 파헤치는가 싶더니, 다음에는 『중핵 vs 혁마르』로 신좌익계 섹트(분파)의 내분을 파헤치고, 또 다음에는 『일본 공산당 연구』에 이어 『농협』까지. 이러한 작품의 공통점은 정치적 이데올로기를 넘어선 '조직=인간 집단이란 무엇인가'라는 테마입니다. 당시 그는 조직에 대한 연구를 팀워크로 진행하고 있었던 것입니다.

그것은 '가난한 라이터의 방식'을 지지하던 이들에게는 환영받지 못하는 방식이었습니다. 직접 취재를 하지 않았다는 사실만으로도 '교활하다'는 느낌을 주었고, 정치적 입장이 분명하지 않다는 점도 신뢰를 떨어뜨렸습니다. 하지만 1980년대가 되면서 형세는 역전됩니다. 요컨대 가난한 라이터의 방식이 더 이상 시대에 맞지 않게 된 것입니다.

고다마 다카야의 「외로운 에쓰잔카이의 여왕」이 실려 있는 이와나미 현대 문고의 해설에서 야나기다 구니오는 고다마의 문장에 대해 다음과 같이 말합니다.

그 문체에는 여성 주간지에 휴먼 다큐멘터리를 쓰던 습관이 여기저기 남아 있다. 그렇지만 사건의 진상이 결국 '안개 속'에 있다 할지라도 발로 뛰어 자료를 모으고 자신의 눈과 귀를 통해 당사자와 관계자의 얼굴을 직시하면서 증언을 듣는 취재자 특유의 감각을 통해 문제의 구조를 선명하게 부각시킨다. _야나기다 구니오, 「동네 골목의 시좌(視座)」, 『외로운 에쓰잔카이의 여왕』 문고판 해설

야나기다가 '동네 골목의 시좌(視座)'라고 평한 고다마 다카야의 글은, 다르게 말하면 '문학성'을 띠고 있다고 할 수 있습니다. 가마타 사토시나 사와키 고타로 역시 작풍만 다를 뿐 그 점은 비슷했을지도 모릅니다. 그랬기 때문에 그들은 인기를 끌 수 있었던 것이고요.

그럼 다치바나 다카시의 글은 어땠을까요.

그가 출현하기 이전 일본 저널리즘은 광범위한 독자를 대상으로 사회 또는 정치를 다룰 때, 그 문체는 최상의 경우에도 구경꾼의 외침 수준을 넘지 못하는, 또는 건달 같은 것이었습니다. (…) 그러나 다치바나 씨는 문제를 제대로 이야기함으로써 많은, 그리고 질 좋은 독자를 확보했습니다. 그런 방법을 발명했다고 말씀드려도 과언이 아닐 것입니다. 그는 일본의 저널리즘을 개선했고 일본어 문체에 혁명을 가져왔습니다. 이는 펜 하나로 내각을 쓰러뜨린 일보다 더 칭찬할 만한 업적입니다. _마루야 사이이치, 「다치바나 다카시는 근대적 산문 문체를 만들었다」, 『아사히 저널』, 1985년 4월 5일호

이 인용은 『록히드 재판 방청기』의 출판 기념회에서 한 인사말을 다시 수록한 것으로(이런 것까지 일일이 문자화하는 『아사히 저널』도 문제라면 문제) 약간의 치켜세움도 들어가 있습니다만, 그래도 완전히 틀린 이야기라고만은 할 수 없습니다.

1980년대에 들어 바람은 다치바나 다카시 쪽으로 불기 시작는데, 그 이유로는 다음의 두 가지를 생각해볼 수 있습니다.

첫째, '발로 하는 취재' 중심의 '르포르타주' 방법이 더 이상 시대의 템포에 맞지 않게 되었다. 사람들은 '동네 골목의 시좌'에서 사람들의 의견을 꼼꼼히 모아 엮은 충감도보다, 높은 위치에서 단숨에 구조를 전망할 수 있는 조감도를 선호하기 시작합니다. 그것은 시대를 분석하는 방식으로 사회학이 유행하게 된 사실과도 부합합니다.

둘째, '르포르타주'를 사상적으로 지탱하던 반체제, 반권력의 자세 역시 시대에 뒤처지게 되었다. '일억총중류(일본 경제가 호황기였던 1970년대와 1980년대에 스스로의 사회경제적 위치를 중산층으로 여기는 사람이 압도적으로 많았던 것을 나타내는 말—옮긴이 주)'라는 구호 속에서 약자 편에 선다는 입장 자체가 리얼리티를 잃어버린 것입니다. 위에서 인용한 마루야 사이이치의 인사문은 1985년도의 것인데, 1985년은 와타나베 가즈히로＋다라코 프로덕션의 『긴콘칸(金魂卷)』이 베스트셀러가 된 해로, 『긴콘칸』에 사용된 '마루킨 마루비'라는 조어가 유행하기도 했습니다. 마루킨은 돈을 뜻하는 '金'자에 동그라미를 붙여 부유함을 나타낸 것

다치바나 다카시

이고(⦿), 마루비는 궁핍을 뜻하는 'ビ'자에 동그라미를 붙여 가난함을 나타낸 것입니다(ⓑ). 『긴콘칸』은 모든 직업을 ⦿과 ⓑ로 분류한 다음에 각각의 생태를 우스꽝스럽게 그리는 내용으로 이루어져 있습니다. '가난함'을 농담의 소재로 삼아서는 안 된다는 금기가 이 시기에 풀린 것입니다.

그와 동시에 '르포라이터'라는 용어의 쓰임도 줄어들었고, 대신 '논픽션 작가'라는 직함이 일반화됩니다. 1985년에는 '논픽션 아사히 저널 대상'이 창설되는 등 논픽션에 대한 기대가 커졌는데, 그것은 예전의 반체제적이고 인간 냄새 나는(마루야 식으로 말하면 '건달 같은') 르포르타주와는 다른 것이었습니다.[3]

1983년에 출판되어 다치바나 다카시에게 새로운 경지를 개척했다는 찬사를 안겨준 『우주로부터의 귀환』을 당시의 젊은이들이 어떻게 읽었는지 귀중한 증언을 들어볼까요.

무명 시절에 만화 평론가 다케쿠마 겐타로와 『우주로부터의 귀환』에 대해 이야기한 적이 있다. / "그 책 읽었어? 굉장히 재미있던데." / "응, 읽었어. 다치바나 다카시는 『다나카 가쿠에이 ─』로 유명하지만 시간이 좀 더 지나면 『우주로부터의 귀환』을 쓴 사람으로 더 유명해지지 않을까? 그 책은 우리가 생각하는 것의 핵심을 건드리는 부분이 있어." _에노키도 이치로, 「나도 모르게 의욕이 생겼다」 『청춘 표류』 서평, 『분게이슌주』 임시 증간호 「다치바나 다카시의 모든 것」, 1996

아마 많은 독자가 같은 느낌을 받았을 것입니다. 왜냐하면 다치바나 다카시는 '동네 골목의 시좌' 수준이 아니라, 아예 미국으로 건너가 아폴로 우주선의 비행사들을 직접 인터뷰해 누구나가 동경하는 '우주'에 관한 논픽션 작품을 내놓았기 때문입니다. ⓒ라이터는 흉내조차 낼 수 없는 능력. 金라이터 시대의 도래입니다.

조직 연구에서 인간 탐구로

이리하여 1980년대의 다치바나 다카시는 「동시대를 쏘다」와 같은 시평 연재(1988년에 같은 제목으로 단행본 출간―옮긴이 주)를 계속합니다. 그렇지만 다른 한편으로 1970년대와는 다른 종류의 저작 목록이 생겨납니다.

『우주로부터의 귀환』(1983)

『뇌사』(1986)

『로봇이 거리를 걷는 날』(1987)

『뇌사 재론』(1988)

『정신과 물질』(1990)

『사이언스 나우』(1991)

『원숭이학의 현재』(1991)

『우주여』(1992)

『마더 네이처 토크』(1993)

이 목록을 바라보면서 뭔가 느껴지는 것이 없나요? 이공계적

다치바나 다카시

인 느낌? 과학적인 인상? 그렇게 볼 수도 있겠습니다만, 이 책들의 공통점은 바로 '인간의 임계점'이라는 테마입니다.

지구를 떠난 극한적인 상황은 인간의 내면에 어떤 영향을 미칠까(우주). 삶과 죽음의 경계선은 어떻게 그어야 할까(뇌사). 인간과 기계의 경계란(로봇). 인간과 동물의 경계란(원숭이). 다치바나 스스로도 '인간은 로봇과 원숭이 사이에 있는 것'이라고 말하고 있듯이 이 책들은 모두 '인간과 비인간의 경계는 어디인가?', '인간의 어디까지가 인간인가?'라는 문제를 다루고 있습니다.

1990년대에 들어오면서 저술의 방법론, 책의 스타일도 이전과는 달라집니다. '탐사 보도'도 아니며 '르포르타주'도 아닌, 저자 자신이 직접 진행하는 인터뷰가 큰 비중을 차지하게 됩니다. 『정신과 물질』은 분자생물학자 도네가와 스스무를, 『원숭이학의 현재』는 이마니시 긴지, 이타니 준이치로 등 원숭이 학자 스물세 명을, 『우주여』는 우주여행을 경험한 아키야마 도요히로를, 『마더 네이처 토크』는 가와이 하야오, 히다카 도시타카, 마쓰이 다카후미, 다다 도미오 등 일곱 명의 과학자를 인터뷰한 내용으로 구성되어 있습니다. 인터뷰집은 논픽션의 구축이 아니기 때문에 이를테면 요리를 하기 전의 소재에 불과합니다. 그렇지만 그것이 반드시 논픽션 라이터로서의 본분을 저버리고 타락했다는 뜻은 아닙니다.

『정신과 물질』의 서평에서 이케자와 나쓰키는 이렇게 말합니다.

어떤 인물을 이야기하면서 그 인물이 이뤄낸 업적까지 일반인에게 이해시키기란 쉬운 일이 아니다. 가장 좋은 방법은 업적을 이룬 본인이 직접 이야기를 들려주는 것이지만, 과학자는 부끄러움을 많이 타기 때문에 자신이 한 고생에 대해서는 이야기하려 하지 않을 것이다. 그 작업은 누군가가 대신 해주지 않으면 안 된다. 그리고 그 역할에 다치바나만큼 적격인 인물도 없다. _

이케자와 나쓰키, 「과학의 현장에서」, 『분가쿠카이』, 1990년 9월호

다치바나 다카시는 이야기를 끌어내는 명수다. 정말 그렇습니다. 다치바나 다카시의 인터뷰 책에는 우주비행사와 과학자들의 연구 내용, 숨겨진 비화 등이 끊임없이 나옵니다. 인간이란 무엇인가라는 주제를 그는 문자 그대로 '맨투맨 방식'으로 전개해 보인 것입니다.

그런데 인터뷰의 명수로서의 평가가 높아지면서 인터뷰에 응하는 사람보다 인터뷰를 하는 사람의 이름이 더 부각되는 기묘한 역전 현상이 일어나게 됩니다. 어쩌면 그것은 '지식의 거인' 화를 위한 포석이었는지도 모르겠습니다. 예를 들면 이런 서평.

나는 다치바나를 다하라 소이치로나 야나기다 구니오 같은 뉴저널리즘의 기수로 여기는 경향, 입장이나 사상이 없는 '경박단소'의 시대와 어울리는 저널리스트로 대우하는 경향을 탐탁하게 여기지 않는다. 다치바나는 다하라나 야나기다와는 다를 뿐 아

니라 불을 뿜는 듯한 반골 언론으로 사회에 경종을 울리는 유형
과도 다르다. 그는 탐색과 연구 과정이라고 하는 수단을 통해 언
론 활동을 하는 조사원, 학자, 리포터, 그리고 글쟁이이다. 그는
이전에는 존재한 적이 없는, 그러나 우리에게 필요한 유형의 첫
번째 저널리스트다. _와시다 고야타, 「다치바나 다카시의 '연구'」, 『우시오』, 1988
년 10월호

위의 인용은 시평집 『동시대를 쏘다』에 실린 서평의 일부입니
다. 일반적인 서평에서는 볼 수 없는 박수갈채 서비스의 연속.
다치바나 다카시는 단순한 저널리스트가 아니다. 이런 식의 평
가는 이전의 저널리스트들을 우롱하는 것이라는 생각이 듭니다
만……

1990년대에 다치바나 다카시의 명성은 더욱 높아집니다. 그리
고 『거대 악vs 언론』(1993)과 같은 책을 내는 한편, 새로운 테마
가 큰 비중을 차지하기 시작합니다.

『컴퓨터 진화론』(1993)

『삶, 죽음, 신비 체험』(1994)

『임사 체험』(1994)

『인터넷 탐험』(1996)

『뇌를 궁구하다』(1996)

『증언·임사 체험』(1996)

『인터넷은 글로벌 브레인』(1997)

이 지작 목록은 1980년대의 목록과 비슷해 보이지만 미묘한 차이가 있습니다. 하나는 뇌와 컴퓨터에 대한 관심. 또 하나는 신비주의에 대한 접근입니다.

관심 대상이 '인간 집단→인간→뇌'로 점차 좁아지고 있다는 점을 알아차리셨는지요? 관심 대상이 넓어지는 것처럼 보였지만 사실은 점차 좁아지고 있었다. 그렇게 보이기까지 합니다.

오타쿠와 건달의 줄다리기

지금까지 장황하게 저작 목록(전부는 아닙니다)을 열거한 까닭은 그가 정말로 '문과와 이과에 걸친 폭넓은 지식의 탐구자'인가를 생각해보기 위해서였습니다.

저는 오히려 이렇게 보입니다. 문과 쪽 일은 하루하루의 사회 시평 등으로 적당히 해치우고 이과 쪽 일은 대대적으로 준비해 수행했다. 게다가 이과 쪽 일도 생물학과 우주론과 첨단 기술 분야에 치우쳐 있습니다. 즉, 다치바나 다카시는 '인간이란 무엇인가'라는 철학적(인문과학적) 관심을 생물학적(자연과학적) 접근 방식으로 풀어보려고 했던 것이 아닐까요.

그러한 시도는 언론계의 다수를 차지하는 인문계 지식인들에게 신선하게 다가왔을 것이고, 자신의 업적을 대중에게 알리는 일이 쉽지 않은 과학자 입장에서는 놓치기 싫은 기회였을 것입니다. 예를 들어 이런 의견이 있습니다.

다치바나 다카시

전문가가 쓴 영장류학 입문서는 많이 팔려도 수천 부. 나는 714쪽에 달하는 대저가 10만 부나 팔려 나갔다는 사실에 감동했다. 게다가 내가 아는 한에서만도 대사, 세무서 직원, 주부 등 여러 종류의 사람이 이 책을 읽었다. 아마도 가장 기뻐한 이는 영장류학자가 아닐까. _가와이 마사오, 「다치바나 다카시 연출 지휘의 오페라」『원숭이학의 현재』 서평, 『분게이슌주』 임시 증간호 「다치바나 다카시의 모든 것」

나는 여러 부분에서 다치바나 씨와 의견이 갈리는 면이 있는데, 그러나 현대 일본에서는 내가 의견의 차이를 논할 수 있을 만큼 자신의 의견을 가진 사람을 만나는 일이 드물다. 나는 '없는' 견해에 대해 이의를 제기할 수 없다. 그런 의미에서 나에게 다치바나 씨의 존재는 소중하다. _요로 다케시, 「이의를 제기할 수 있는 존재」『뇌를 궁구하다』 서평, 위의 책

다치바나 다카시가 문과와 이과 두 진영 사이를 잇는 귀중한 메신저였음은 틀림없습니다. 그러나 '많이 팔려서 기쁘다', '이의를 제기할 상대가 없다'라는 태도에는, 그것이 설령 솔직한 심정이라 할지라도 학자에게서 종종 발견되는 무책임함이 배어 있습니다.

자료를 부감하면서 놀랐던 점이 세 가지 있습니다. 첫째, 다치바나 다카시에 대해서는 비판다운 비판이 거의 보이지 않는다는 점. 둘째, 가끔 비판이 있으나 대체로 품위 없는 트집 잡기에 머

무르는 것으로, 비판자의 낮은 수준을 강조할 뿐 피비판자의 명성을 조금도 해치지 않는다는 점. 셋째, 다치바나 다카시 주변을 에워싼 칭찬자와 비판자가 대부분 남성이라는 점입니다.

다치바나 다카시의 30년은 마치 오타쿠와 건달의 줄다리기 같습니다. 오타쿠란 학자(또는 스스로를 학자적 정신의 소유자라고 생각하는 사람)이고, 건달은 마루야 사이이치가 말한 낡은 유형의 저널리스트(와 그 신봉자)입니다. 비교적 새로운 유형에 속하는 건달의 비판을 소개합니다.

저널리스트라면 결코 피할 수 없는 핵폐기물 처리, 대국의 핵실험과 전쟁의 길, 제삼세계의 빈곤, 지구 환경 보존, 끊임없는 국제 분쟁과 민족 분쟁, 종교적 갈등 등에 대해서는 어떻게 생각하는 것일까. 또 일본 사회가 안고 있는 제반 문제(쓰레기, 다이옥신, 안보, 오키나와, 자위대, 원전, 국가 및 지방 자치 단체의 재정 파탄, 세금 낭비, 관료 부패, 헌법 위반 등)에 대해 언급조차 하지 않는 것은 왜인가. 오로지 체제의 이익과 보존을 위한 이론이 얼마나 위험한 것인지 조금이나마 깨달았으면 한다. _야자키 야스히사, 「'반권력'의 몸짓으로 '권위'에 망집하는 '엿보기 취미'」, 『비즈니스 인텔리전스(ビジネス·インテリジェンス』, 1998년 5월호

뭐, 정론이긴 합니다만, 그래서 어쩌라고, 라고 대답하면 그만이기도 합니다.[4] 무엇을 주제로 삼아 어떻게 쓰든 쓰는 사람

마음이지 다른 사람한테 이래라저래라 코치 받을 필요는 없죠. 1970년대라면 몰라도 1980~1990년대에 이런 비판을 해봤자 설득력도 없고요. 오타쿠의 그럴싸한 칭찬과 건달의 얼토당토않은 비판 사이의 줄다리기에서 오타쿠의 손이 올라간 것은 당연한 일이었습니다.

비판다운 비판이 없는 '다치바나 다카시의 30년' 속에서 예외적으로 세 번 정도 다치바나 비판이 분출한 적이 있습니다. 『일본 공산당 연구』를 썼을 때 공산당의 맹렬한 반격을 받았다는 이야기는 무용담 이상도 이하도 아니기 때문에 제외하고. 첫 번째는 록히드 재판을 둘러싼 와타나베 쇼이치와의 논쟁(1984~1985)이고, 두 번째는 뇌사를 바라보는 시각을 둘러싼 의사 및 뇌사임조('임시 뇌사 및 장기 이식 조사회'의 통칭)와의 갈등(1991), 세 번째는 『분게이슌주』 1998년 3월호에 실려 물의를 빚은 '소년 A'의 검사 조서 누설을 둘러싼 소년법 개정 반대파의 비판(1998)입니다.

먼저 와타나베와의 논쟁부터. 원래 록히드 재판의 코치언 조서의 판정을 둘러싸고 시작된 이 논쟁은 도중에 샛길로 벗어나 결과적으로는 와타나베의 사기꾼 근성을 까발리는 결과로 끝났습니다. 『아사히 저널』 지상에서 벌어진 10주간의 공방 후 독자의 손에 의해 논쟁의 승패가 갈렸는데 그 결과는 153 대 31로 다치바나의 압승이었습니다.[5]

뇌사를 둘러싼 논쟁은 좀 더 진지한 것입니다. 이 비판은 '뇌가 세포 차원, 조직 수준에서 기질적인 죽음을 맞이한 것이 아니라면 뇌사라고 할 수 없다'는 다치바나의 뇌사관에 대한 비판이었습니다. 뇌외과 의사 아키 도시오는 아래와 같이 당혹감을 나타냈습니다.

다양한 뇌사론을 펼치는 평론가와 현장에서 뇌사 환자를 접하는 이와의 시각 차이, 다시 말해 현장의 의료 종사자가 다양한 뇌사론을 바라볼 때 느끼는 위화감은 이루 말할 수 없는 부분이 있다. 현장에서 뇌사 환자를 접하는 사람은 뇌사를 엄밀히 정의하지 않더라도 뇌사가 어떤 것이며 무엇을 의미하는지 알고 있다. 다만 사회를 향해 그것을 어떻게 표현하면 좋을지 모를 뿐이다. 현장에서 뇌사 환자를 접하는 이는 뇌사 논쟁에서 얻는 것이 아무것도 없기 때문에, 그렇다면 이런 번거로운 문제에는 아예 관여하지 않는 편이 낫다는 결론에 이르게 된다. 그래서 많은 임상 의사들은 감각적인 견해 차이나 위화감을 공개하지 않는다. 한편 평론가는 그에 대해 의사의 기만과 어설픔을 지적한다. _아키 도시오, 「다치바나 다카시 씨의 '뇌사'론에 의문을 던진다—한 뇌외과 의사의 입장에서」, 『주오코론』, 1991년 11월호

『뇌사』나 『뇌사 재론』은 장기 이식을 둘러싼 성급한 여론에 경종을 울리는 가치 있는 리포트였고, 또한 많은 사람들이 그렇게 받아들였습니다. 그러나 '현장은 위화감을 느끼고 있다'라는 당

혹감은 비단 『뇌사』에만 국한된 것이 아닐지도 모릅니다. 뇌사와 장기 이식은 사회적 관심이 높은 주제였기 때문에 위와 같은 반론이 나왔을 뿐이고, 실은 다른 주제에 대해서도 이와 비슷한 '현장의 위화감'이 있지 않았을까요. 저자가 듣는 역할에만 전념하는 인터뷰집의 경우 이런 위화감은 최소화할 수 있습니다. 그러나 『뇌사』처럼 저자의 견해가 들어간 책은 어떨까요. '번거로운 문제에는 아예 관여하지 않는 편이 낫다'라는 이유로 전문가가 입을 닫고 있을 뿐, 아는 사람이 보면 '허점' 투성이라는 점이 드러날 수도 있습니다.

사실 소년 A(1997년에 발생한 고베 연쇄 아동 살상 사건의 범인인 일명 사카키바라, 당시 14세 소년을 가리킵니다)의 검사 조서 공개와 관련해서는 '이것이야말로 다치바나 다카시의 허점'이라고 느낀 사람이 적잖이 있었습니다. 다치바나 다카시는 『분게이슌주』에 발표한 논문 「정상과 이상 사이」에서 국민의 알 권리와 소년의 인권을 저울에 달아 이 경우에는 알 권리가 우선한다는 판단을 내려 조서 공개에 대한 '보증서'를 써주었습니다. 그는 "조서를 읽기 전까지 나는 소년 A가 인간이라기보다는 인간의 얼굴을 한 괴물이라고 생각했다. 조서의 대부분에는 여전히 괴물의 모습이 드러나 있지만, 군데군데 인간의 얼굴이 엿보이는 부분도 있다"라며, 조서를 읽은 독자가 같은 감상을 갖는다면 조서 공개는 소년에게 불이익이 되지 않는다고 설명합니다. 아래에 법학자 후쿠다 마사아키의 반론을 소개합니다.

다치바나 씨는 인간을 ①자신과 같은 양식을 가진 보통 인간, ②소년 A와 같이 약간의 인간미를 지닌 냉혹한 사람(괴물로 분류), ③정신이상자, ④인간성이란 눈곱만큼도 없는 괴물이라는 네 가지 범주로 나누는데, 여기서 괴물이란 인간에게 위해를 가하는, 인간과는 다른 이해 불가능한 '존재'로서 엄벌을 내려 분리시켜버려야 하는 대상이다. 그러나 나는 이런 생각을 이해할 수 없다. / 우선 구체적으로 어떤 '사람'이 그가 말하는 괴물에 해당하는지 궁금하다. 아사하라 쇼코(옴 진리교의 창시자로 1995년 도쿄 지하철 사린 사건을 비롯한 일련의 범죄를 주모한 혐의로 체포되어 사형선고를 받았다—옮긴이 주), 히틀러는 괴물인가. 이라크의 후세인은? 일반 시민이 희생될 것을 뻔히 알면서도 이라크 공습을 주도한 클린턴 미국 대통령은? 자신에게 이해 가능한가 불가능한가 여부만으로 어떤 범주의 인간을 괴물이라고 단정하는 다치바나 씨의 인간성과 가치관을 믿을 수 없다. _후쿠다 마사아키, 「다치바나 다카시 연구—왜곡되기 시작한 '지식의 거인'」, 『호세키(寶石)』, 1998년 7월호

후쿠다는 여기에서 그치지 않고 "나의 관심사는 소년 A에게 '인간성의 마그마'가 있는지 없는지가 아니라, 소년 A의 '양심'을 봉쇄하고 소년을 '광기'로 밀어낸 원인이 무엇인가이다"라고 덧붙이고 있습니다. 한편 다치바나 다카시는 분명하게 말합니다. "이른바 지식인들이 그럴듯한 논리를 아무리 늘어놓는다 할지라도 이 사건은 일반인에게는 전혀 이해할 수 없는 사건이다. 도를

넘는 소년 범죄가 일어났을 때 항상 반복되는 사회가 나쁘다, 학교가 나쁘다, 부모가 나쁘다는 말만으로는 무엇 하나 설명할 수 없는 사건이 이 사건이다."(「정상과 이상 사이」)

여기에는 간과할 수 없는 인식의 차이라고 할까 단절이 있습니다. 후쿠다 마사아키의 관심이 사건의 '사회적 배경'에 있다면, 다치바나 다카시의 관심은 가해 소년의 '정상과 이상의 경계에 있는 정신', 더 거칠게 말해 '소년 A의 뇌'에 있는 것입니다.

다치바나 다카시의 약점

이상의 세 비판은 말하자면 '특정 입장'에서 본 논평의 수준에 머무는 것으로, 신뢰 두터운 '제너럴리스트'의 위신에는 조금도 상처를 입히지 못했습니다. 다치바나 다카시에 대한 비판이 모두 '다치바나에게 유리'하게 작용했다는 점은 흥미롭습니다.

한편, 소년 A의 조서 공개 문제에서 드러난 다치바나의 사건관, 인간관, 그리고 '다치바나 다카시의 30년'에서는 어떤 필연성을 발견할 수 있습니다. 그는 '인간이란 무엇인가'라는 주제를 20년 가까이 생물학적 관점에서 뒤쫓아왔습니다. 다치바나가 '사회적 배경'이 아니라 '정신＝뇌'에 초점을 맞추고 소년 A 사건을 해석한 것은 그의 인간성에 문제가 있어서가 아니라, 그것이 그가 일관되게 추구해온 '기본적 방법'이었기 때문입니다.

조서 공개가 문제를 일으켰던 무렵에 다치바나 다카시가 자주 언급했던 것이 '환경호르몬' 문제입니다. 체내에서 호르몬과 비숫한 기능을 하는 화학 물질 = 환경호르몬. 지구, 인체, 화학 물질. 다치바나가 좋아하는 세 가지 주제입니다. 그는 『환경호르몬 입문』(1998)에서 이렇게 말한 바 있습니다.

> (환경호르몬의 영향으로 인해—인용자 주) 생식기 이상까지는 아니더라도 성생활에서는 이상이 나타납니다. 인간의 경우에도 마찬가지예요. 이성에 관심을 갖지 않는 동성애나 섹스리스 남성의 증가가 바로 그것이죠./ 그러나 내가 더 심각하게 생각하는 것은 (…) 여러 가지 행동 이상이에요. 예를 들어 태내에 있을 때 환경호르몬인 에스트로겐(여성호르몬)에 강하게 노출된 암컷은 여러 가지 이상 행동을 일으킵니다. 특히 사회적으로 큰 문제인 것이 모성 본능을 잃고 육아를 제대로 하지 못해 모자 관계를 끊어버리는 행동 이상입니다. 인간에게도 최근 그러한 경향이 두드러지죠. (…) 심지어 폭력의 폭발이 일어나기도 합니다. 그것은 쥐 실험을 통해서도 관찰할 수 있습니다. 내가 지금 가장 격정하는 것은 최근 연속해서 발생하고 있는 중학생의 믿을 수 없는 행동입니다. _『환경호르몬 입문』, 1998

동성애, 섹스리스, 육아를 포기한 어머니, 폭력적 중학생까지 모든 원인은 환경호르몬에 있다. 이 책에는 "사카키바라를 포함하여 이런 비정상적 범죄를 저지르는 아이들은 뇌가 완전히 화학적으로 미친 것이 아닐까. 아마 그런 신경계 이상 현상이 일어

다치바나 다카시

나고 있을 것이다. 현상의 바탕에 환경호르몬이 있다고밖에 생각하지 않을 수 없다"고 하는 부분도 있습니다.

남자답게(?) '정자 감소'라는 비상사태에 당황하여 환경호르몬에 관한 설명을 끌어오는 다치바나의 반응을 반쯤 웃으며 바라본 적도 있습니다. 다치바나뿐만이 아닙니다. 학계도 저널리즘도 정계도 모두 요컨대 남자 사회임을, 환경호르몬(=정자 감소) 소동만큼 잘 보여주는 것은 없습니다.

다치바나 다카시는 왜 그렇게도 환경호르몬에 빠졌던 것일까요. 인간 사회의 '이상'과 '신경계의 이상'을 무리하게 접합시키고는 그 원인을 화학 물질에서 찾는다. 이런 물질 환원적인 발상은 바로 1980년대 이후 다치바나 다카시가 유지해온 방법론이었습니다. 거기에 보이는 동성애 차별, 우생 사상에도 유의할 필요가 있습니다만, 무엇보다 (설사 분자생물학이나 뇌 과학 지식이 활용되고 있다 하더라도) 인문과학, 사회과학적 지식이 완전히 결여되어 있다는 점에 주의를 기울여야 합니다. 역사를 조금이라도 배웠다면 동성애를 '이상'으로 단정하지는 못했을 것입니다.

여기서 생각나는 것이 다치바나 다카시가 1970년대 후반에 저술한 몇 권의 책입니다. 『문명의 역설』(1976)은 「영아 살해의 미래학」, 「생물학 혁명과 인류의 미래」, 「우주선 '지구호'의 구조」, 「인간이란 무엇인가?─'생물로서의 인간'의 한계와 가능성」 등 다치바나 다카시의 원점이라고 할 수 있는 주제가 담긴 논문집입니다. 당시 이 책을 읽으며 실소를 금치 못했던 기억이 있습니다.

일반적으로 여자는 남자에 비해 뇌세포 수가 적기 때문인지 (일본인 뇌 무게의 평균치는 남자 1372.9그램, 여자 1242.8그램) 천박함과 어리석음을 그 바탕으로 하며, 또 그것이 매력이 되기도 하지만 천박함과 어리석음이 이렇게까지 심해지면 그냥 넘어갈 수 없게 된다. _「시대와 상황의 병리학」, 『문명의 역설』에 수록, 1976

실로 '과학적'이 아닐 수 없습니다. 위의 인용은 당시 세계를 휩쓸던 우먼 리브에 관한 논문의 일부입니다. 논문의 뒷부분은 더욱 놀라운 전개를 보입니다.

우먼 리브는 일부일처제가 여자의 성적 욕구를 봉쇄한다고 비난하지만 이는 그녀들이 정신적 불구임을 공표하는 것과 같다. 정상적인 여성의 성 심리에서는 여성 스스로가 일부일처를 원한다는 사실이 모든 심리학적 데이터를 통해 증명되고 있다. / 음란한 여자, 여러 남자를 원하는 여자는 예외 없이 냉감증, 불감증이다. 오르가슴 부전이 님포마니아와 우먼 리브를 낳는다고 해도 과언이 아니다. 여성이 진정으로 해방되길 원한다면 오르가슴을 느끼게 해주는 남자를 하루빨리 찾아야 할 것이다. _위의 책

이전에 썼던 불편한 서술을 삭제해버리는 저자가 적지 않은 가운데, 이런 부분을 개정도 삭제도 하지 않은 채 문고판으로 내놓는 태도는 매우 훌륭합니다. 그런데 그 내용이 참, 대단하지요.

다치바나 다카시

여기서 새삼스럽게 '다치바나 다카시는 이렇게나 여성차별주의자였다'라고 폭로하려는 것은 아닙니다. 제가 하고 싶은 말은 '지식의 거인'에게도 약점이 있다는 것입니다.

다치바나 다카시의 약점, 그것은 바로 사회학이나 역사학 등 '인문과학계'의 새로운 연구 성과, 굳이 표현하자면 '여자와 어린이 문제'입니다. 우먼 리브에 대한 그의 인식 부족은 '안기는 여자에서 안는 여자로'라는 리브의 슬로건을 글자 그대로 이해하여 리브라고 하는 '사상 운동'을 '버자이너 오르가슴과 클리토리스 오르가슴 간의 대결'(『미국 성혁명 보고』)이라는 '생물학적' 범위에서 좁게 해석한 데서 비롯되었습니다. 즉, 그는 '사회적 존재로서의 여자'를 보지 못하는 것입니다. 이것은 소년 사건을 '사회적 배경'이 아닌 '뇌의 이상'으로 해석하는 방식과 매우 흡사합니다.

한쪽은 젊은 혈기에서 나온 경솔함, 한쪽은 권위를 얻은 탓에 빠지게 된 해이함이라고 해야 할까요. 1976년작 『문명의 역설』과 1998년작 『환경호르몬 입문』은 다치바나 다카시의 저작 중에서도 가장 황당(수상한 담론으로 가득)한 책입니다. 이는 인간 사회의 문제를 자연 법칙에 직접 연결시켜 논하는 데서 유래합니다. 생물학적인 방법을 인간 사회에 응용할 때 필요한 신중함이 이 두 권에는 결여되어 있습니다.

그렇다면 『문명의 역설』부터 『환경호르몬 입문』까지는 다치바나 다카시에게 어떤 기간이었을까요? 자연과학자와의 대화의 시간입니다. 거꾸로 말하면 사회과학자나 인문과학자, 그리고 세상 사람들과의 대화가 부재한 시간이 아니었을까요. 아니, 그가 천착하던 '자연과학'이라는 것도 사실은 미심쩍은 것이었습니다. 그의 전환점으로 보였던 『우주로부터의 귀환』도 지금 생각해보면 '자연과학'이라기보다는 신비주의적인 책이었습니다.

희대의 정신 체험, 의식 심층의 각성을 분명하게 의식화하지 못하고 있던 아폴로호 비행사들로 하여금 그것을 떠올리게 하여 이야기하게 하고 의식화하게 만든 최초의 인물이 다치바나 씨라는 사실을 특히 강조하고 싶다. 부스스한 머리를 한 다치바나 씨는 그들의 영적 인도자였던 것이다. 그리고 나를 포함한 지각 있는 독자들에게도 다치바나 씨는 간접적인 영적 인도자였다. _히노 게이조, 「새로운 '복음서'」, 『분게이슌주』 임시 증간호 「다치바나 다카시의 모든 것」

그렇습니다. 우리가 『우주로의 귀환』에 열광했던 이유는, 사실 이 책이 '우주'나 '과학'을 논하고 있기 때문이 아니라 신비 체험을 논픽션 수법으로 그리고 있기 때문입니다.

건달과 양아치의 세대 간 항쟁!?

그러나 최근 몇 년 사이에 '지식의 거인'의 위신도 급속히 떨어졌습니다. 그때까지 비판다운 비판이 거의 없었던 데 대한 반동인 듯, 다치바나 비판이 1998년 봄 무렵부터 속출하기 시작합니다. '이 아저씨, 좀 이상하지 않은가?'라는 의문을 가장 먼저 던진 것은 1960년 전후에 태어난 젊은 언론인들이었습니다.[6]

그 배경에는 환경호르몬이나 소년 A 사건에서 보인 기묘한 발언과 함께 『분게이슌주』 임시 증간호 「다치바나 다카시의 모든 것」이 단행본으로 발매된 것, 도쿄 대학 첨단 연구소의 객원 교수가 된 다치바나가 '교양 없는 도쿄대생', '지적 수준이 낮은 젊은이' 비판을 시작한 것(이후 『도쿄대생은 바보가 되었는가』, 『뇌를 단련하다』 등으로 출간) 등이 있었는지도 모릅니다.

> 일본의 대학 진학률은 45퍼센트를 넘지만, 대학에 입학한 후에 받는 교육 수준이 낮은 탓에 지력의 총합은 훨씬 낮습니다. 미국과는 크게 차이가 납니다. 그 차이가 얼마나 되는지는 서점에 가보면 곧 알 수 있습니다. 미국에서는 지적 수준이 높은 책이 베스트셀러에 올라 있지만, 일본의 베스트셀러는 연예인들이 쓴 책 수준의, 열등하다고밖에 표현할 수 없는 책이 대부분입니다. 텔레비전은 바보 프로그램의 대행진이고, 압도적으로 팔리는 잡지는 만화 잡지이죠. 일본의 지적인 국력은 이제 돌이킬 수 없을 만큼 떨어졌다고 해도 좋습니다. _다치바나 다카시, 「지적 망국론」, 『분게이슌주』, 1997년 9월호

당신의 책이 베스트셀러가 된 사실이야말로 이 나라의 지적 수준을 말하고 있지 않은가, 라고 물으면 어떻게 항변할 생각인

지 궁금합니다.

젊은이들을 향한 비판은 논자가 늙었다는 증거입니다. 비판당한 젊은이들이 '당신이 그런 말을 할 자격이 있는가' 하고 생각하는 것도 자연스러운 흐름이지요. 세기가 바뀌면서 다치바나 때리기가 본격화됩니다. 20대 저자 다니다 와이치로의 『다치바나 다카시 선생님, 상당히 이상한데요? '교양 없는 도쿄대생'의 도전장』(2001)이 나오는가 하면, 『별책 다카라지마 Real 다치바나 다카시 '새빨간 거짓말'의 연구』(2002)란 무크지까지 나옵니다.

무크지 머리말은, 다치바나 다카시가 하는 소리는 "한 꺼풀 벗기면 전부 남성 주간지의 전형적 예"라며 다음과 같이 말합니다.

'교양'이나 '지식'을 방패로 삼고 있는 다치바나 다카시가 하는 일의 내용을 자세히 검증해보면 '아마추어를 상대로 한 눈속임'의 연속이라는 것이 분명해진다. 지적 욕구를 충족시키고 싶어 하는 독자에게 왜곡과 엉터리 해석과 같은 불순물 섞인 정보를 흘리는 '지식의 야바위꾼'이다. 다치바나 다카시는 20세기의 언론이 가리고 있던 치부, 즉 수상한 정보(지식) 브로커 체질을 상징적으로 체현한 존재이기도 하다. _「독자는 이렇게 현혹당해왔다」, 『별책 다카라지마 Real 다치바나 다카시 '새빨간 거짓말'의 연구』, 2002

이 책에 담긴 개개의 다치바나 비판은 상당히 진지합니다. 그러나 선정주의적 포장은 과거의 다치바나 비판의 모습을 답습하

다치바나 다카시

고 있습니다. 늙어가는 우두머리를 향한 차세대 두목 후보들의 압력 같습니다. '건달과 오타쿠의 줄다리기'가 아니라 '건달과 양아치의 세대 간 항쟁'을 보고 있는 것일까요.[7]

정치에서 과학으로, 그리고 신비주의로. 조직 연구에서 인간 탐구로, 그리고 뇌와 정신의 문제로. "다치바나 씨가 걸어온 길은 그 자체로 20여 년간 일본인의 지적 패션의 변천을 그대로 보여주는 것이라 할 수 있다"(『세론』, 1998년 7월호) 후쿠다 가즈야가 이렇게 말했듯이 다치바나 다카시의 행보는 독자의 지적 요구를 반영하는 것이었습니다.

이과와 문과를 넘나드는 지식의 필요성은 다치바나 다카시가 일관되게 주장해온 것입니다. 저도 전적으로 동의합니다. 그러나 자연과학계와 인문과학계로 분단된 언론계에 '지식의 거인'이 군림할 여지가 생겼다는 것 역시 분명한 사실입니다.

이러한 '지식의 경직화'가 언제 어떻게 진행되었는지는 모르겠습니다. 하지만 전환점은 역시 1980년대 초가 아니었을까요. 건달의 시대에서 오타쿠의 시대로. 각 장르가 전문화되는 가운데 다치바나 다카시만은 '지식의 편의점'처럼 보였습니다. 만약 이 것이 사실이라면, 그의 승리(와 위기)는 '지식의 야바위꾼'이 되어 획득한 것이 아니라 종래의 '야바위'를 깨끗하고 밝은 '편의점'으로 재빠르게 개조한 덕이 아니었을까요. 그런 생각이 듭니다.

1 \ "1959년 7월, 나는 마이유 신문사를 그만두고 독립했다. 선배 센다 가코의 권유를 받아 돗푸야(출판사의 의뢰를 받아 주간지 기사를 쓰는 프리 저널리스트, 라이터─옮긴이 주)를 시작한 것이다. 나는 르포라이터라고 자칭했다. 나중에 잘 생각해보니, 르포는 프랑스어고 라이터는 영어였다. 이 어설픈 '혼혈 용어'는 1960~1970년대 언론계에 정착했고 『현대 용어의 기초 지식』에도 명기되었다"(다케나카 로, 『결정판 르포라이터 일의 시작』, 지쿠마 문고).

2 \ 고다마 다카야 스스로도 "이 리포트는 매우 센티멘털하다"고 인정했다. "수사적 문맥으로 흘러버린 데는 이유가 있다. 내가 수집한 자료를 모두 사용할 수 없는 상황이라는 점, 그리고 그 상황을 용인할 수밖에 없었던 내 '내면의 일본적 감성' 탓이다"(『외로운 에쓰잔카이의 여왕』).

3 \ 그래서인지 1970년대에는 빛나 보였던 가마타 사토시는 1980년대가 되면서 고루한 라이터로밖에 보이지 않게 되었고, 사와키 고타로는 '나'를 주인공으로 한 일인칭 논픽션에 집중하여 『심야 특급』처럼 10년 전 여행을 소재로 작품을 쓰며 도피하는 등 제각기 '문학성'을 강화하게 된다. 1980년대에 화제가 된 오야상 수상 논픽션으로는 이노세 나오키의 『천황의 초상』 (1986), 요시다 쓰카사의 『서민 전기』(1987), 이시카와 요시미의 『스트로베리 로드』(1989) 등이 있다.

4 \ 이 인용문이 실린 「'다치바나 다카시' 연구」(『비즈니스 인텔리전스』, 1998년 5월호)는 잡지 지면을 통한 다치바나 비판의 효시라고 할 수 있다. 머리말에는 이렇게 적혀 있다. "불가사의하게도 '다치바나 다카시'의 영향력은 비대해져가기만 한다. 그 오만함은 마침내 『나는 이런 책을 읽었다』, 『다치바나 다카시의 모든 것』 같은 후안무치한 책을 출판하는 경지에 이르렀다.

더벅머리와 단벌 신사라는 유니폼 뒤에는 '권위 지향'의 '오타쿠' 얼굴이 숨어 있음에도 불구하고…… '안보 투쟁으로부터 도망친 다치바나', 돈벌이가 되는 것이라면 무엇이든지 흥미를 보이는 '경박한 다치바나'. 3억 엔의 연소득과 3층짜리 작업장 겸용 건물 주인은 지하에는 와인셀러를 갖추고, 프랑스에는 포도밭이 딸린 별장까지 가진 우아한 신분. 이제 이 오만한 고양이의 목에 누군가가 방울을 달아야 할 때다." 권위에 반항하고 싶은 마음은 이해하지만 그다지 훌륭한 비판 방법은 아니다.

5 ＼ 와타나베 쇼이치의 승리라고 판정한 사람의 의견도 잘 읽어보면 "논쟁에서는 올바르고 현명한 측이 잘못된 생각을 가진 상대를 이해시키도록 말을 해야 한다고 생각합니다. 보통 수준의 사람이 이해할 정도로 논하면 충분하다고 하는 다치바나 씨는 태만합니다. 유치원 수준까지 내려가서 설명해주는 친절함이 필요합니다"는 식으로, 요컨대 다치바나의 완벽한 승리였다.

6 ＼ 예를 들어 "다치바나 씨, 요즘 왜 그러는 걸까.『다치바나 다카시의 모든 것』에는 '지식의 거인'이라고 쓰여 있다. 뭐, 확실히 그럴지도 모른다. 근데 거인이 되면 부끄럼도 없어지는 걸까"(히가키 다카시, 「감투언(敢鬪言)」, 『이코노미스트(エコノミスト)』, 1998년 5월호), "본인 스스로가 권위가 되어버린 점, 말과 행동 사이에 모순이 있다는 점, 그리고 그것에 무감각하다는 점에 대해 옆에서 '어이, 당신 이상해'라고 말해주는 솔직함을 다들 어딘가에 놓고 온 것 같다"(오쓰키 다카히로 인터뷰, 『비즈니스 인텔리전스』, 1998년 5월호). 그 밖에 닛타 히토시의 「이데올로기에 빠진 다치바나 다카시」(『세론』, 1999년 8월호), 사토 스스무의 『다치바나 다카시의 무지몽매를 공격하다』(2000) 등 전문가의 비판도 잇따랐다.

7 ＼ 이 무크지의 부제는 '저널리즘계의 다나카 가쿠에이, 그 최종 진실'. 앞

표지와 뒤표지에는 "어째서 이런 게 통하는 걸까!?", "뭐든지 전두엽 / 뭐든지 환경호르몬 / 뭐든지 다나카 정치 / 뭐든지 공안 / 뭐든지 IT / 뭐든지 빅뱅 / 뭐든지 원숭이", "No More 지식의 거인", "아마추어 상대의 허풍에 레드카드" 등의 매리잡언(罵詈雜言)이 인쇄되어 있다. 사실 나도 이 무크지의 집필을 의뢰받았았지만 정중하게 거절했는데, 이미 본고의 기초가 된 원고를 『세카이(世界)』(2001년 3월)에 실은 적이 있고(같은 내용을 두 번이나 쓸 생각은 없다), 일부러 도당까지 결성해서 개인을 공격하는 일에 가담하고 싶지 않았기 때문(비판이라면 혼자 한다)이다. 지금 생각하면 세대 간 항쟁에 휘말리고 싶지 않다는 방어 본능이 작용했는지도 모른다.

다치바나 다카시

무라카미 류
MURAKAMI RYU

5분 후의 뉴스쇼

『그 돈으로 무엇을 살 수 있었나』, 『할아버지는 돈 벌러 산으로』, 『'교육의 붕괴'라는 거짓말』, 『수축하는 세계, 폐쇄하는 일본—POST SEPTEMBER ELEVENTH』, 『속지 않기 위해 나는 경제를 배웠다』. 2000년을 전후로 출간된 무라카미 류 저작 목록의 일부입니다.[1]

1990년대 후반 즈음부터 돌연 무라카미 류는 다치바나 다카시

무라카미 류 \ 1952년 나가사키 현 출생. 1972년 무사시노 미술 대학 입학(후에 중퇴). 1976년 『한없이 투명에 가까운 블루』로 데뷔. 아쿠타가와상(『한없이 투명에 가까운 블루』, 1976), 군조 신인 문학상(『한없이 투명에 가까운 블루』, 1976), 노마 문예 신인상(『코인로커 베이비스』, 1981), 타오르미나 영화제 최우수 감독상(이탈리아, 영화 〈토파즈〉, 1992), 히라바야시 다이코 문학상(『무라카미 류 영화 소설집』, 1996), 쿠바 문화 공로상(1996), 요미우리 문학상(『미소 수프』, 1998), 다니자키 준이치로 문학상(『공생충』, 2000) 등 수상. 1999년 이메일 매거진 'JMM(Japan Mail Media)'을 창간, 편집장, 아쿠타가와상 심사위원(2000~) 등으로 활동.

의 뒤를 잇는 '지식의 제너럴리스트'의 길을 걷기 시작한 것처럼 보입니다. 이제 그는 현대 사회의 모든 현상에 관심을 갖는 '전방위형 작가'입니다. 그 증거 중 하나가 『고쿠분가쿠』 임시 증간호(2001년 7월) 무라카미 류 특집입니다. ''현대의 첨단'을 가다'라는 부제가 달린 이 임시 증간호에는 대담, 에세이와 함께 「무라카미 류·변천하는 페이즈(phase) 6」('페이즈'는 무라카미가 즐겨 쓰는 말로, 저는 듣기만 해도 넌더리가 납니다)라는 특집으로 꾸며졌는데, 여기에 여섯 가지 측면에서 무라카미 류를 논한 글들이 실려 있습니다. 여섯 개의 페이즈란 세계 경제·금융 / 학교 / 전쟁·폭력 / 풍속 / 쿠바 음악 / 영화. 그중에서도 최근에 특히 눈에 띄는 것이 '경제·금융'에 대한 발언입니다. 유명 경제학자도 그에게 다음과 같이 찬사를 보냅니다.

일본 경제는 무라카미가 생각한 대로 나아가고 있다. 2001년 3월 2일 닛케이 평균 주가는 416엔으로 대폭 하락했다. 은행이 금리 인하를 발표하고 예산안이 중의원을 통과한 바로 그날이었다. 이 문장이 인쇄되는 시기의 상황을 예측할 수는 없지만, 『희망의 나라로 엑소더스』가 그리는 수렁으로 빠져들고 있는 듯하다. 무라카미 작품의 붕괴 감각―그 저류에는 '역사와의 일치'라는 섬뜩함이 감돌고 있다. _가네코 마사루, 「'환상의 경제'라는 현실―말기 증상의 경제 사회를 그리는 기법」, 『고쿠분가쿠』 임시 증간호, 2001년 7월

무라카미 류

무라카미의 저작과 활동은 오랫동안 축적된 경제학적 성과에 매우 충실하다. 연구자, 정치가, 저널리스트는 경제학적 성과의 축적을 현실 사회에 살리려는 노력을 해야 함에도 현재 일본 사회에서는 그것이 충분히 실현되고 있지 못하다. 물론 무라카미가 경제학적 실천을 의식하고 있다고는 생각하지 않는다. 그러나 그의 활동은 결과적으로 사회에 결여된 경제학의 실천적 부분을 훌륭하게 보완하고 있다. _다케나카 헤이조, 「무라카미 류는 엄청난 '정통파 이코노미스트'」, 위의 책

마르크스주의 경제학 출신 가네코 마사루와 고이즈미 내각 경제 정책 담당 장관인 다케나카 헤이조. 금융 정책, IT 정책 구조 개혁, 글로벌리즘에 대한 입장, 모두 정반대라고 할 수 있는 두 사람의 경제학자가 동시에 '무라카미 류야말로 훌륭한 경제학자'라고 평하는 부분은 흥미롭습니다. 마치 과학자들이 다치바나 다카시를 예찬한 것과 같은 구도처럼 보입니다. 다만 그들이 찬양하는 것이 소설(근미래 소설 『희망의 나라로 엑소더스』)이라는 점만 다를 뿐입니다.

특히 1990년대 후반 이후 무라카미 류는 저널리즘적인 문제작, 신문 경제면이나 사회면에 등장하는 사건을 소재로 한 소설을 잇달아 발표합니다. 다시 말해 논픽션으로 써도 될 만한 소재를 픽션으로 그리기 시작합니다. '소설은 읽고 난 후에 남는 게 없어서 안 읽는다'고 공언하는 사람도 적지 않은 작금의 문학 기

피 시대에 경제 문제, 교육 문제, 통신 기술을 적극적으로 다루어 비즈니스맨과 기자와 경제 전문가까지 폭넓게 독자로 끌어들이는 '드문 문학 작가' 무라카미 류. 1976년『한없이 투명에 가까운 블루』로 데뷔할 당시를 생각하면 도저히 상상할 수 없는 전개가 아닐 수 없습니다.

무라카미 하루키나 요시모토 바나나와 마찬가지로 무라카미 류 또한 '아마추어와 프로 모두에게 환영받는 작가'입니다. 그래서 무라카미 류 관련 정보도 홍수를 이룹니다. 신작이 나올 때면 각종 신문과 잡지에 서평이 실리는 것은 물론이고 직접 언론에 등장하여 저서 홍보도 하고, 아무개 아무개와 대담도 하고, 작품에 얽힌 사회 현상도 논하고…… 원래 작가가 설명하는 저작 해설은 소설 자체에 비하면 훨씬 어설픈 경우가 많은데, 무라카미 류는 운이 좋게도 많은 언론인이 알아서 이면의 깊은 뜻을 생각해주기도 합니다.[2] 또한 그 논자가 문학 전문가로만 한정되지 않는 것도 무라카미 류론의 특징입니다. 동시대 사람들에게 '무라카미 류'란 대체 무엇이었을까요?

'조잡 파워'의 존재감

사람들은 왜 무라카미 류에 대해 논하고 싶어 하는 것일까? 무라카미 류론을 정리한『군상 일본의 작가 무라카미 류』의 권말「수록문 해설」에서 나카야마 아키히코는 다음과 같이 말합니다.

무라카미 류를 읽는다는 것은 옷을 벗어던지고 싶은 유혹에 굴복하는 것과 다름없다. 『코인로커 베이비스』도 그렇고 『이비사』도 그렇고 『5분 후의 세계』도 그렇고 무라카미 류가 내뱉는 말들은 언제나 우리가 입고 있는 것을 벗도록 만든다. 설사 그것에 다소 망설임을 느낀다 해도 무라카미 류의 말을 접하게 되면 그럴듯한 의상으로 꾸민 나를 포기하지 않을 수 없게 된다. 아니 그보다는, 그렇게 하지 않으면 무라카미 류에게 접근할 수 없다는 사실을 자기도 모르는 새에 깨닫게 된다. 그리고 그것은 탈의가 의무화되어 있기 때문이 아니라 유혹에 이끌린 결과이다. _나카야마 아키히코, 「수록문 해설」, 『군상 일본의 작가 무라카미 류』, 1998

아무래도 좋지만 어딘지 모르게 저속한 느낌이 드는 해설입니다. 이것이 '무라카미 류 작품'이 아니라 '무라카미 류론'의 해설이라는 점에 이중의 저속함이 있는 것 같습니다. 그러나 이런 저속한 담론을 유발하는 면이 무라카미 류론(과 무라카미 류 작품)에는 있습니다. '옷을 벗어던지고 싶은 유혹'이라는 표현을 제 나름대로 다시 말하면 '긴장감을 없애는', '글 쓰는 사람을 솔직하게 만드는' 정도가 될까요? 요컨대 무라카미 류에게는 '독자를 바보로 만드는 힘'이 있다는 것입니다.

무라카미 류론을 가만히 보면 다음과 같은 두 가지 유형의 비평이 두드러진다는 사실을 알 수 있습니다.

(A) 개인적인 이야기를 말한 비평(감상문)

(B) 다른 작가와 비교하는 비평(비교론)

B에 대해서는 나중에 살펴보기로 하고 우선 A유형에 대해 말씀드리지요.

> 무라카미 류가 데뷔했을 때가 아마 내가 취직한 직후였을 거예요. 인상이 매우 강렬했죠. 우리 세대에서 이렇게 굉장한 작가가 나오다니, 이제 나는 문학을 접고 내 전문인 교육 행정에 전념해야겠다는 생각을 했어요. 무라카미 류는, 말하자면 세대의 대표자라는 느낌이었어요. _데라와키 겐, 「아이들의 반란과 커뮤니티」, 『고쿠분가쿠』임시 증간호, 2001년 7월

최근 교육 개혁으로 이름을 떨친 문부과학성 관료 데라와키 겐의 무라카미 류론입니다. 데라와키는 교육 행정의 프로라는 입장에서 류의 소설을 높이 산 뒤, "학교와 교육에 대한 사회적 관여라는 측면에서 보았을 때, 매우 날카로운 질문을 던지고 있다고 생각합니다"라고 평합니다. 그런데 위의 솔직한 말을 통해 '무라카미 류'라는 기호의 한 가지 의미를 이해할 수 있습니다. 바로 무라카미 류는 '또래 세대의 스타'라는 것입니다(데라와키 겐은 무라카미 류와 같은 1952년생). 그래서 또래들은 무라카미 류가 우리의 '별'이라는 사실을 이야기하지 않을 수 없습니다.

앞서 소개한 가네코 마사루와 다케나카 헤이조의 논고가 흥미로운 까닭도, 사실 '경제 전문가도 주목하는 무라카미 류'이기

때문만은 아닙니다.『희망의 나라로 엑소더스』의 결말에 동의하면서 "이런 느낌을 가지는 건 학창 시절에 여러 운동이 무참한 결말을 맞이하는 광경을 목격한 1952년생인 나뿐일지도 모르지만……"이라고 쓴 가네코도 무라카미와 동갑내기, "일요일 아침 텔레비전 토론 프로그램에서 무라카미 류가 무능한 정치가들을 혼내주는 날이 곧 올 것 같다"고 말하는 다케나카는 무라카미보다 한 살 많습니다. 그들 역시 무라카미 류와 같은 세대인 것입니다.

그럼 아랫세대는 어떠할까요.

지금 무라카미 씨는 일본에서 가장 중요한 인물 중 한 사람이니까, 음, 1만 6천 명 이상으로 추정되는 전국의 '해설 쓰고 싶어 안달난 여자아이'들을 밀어내고 제가 그 자리를 얻게 되어 매우 영광입니다. _요시모토 바나나,「영광의 해설」,『달려라 다카하시』고단샤 문고 해설, 1989

홀연히 나타난 무라카미 류 선생님은 나를 보자마자 / "다구치 씨 소설 너무 재미있었어요." / 하고 말씀하셨다. / 네? 아! 정말요? 나는 너무나 기쁜 나머지 현기증이 났다. _다구치 란디,「무라카미 류 선생님에 관해」,『고쿠분가쿠』임시 증간호, 2001년 7월호

류 선생님과 나는 친구. 이렇게 독자들에게 자랑하고 있을 뿐

입니다. 그래도 바나나와 란디는 명색이 작가인데요. 중학생 팬
도 아니고 이 철없는 '열광'은 뭘까요. 상대가 무라카미 하루키
였어도 그녀들은 이렇게 썼을까요? 역시 여기에도 무라카미 류
의 '독자를 바보로 만드는 힘'이 작용하고 있습니다. 그녀들에게
는 '무라카미 류 선생님'과 만났다는(지명되었다는) 일 자체가 하
나의 '사건'인 것입니다.

　무라카미 류가 1976년에 『한없이 투명에 가까운 블루』로 데뷔
했을 때의 일은 다시 설명할 필요가 없을 것입니다. 24세 미대생
이 쓴 이 작품은 군조 신인상과 아쿠타가와상을 수상하고 밀리
언셀러를 기록하며 사회 현상이 될 정도로 히트를 쳤습니다. 그
것이 중고교생에게도 하나의 사건이었다는 사실을 다음과 같은
말이 증명해줍니다.

　　그가 『한없이 투명에 가까운 블루』로 데뷔했을 당시 나는 중
　학생이었다. 내가 이미 소설가로서 살아가기로 결심을 굳혔던
　시기였다. 『한없이 투명에 가까운 블루』를 일독하고 나는 몹시
　흥분했다. 이런 말도 안 되는 일본어로 소설을 써도 괜찮다는 것
　을 알고 나를 얽매던 무엇인가가 사라지는 느낌이 들었다. _시마
　다 마사히코, 「일본 문학의 스메르자코프 ― 무라카미 류」, 『고쿠분가쿠』, 1993년 3월호

　그로부터 20여 년. 1970년대에 '소설을 이렇게 써도 되는가'라
는 충격을 던져준 20대 청년은 1990년대에 40대 중년이 되었고,

'경제(학교)에 대해 이렇게 써도 되는가'라는 충격을 경제계(교육계)에 안겨줍니다. 이론적으로는 있을 수 있는 일입니다. 또래 세대 감각, 철없는 팬 심리, 충격적인 데뷔. 무엇이 이유이든 간에 '무라카미 류'라는 기호에 뭔가 특별한 공감을 느끼는 사람이 적지 않음을 위의 인용이 말해주고 있습니다.

무라카미 류의 25년은 아마추어리즘의 힘으로 새 길을 개척했던 역사, 라고 해도 좋을 것입니다. 전문가적인 태도는 아무래도 긴장감을 유발시키고 사람을 좁은 장소에 가둡니다. 반면에 아마추어리즘은 읽는 이의 기분을 자유롭게 해주고 탁 트인 공간으로 이끌어줍니다. 그런데 아마추어리즘이란 무엇을 뜻할까요? 혹시 '조잡함'의 다른 이름은 아닐까요? 조잡한 무라카미 류는 '사람을 조잡하게 만드는 힘'을 갖고 있습니다. 사람들이 개인적인 이야기를 떠벌리는 것은 그의 조잡 파워에 영향을 받아서인지도 모릅니다.

와이드 쇼적인 안테나

무라카미 류는 저널리즘적인 모티브, 즉 신문의 사회면이나 경제면에 실릴 만한 주제를 소설 주제로 즐겨 사용했습니다.

그의 대표작을 하나 고르라고 했을 때, 여전히 『코인로커 베이비스』(1980년)를 꼽는 사람이 적지 않을 것입니다. 기쿠와 하시. 코인로커에 유기된 뒤 기적적으로 생환한 두 소년을 주인공으로 하는 이 소설의 해석에 관해서는 이미 많은 비평이 나와 있습니다만, 여기서 확인해두고 싶은 것은 이 소설의 설정 역시 '신문 사회면에 실린 사건'에서 따온 것이라는 사실입니다.

1973년 2월 시부야 역의 코인로커에서 영아의 시신이 발견되어 언론에 크게 보도되었습니다. 이후 유사 사건이 다수 발생, 그 해에만도 코인로커에 영아를 유기하는 사건이 마흔세 건이나 보고되었습니다. 『코인로커 베이비스』의 두 주인공의 경우 코인로커에서 발견된 시기가 1972년으로 현실과 다소 차이가 있지만,[3] 이 이야기가 '아직 보지 못한 1980년대'를 그리고 있다는 점에 주목할 필요가 있습니다. 이야기 후반에서 기쿠와 하시는 17세로 성장합니다. 즉, 1989년경이 무대가 됩니다. 『코인로커 베이비스』는 근과거(또는 동시대)에 발생한 사건을 근미래라는 무대로 옮겨 다시 재생시킴으로써 성립하는 장편이라고 할 수 있습니다.

같은 기법, 즉 '과거 또는 현재의 사건을 가까운 미래에 이식하는' 방식은 이후 무라카미 작품 대부분에서 답습됩니다. 『사랑과 환상의 파시즘』(1987년, 『주간 겐다이』 1984~1986년 연재)의 무대 역시 1989년부터 1990년으로 근미래 일본입니다. 이 소설의 주인공 도지와 제로는 『코인로커 베이비스』의 기쿠와 하시의 다른 버전이라고 할 수 있습니다. 경제 공황 속 근미래 세계. 미국의 다국적 기업과 일본의 파시스트당과의 대결. 약육강식의 도태에 의한 '혁명'을 꿈꾸는 젊은 주인공. 거품경제 태평성대를 구가하던 세상(1987년도 베스트셀러는 『샐러드 기념일』과 『노르웨이의 숲』

무라카미 류

이었습니다)에 철퇴를 가하는 이 소설은 그 후 블랙 먼데이로 시작되는 금융 공황, 톈안먼 사건, 베를린 장벽 붕괴 등을 예고라도 하는 듯 불길한 이미지로 가득 차 있습니다.

의도한 것인지 아니면 단순한 우연인지는 몰라도 무라카미 류의 작품 중에는 '뉴스 해설', '트렌드 예측'의 색을 띤 것이 적지 않습니다. 『테니스 보이의 우울』(1985년, 『브루투스(ブルータス)』 1982~1984년 연재)은 벼락부자의 생활과 사고방식을 그린 장편으로, 다가올 거품경제를 훌륭하게 내다본 작품입니다. 단편집 『토파즈』(1988)는 당시 세상을 떠들썩하게 한 성 노동 여성들을 소재로 하고 있습니다. 『5분 후의 세계』(1994)에는 걸프전쟁과 이듬해의 옴 진리교 사건을 떠올리게 하는 장면이 등장합니다. 또한 대장균 O157 소동이 벌어졌던 1996년 여름에는 『바이러스 전쟁』이 출간되고, 원조 교제를 하는 여고생이 주인공인 『러브&팝』이 같은 해에 발표됩니다. 이처럼 해가 갈수록 뉴스 해설의 정도가 심해집니다.

그리고 마침내 작품이 현실보다 앞서는 역전 현상까지 일어납니다. 외국인 청년의 동기 없는 무차별 살인을 그린 『미소 수프』를 요미우리 신문에 연재하던 때(1997년)에 일어난 '사카키바라 사건'. 그리고 '히키코모리' 청년을 주인공으로 한 『공생충』의 연재 중(『군조』 1998~1999년)에 발각된 니가타의 여성 감금 사건과 교토의 '데루쿠하노루' 초등학생 살해 사건. 두 사건의 범인이 모두 '히키코모리' 청년이었다는 사실이 보도되면서 무라카미 류에게는 '시대를 예견하는 작가'라는, 저널리즘이 좋아할 만한 평가가 더해지게 됩니다.

『희망의 나라로 엑소더스』(2000)는 이러한 기대에 부응하여 쓴 근미래 소설로 보입니다. 불황과 엔화 약세가 계속되는 상황 속에서 80만 명의 중학생이 집단으로 등교 거부를 결행, 인터넷을 통해 새로운 네트워크를 탄생시킨다는 이야기.『코인로커 베이비스』,『사랑과 환상의 파시즘』이후 류가 추구해온 '시스템 파괴' 이야기의 최신 버전이라고 할까요?

그런데 그는 왜 이렇게까지 시대와의 연관에 집착하는 것일까요?

시부야의 여고생 + 원조 교제 + 전화방 =『러브&팝』

히가시무라야마의 히키코모리 청년 + 가정 폭력 + 이메일 =『공생충』

등교 거부 중학생 + 경제 불황 + 인터넷 =『희망의 나라로 엑소더스』

현대의 첨단을 날카롭게 건드리는 작품이라고 하면 듣기에는 좋겠지요. 지쿠시 데쓰야 같은 이가 신이 나서 인터뷰하러 달려갈 그런 '요즘' 소재를 최신 통신 기술 등과 엮어 순식간에 소설로 써내는 무라카미 류. 그에게 보이는 것은 바로 '조잡' 파워입니다. 게다가 무라카미 류는 점점 조급해지고 있습니다. 현실과 작품 사이의 시간차가 갈수록 짧아지고 있으니 말입니다.『코인로커 베이비스』때까지만 해도 유지되던 약 10년이라는 시간 감

무라카미 류

각이 『희망의 나라로 엑소더스』에서는 불과 1~2년으로 좁혀져 있습니다. 어제 보도된 사건을 오늘 취재하고, 내일 작품으로 만든다. 마치 '5분 후의 뉴스쇼' 같습니다. 풍속이나 사건을 성급하게 이야기화하는 무라카미 류의 수법은 텔레비전 와이드 쇼의 그것과 같습니다.

아시다시피 와이드 쇼의 주된 화제는 더 이상 연예인 스캔들이 아닙니다. 그들(생산자와 소비자)이 좋아하는 것은 사건, 특히 엽기적 살인 사건입니다. 소재 자체는 신문이나 잡지의 내용을 빌려온 것에 지나지 않기 때문에 프로그램은 필연적으로 전문가라는 이름을 단 정신과의사나 범죄심리학자를 스튜디오에 부르거나, '동네 이웃' 같은 무책임한 인물을 취재하여 사건의 동기와 배경을 예측하는 탐정 놀이를 시작합니다. 와이드 쇼가 과장된 음악, 효과음과 함께 묘사하는 '현대'는 그 규모와 질적인 면에서 무라카미 류가 그리는 '현대'와 비슷합니다. 물론 그가 텔레비전을 보고 소설을 쓰고 있다는 의미가 아닙니다. 무라카미 류에게 내장된 '시대를 읽는 센서'와 대중적인 텔레비전 뉴스의 '시대를 읽는 센서'가 같은 종류의 것이라는 의미입니다.

이것을 호의적으로 표현하면 다음과 같을까요.

(무라카미 류가—인용자 주) 개인의 운명, 개인의 영혼보다 일본이라는 나라, 사회에 대해 이렇게까지 강한 관심을 가지고 있다는 데 감탄한다. 어떤 의미에서 그것은 르포르타주다. 그러나

들은 이야기를 그냥 쓰는 것이 아니라, 픽션이라는 기법으로 그 밀도를 수십 배로 올린 뒤에 르포르타주적인 면을 추가로 삽입한다. 현대 일본인의 삶의 방식에 대한 흥미야말로 무라카미 씨의 원동력이 아닐까. _이케자와 나쓰키 인터뷰, 무라카미 류와의 대담 「'현대'의 첨단을 가다」, 『고쿠분가쿠』 임시 증간호, 2001년 7월

무라카미 류 자신은 "사회 같은 것에는 그다지 관심이 없습니다"라고 부인합니다만,[4] 류의 작품은 어느 정도 르포르타주 역할을 하고 있습니다.

사실 감각적으로는 와이드 쇼의 센스를 가지고 있으나, 사건이나 사회 현상을 바라보는 시각 측면에서 류의 작품은 왕년의 르포르타주와 비슷한 부분이 있습니다. 무라카미 류는 결코 '선량한' 쪽의 입장을 취하지 않습니다. 불량, 반사회, 반시민. 그의 소설 세계는 질서를 무너뜨리는 쪽, 범죄를 저지르는 쪽, 사람을 죽이는 쪽에서 구축되어 있습니다.

그것은 발표 매체와도 어느 정도 관계가 있을 터입니다. 무라카미 류의 작품 대부분은 문예지가 아니라 주간지나 남성 잡지에 연재되었습니다. 문학 따위에는 그다지 흥미가 없는 독자를 상대함으로써 발생하는 긴장감이 류의 작품에 현대적 사실감을 부여했던 것인지도 모르겠습니다. 또 그의 소설은 언제나 게재지 독자층에 침을 뱉는 듯한 입장을 취하고 있습니다. 예를 들어 『테니스 보이의 우울』은 『브루투스』의 독자에게 '너희도 사실 이

무라카미 류

런 속물이잖아?'라는 메시지를 보내고,『사랑과 환상의 파시즘』
은『주간 겐다이』의 독자에게 '너희 같은 말단 샐러리맨은 도태
될 수밖에 없어'라는 독설을 퍼붓습니다.

여기서 생각해보고 싶은 것은 '리얼리티'란 과연 무엇인가라
는 점입니다.

무라카미 류의 소설은 현실에 허구성을 접목하여(이케자와 나
쓰키식으로 말하면 르포르타주의 면을 남김으로써) 실제로는 있을
수 없는 비현실적인 이야기의 리얼리티를 확보합니다. 이제는
그것이 당연하게 되어버린 탓에 우리는 '류 월드'의 비정상, 허
구성, 비현실감에 더 이상 놀라지 않습니다. 그러나 1980년『코
인로커 베이비스』가 발표됐을 때, 서평은 반드시 호의적이지만
은 않았습니다. 문단 내부의 평가는 차치하더라도 예를 들어, 일
반 주간지의 익명 서평란에서는 부정적 의미로 '극화적'이라는
표현이 사용되고 있습니다.

"작가는 그것을 남색, 광인의 환각 등의 추악한 이미지로 칠하
고 있기 때문에 전체적으로 극화풍의 거짓 세계가 되어버린다"
(『주간 분슌』, 1980년 12월 11일호), "재미있는 소설이지만, 그 재미
는 마치 장대한 극화를 보는 재미와 같다. 젊은 작가들의 소설에
대한 상상력이 거의 한결같이 '극화적'인 것은 무슨 이유에서일
까"(『주간 아사히』, 1980년 11월 28일호)라는 식입니다.

이런 순진하기도 하고 또 시대착오적이기도 한 감상을 말하는
사람은 지금은 거의 찾아보기 힘듭니다. 20년 전에 비해 현대 사

회가 더욱 '극화적'이 되어서 그런 걸까요. 어쩌면 우리가 '극화적으로 사물을 보는 데' 익숙해져버린 탓인지도 모르겠습니다.

와이드 쇼 역시 현실을 '극화적'으로 잘라내는 기법의 하나입니다. 그리고 무라카미 류의 '리얼리티'도 거기에서 생겨납니다. 즉, 다음과 같이 말할 수 있습니다.

무라카미 류의 진의가 어떠하든, 이러한 '알기 쉬움', 즉 독자가 멋대로 받아들이기 쉬운 주제를 다룬다는 점이 무라카미 류를 대중적인 존재로 만든 요인의 하나임은 부인하기 어렵다. (…) 예를 들어 SM이나 유아 학대나 대량 살육 같은 부도덕하고 음산한 소재를 다루더라도 독자는 '무라카미 류는 이런 현대적인 병리를 다룸으로써 인간에게 진실로 소중한 것을 부각하고 있다'는 식으로 제멋대로 해석할 가능성이 있고, 그러한 착각은 즉각적으로 '문학=인간의 어두운 부분을 그리는 것'이라는 구태의연한 도식을 연상시킨다. '철저하게 세속적이면 곧 성스러워진다'는 것이다. _구리하라 유이치로, 「무라카미 류 '압도적인 위기감'이 결여된 일본인의 소모품」, 『별책 다카라지마 요즈음의 '문학'』, 2000

이 인용문에서 말하는 '제멋대로의 해석'과 '착각'이 통용되는 이유는 무엇일까요. 거기에는 어쩌면 문예비평이 한몫했는지도 모릅니다.

아직 B유형의 비평은 말씀드리지 않았습니다. 조잡함의 감염.

무라카미 류

무라카미 류의 소설이 '극화적'이라면 문학촌의 무라카미 류론
도 '극화적'이었습니다. 그것이 B유형의 비교론입니다.

두 명의 무라카미라는 픽션

문학계에는 '두 명의 무라카미'라는 말이 있습니다. '두 명의
무라카미 이후의 문학 신을 읽는다'나 '두 명의 무라카미를 잇는
기대되는 신인 작가'와 같이 사용됩니다. 마치 『코인로커 베이비
스』의 기쿠와 하시, 『사랑과 환상의 파시즘』의 도지와 제로처럼,
무라카미 류에게는 쌍둥이 형제처럼 언제나 따라붙는 작가가 있
습니다. 바로 무라카미 하루키입니다.

> 무라카미 하루키의 작품 세계에서는 언제나 기분 좋은 바, 음
> 악, 맥주, 대화를 즐길 수 있지만 무라카미 류의 세계에서는 기
> 분을 해할 정도의 오물, 잡음, 피, 호통 소리로 정신이 없다. 무라
> 카미 하루키에게 피츠제럴드가 있다면 무라카미 류에게는 루이
> 페르디낭 셀린이나 헨리 밀러가 있다. (…) 무라카미 하루키는
> 의식적인 '감각'으로 이야기를 말하려 하고 무라카미 류는 의식
> 적인 '육체'로 이야기를 꿈꾸려 한다. _가와모토 사부로, 「'도시' 속의 작가
> 들―무라카미 하루키, 무라카미 류의 경우」, 『분가쿠카이』, 1981년 11월호

가와모토 사부로가 이렇게 썼을 당시, 하루키는 『양을 쫓는 모
험』을 발표하지 않은 상태였고, 류는 『코인로커 베이비스』를 발

표한 직후였습니다. 일찌감치 양자의 차이에 주목했던 것은 혜안이라고 할 수 있습니다. 왜냐하면 하루키가 『노르웨이의 숲』을 내놓고 류가 『사랑과 환상의 파시즘』을 내놓아 화제가 된 1987년을 전후로 각종 잡지 지면에 '당신은 하루키파? 류파?'라는 식의 기사가 잇달아 등장하기 때문입니다.

두 무라카미를 합치면 지금 일본에서 가장 유행하는 감성이 드러나요. (…) 도쿄를 살아가는 일본인 모두가 잠재적으로 지닌 '극단적인 두 가지 감성'이라고 생각해요.(…) 두 사람 다 밖으로 드러난 '힘'을 어떻게 처리하면 좋을까 하는 문제와 씨름하고 있는 것이 아닐까요. _나카자와 신이치 담, 「달빛의 시대―무라카미 류와 무라카미 하루키의 '두 세계'가 비추는 도쿄의 지금」, 『보이스』, 1988년 4월호

'무라카미 하루키를 읽으면 내성적으로 되면서도 기분이 좋아지는 느낌이 든다. 즉, 하루키는 마리화나 같은 효과를 준다. 반면에 무라카미 류를 읽으면 강렬한 쾌락을 느낀다. 즉, 류는 각성제라고 할 수 있다'라는 시시하지만 대중에게는 잘 먹힐 만한 코멘트가 실려 있길래 대체 누가 한 말인가 하고 보니 '작가 가메와다 다케시'라고 쓰여 있어서 놀랐다. _가메와다 다케시, 「하루키가 대마라면 류는 각성제」, 『쓰쿠루(創)』, 1989년 3월호

류 씨의 책에는 남자들만이 '느끼는' 무언가가 있다고 하죠.

그런데 여자들은 그것을 지저분하다고 느껴요. (…) 류 씨의 이
미지는 우선 폭력적. 느끼하고 동물적. 무섭다. 하지만 하루키
씨는 식물적이고 갑자기 달려들지도 않아요. _무레 요코, 「동물적인 무
라카미 류와 식물적인 무라카미 하루키」, 『분게이슌주』, 1991년 2월호

류가 각성제이고 하루키가 대마. 류가 동물적이고 하루키는 식
물적. 한심한 코멘트라고 일축할 수도 있습니다만, 텔레비전 트
렌디 드라마의 인기 여배우 아사노 유코와 아사노 아쓰코를 일
컬어 '더블 아사노'라고 호칭하던 시절이었으니 뭐 이런 식의 말
장난을 하고 싶은 심정도 이해가 갑니다.

　그러나 두 명의 무라카미 비교론은 단순한 말장난으로 멈추지
않았습니다. 오히려 문예비평 쪽에서 말장난에 열중하기 시작합
니다. 특히 1991년 걸프전쟁 이후 하루키의 『태엽 감는 새』와 류
의 『5분 후의 세계』가 거의 같은 시기에 출간되자 두 명의 무라
카미 비교론은 자명한 것으로 도식화되고 양산되어갑니다. 두
작품은 공통적으로 전쟁이라는 주제를 다루고 있습니다.

　그럼 비평가들이 자신 있게 전개하는 비교론의 합창 대회를
잠시 감상하시기 바랍니다.

　무라카미 하루키와 무라카미 류. 1980년대 일본 문학을 대표
하는 두 작가는 1990년대에 어떤 식으로 살아남고자 하는 것일
까. (…) 무라카미 하루키의 『태엽 감는 새』와 무라카미 류의 『5

분 후의 세계』는 그 질문에 대한 현재의 대답으로 읽을 수 있다. (…) (『태엽 감는 새』는― 인용자 주) '맥주와 소파의 미적 차이를 즐기는 것만으로는 해소할 수 없는 공허'와 직면하고 받아들이려 노력한다. (…) /『코인로커 베이비스』에서 '다투라(주인공 기쿠가 세상을 파괴하기 위해 해저에서 찾아내 도쿄 상공에 살포하는 초강력 살인 홍분제―옮긴이 주)'를 통해 1970년대 이전 시기에 대한 완전 부정, 완전 파괴를 선언한 무라카미 류의 경우는 어떠할까. (…)『5분 후의 세계』에서 무라카미 류는 걸프전쟁 이후 시대의 '다투라'의 행방을 추적하려고 의식적으로 노력한다. _가

사이 기요시, 「패럴렐 월드의 '다투라'」, 『와세다 분가쿠(早稻田文學)』, 1994년 9월호

일반적으로 '문학'이라고 불리는 작품은 독자와의 관계 측면에서 기본적으로 두 종류로 나눌 수 있다. / 우선 독자라는 주체를 결코 침범하지 않는 작품. (…) 나는 그것을 '읽을거리'라고 부른다. (…) 예를 들어 무라카미 하루키는 현대 최고의 '읽을거리' 작가라고 할 수 있다. 그러나 『노르웨이의 숲』과 『태엽 감는 새』에 깊이 매료된 당신은 책을 읽은 후 지금까지와는 전혀 다른 어떤 일을 해보고 싶다는 마음이 들었는가? / 이와 반대로 자기 삶의 원근법의 일부(혹은 대부분)를 바꾸지 않고는 도저히 견딜 수 없는 강력한 힘을 가진 소수의 작품이 있다. 만일 이러한 종류의 작품만을 '소설'로 부른다면 무라카미 류는 틀림없이 그런 '소설가' 중의 한 명이다. 그의 작품을 읽은 후에는 표현할 수

무라카미 류

없는 어떤 힘이 나를 관통한 듯해서 무언가를 처음부터 다시 시작하고 싶어지는 마음이 들기 때문이다. _와타나베 나오미, 「전사와 같이」, 『5분 후의 세계』 겐토샤 문고 해설, 1997

1970년대 후반 일본에 포스트 히스토리컬(포스트모던)적 경향이 나타났다면 하나는 틀림없이 무라카미 류이고 다른 하나는 무라카미 하루키이다. 그러나 이 두 사람은 대조적이다. 하루키가 '의미'를 허무화하기 위해 아이러니컬한 자의식의 섬세함을 과시하는 반면에, 류는 압도적인 동물성 속에서 '의미'의 싹을 느낀다. _가라타니 고진, 「상상력의 베이스」, 『무라카미 류 자선 소설집』 해설, 1997

무라카미 류가 사이코 서스펜스를 쓰면서 '현실'의 도움을 원하는 데 반해, 무라카미 하루키는 '사실'을 묘사하면서 거기에 사이코 서스펜스적인 플롯을 의도적으로 인용한다. 그것은 이 두 필자의 '역사'에 대한 태도의 질적 차이에서 비롯되었다. _오쓰카 에이지, 「무라카미 하루키와 무라카미 류—왜 한쪽은 '역사'를 말하고 다른 쪽은 말하지 못했던 것인가」, 『보이스』, 1999년 12월호

얼핏 두 명의 무라카미 비교론은 그럴듯하게 보이기도 하고 설득력도 있습니다. 하지만 어쩌면 이것도 무라카미 류의 '사람을 조잡하게 만드는 힘'에 영향을 받은 비평이 아닐까요.
비교론을 시작할 작정이라면 아예 하루키 작품에 등장하는 두

인물('보쿠'와 쥐)과 류의 작품에 등장하는 두 인물(기쿠와 하시)을 가져다놓고 쌍둥이 텍스트 분석이라도 하는 편이 더 생산적이지 않을까 싶습니다만.

제가 이런 비교론을 의심스럽게 생각하는 데는 두 가지 이유가 있습니다.

첫째, 만약 류나 하루키 둘 중 하나의 이름이 '무라카미'가 아니었다면 어쩌했을까요. 만약 사이온지, 이주인, 무샤노코지 같은 이름이었다면 그래도 이런 비교론이 성립했을까요? 또는 나카가미 겐지의 이름이 무라카미 겐지였다면 현대 문학의 구도 역시 변화했을까요? 아니면 무라카미 하루키가 무라카미 하루코라는 여성 작가였다면 어땠을까요. 누군가 대답해주었으면 합니다.

둘째, 무라카미 비교론자들은 모두 결국에는 무라카미 류의 손을 들어준다는 것입니다. 이런 경향은 『노르웨이의 숲』 vs 『파시즘』, 『태엽 감는 새』 vs 『5분 후의 세계』와 같이 시간이 흐를수록 더 뚜렷해집니다. 류를 찬양하기 위해 하루키를 폄하하거나 류의 특질을 부각하기 위해 하루키를 이용하는 도식으로, 그 반대는 없습니다. 무라카미 하루키론이 오타쿠적인 텍스트 해독에 빠졌다는 사실을 떠올려주시기 바랍니다. 확실히 류의 작품은 하루키 작품과 비교하면 동물적이고 각성제적이고 육체파이고 남성적이고 역사나 의미와 대면하고 있을지도 모릅니다. 그러나 이항 대립의 도식으로 인해 놓치는 것이 있지는 않은지요. 하루키와의 대비로 인해 류를 잘못 이해할 가능성은 없는지요.

단순히 세대가 가깝고 데뷔한 해가 비슷하고 성이 같다는 이유로 두 작가를 비교하는 것. 그것은 그들이 '시대'에 묶여 있다는 사실을 보여주는 증거입니다. 이 시기에 이 작품을 쓴 무라카미 류. 그럼 '또 한 명의 인기 작가의 경우에는?' 이런 식의 연상이 이어지면서 무라카미 하루키의 이름이 필연적으로 나오게 됩니다. 아니라고요? 아니요, 아마 맞을 겁니다. 요컨대 무라카미 류의 소설이 텔레비전 와이드 쇼라고 한다면, 무라카미 비교론에 빠진 비평은 와이드 쇼의 해설자인 것입니다.

해설자의 힘은 강력합니다. 경제에 대해 쓰면 경제학자들이 추천서를 써주고, 중학생의 반란에 대해 쓰면 문부과학성 관료가 보증서를 써주고, 아무것이나 쓰면 문예비평가들이 (쌍둥이 형제와의 비교론을 펼치며) 너는 동물적이다, 각성제적이다, 역사를 알고 있다고 칭찬해줍니다. 전속 해설자의 독해가 무라카미 류 월드를 지탱해왔다는 사실은 부정할 수 없습니다.

게임 소프트웨어 제공자로 쌍둥이 형제가 소비되었다고 한다면, 그중 한 사람은 뉴스쇼를 진행하는 사회자로 떠받들어졌다고나 할까요?

작가가 픽션이라는 무장을 풀 때

개인적인 이야기를 하게 하고 시대에 대해 말하게 하는 무라카미 류의 작품은, 무라카미 하루키와는 다른 의미에서 독자의 참여를 부추기는 텍스트라고 할 수 있습니다. 저는 무라카미 류의 조잡함이 사랑할 만한 것이라고도 생각합니다. 그러나 류의 작품이 뛰어난 것은 그의 '시대를 읽는 눈', '현대를 포착하는 힘' 때문일까요? 저는 오히려 반대라는 생각이 듭니다. 무라카미 류의 힘은 이야기가 현실로부터 이탈할 때 효과를 발휘합니다.

현실(논픽션)보다 허구(픽션)의 분량이 많아질 때 무라카미 류의 이야기 세계는 리얼하게 다가옵니다. 그러나 역설적이게도, 픽션이라는 무장을 풀고 허구의 분량이 적어질수록 류 월드는 무참한 파열을 보입니다. 말씀드리기 좀 그렇지만, 무라카미 류의 수필에는 사람을 설득시키는 힘이 없고, 논픽션으로 현실을 재구성하는 힘은 더더욱 없습니다. 이 점이야말로 쌍둥이 형제 무라카미 하루키가 수필을 통해 양질의 독자를 획득하는 것과 대조적입니다. 그 예를 보여드리지요.

꾀라는 말은 여자를 위해 있는 말이다. 생물학 차원에서 보자면 여자에게 지혜는 없다. 지혜라는 것은 부성이라는 환상을 업고 있는 남자에게만 있는 것이다. (…) 구축 과정에서 남자는 지혜를 만들어낸다. / 그래서 여자에게 지혜는 없다. 바보 같은 여자일수록 귀엽다는 것은 맞는 말이다. 바보라는 말의 의미 때문에 많이 싸우곤 하는데 바보란 것은 단순하고 솔직하다는 의미이다. 생리적인 부분에 의지한다는 것이다. / 그도 그럴 것이, 여자가 생리가 아닌 로직(지혜)에 의지한다면 아이를 낳지 않을

무라카미 류

게 분명하지 않은가. _무라카미 류, 『모든 남자는 소모품이다』, 1987

수필집 『모든 남자는 소모품이다』의 한 구절입니다. 원래 남성 잡지 『더 베스트 매거진』에 연재(1984~1987년)된 글이라 그런지 모르겠으나, 다치바나 다카시도 울고 갈 '여성 차별적' 내용입니다. 그렇지만 페미니즘이 대두했던 '여성 시대'에 발표된 글이라는 점을 생각하면, 이것도 시대에 침을 뱉는 자세의 일환으로 볼 수 있습니다. 그런데 문제는 이 글이 그 기능을 제대로 하고 있는가 하는 것입니다.

현재 두 가지 버전으로 나와 있는 이 책의 문고판에 실린 해설이 모든 것을 설명하고 있습니다.

이 책에는 매력 가득한 부정적 언어가 등장해 어리석은 사람들을 안심시킨다. 거기에는 이중의 의미가 포함되어 있다고 여기게 하기 때문이다. (…) 그러나 이 말들에 숨겨진 의미 같은 것은 없다. 약한 남자는 어떻게 설명해도 그저 약할 뿐이다. 여자는 위대하다고 말하면서 자기 긍정의 요소를 찾으려 해도 그런 것은 뻔뻔스러울 뿐이다. / 긍정적 언어도 마찬가지다. (…) 무라카미 류는 의미 없는 말에 의미를 부여해서 독자를 지치게 하는 데 탁월하다. 이런 사람을 가리켜 허풍쟁이라고 부르지 않는가? _야마다 에이미, 『모든 남자는 소모품이다』 가도카와 문고 해설, 1990

무라카미 류가 집요하게 추구하는 '남자'는, 내 눈에는 떼를 쓰는 어린아이, 허풍 떠는 남자아이처럼 보인다. / 의식적인 것인지 무의식적인 것인지 모르겠으나 전체를 통해 강하게 관철되는 그 '거만한' 말투와 반복적인 논리의 비약 때문에 그렇게 보이는 듯하다. / 가끔 '무슨 말을 하려고 했었는지 잊어버렸다. 다른 이야기를 해보자' 같은 대사가 나오는데, 곤란한 상황에서 '나도 몰라' 하고 넘어갈 수 있는 것은 어린아이만이 가지는 특권이다.

_시마모리 미치코, 『모든 남자는 소모품이다』 슈에이샤 문고 해설, 1993

야마다 에이미의 해설은 문고 해설 역사에 남을 훌륭한 해설입니다. 그녀는 "나는 이 책을 매우 싫어한다", "그의 몇몇 훌륭한 소설에까지 촌스러운 이미지를 덮어씌우는 최악의 수필집이라고 생각한다"며 무라카미 류가 너무 오랫동안 '최연소 아쿠타가와상 작가' 타이틀을 달고 있었던 탓에 망가진 것이 아닐까 하는 추측을 합니다. 시마모리 미치코의 해설도 내용적으로는 거의 같습니다. 요컨대 그녀들이 말하는 바는 '나쁜 남자 행세를 하지만 사실은 그냥 허세를 부리는 시골 아이'라는 것입니다.

무라카미 류의 한계. 그것이 드러난 또 하나의 예는 바로 『러브&팝』(1996)입니다. 원조 교제라는 이름의 매춘 행위에 손을 댄 여고생의 하루를 그린 이 소설은 류의 작품 중에서도 '논픽션도'가 높은 작품으로, 잡지에 등장하는 브랜드, 패스트푸드점 계산대에서 나누는 대화, 전화방 메시지 녹음, 대여 비디오의 제목,

텔레비전에서 흘러나오는 음성, 충견 하치 동상 앞의 시끄러운 소리들을 아무 편집 없이 그대로 삽입하고 있습니다. 그러나 이런 '취재 성과'는 정리되지 않은 데이터를 그저 나열한 데 지나지 않는, 논픽션으로 치자면 '부실'한 '매수(枚數) 벌이'라는 비난을 면할 수 없습니다. 무라카미 류의 소설이었기 때문에 그것도 하나의 '기법'으로 용인될 수 있었습니다만, '후기'는 그야말로 쓸데없는 사족이었습니다.

"담당 편집자와 둘이서 '이런 곳을 서성거리다 사진이라도 찍히면……' 이런 말을 주고받으며 시부야 중심가에서 여고생을 헌팅하기도 했고 전화방 녹음을 수없이 들었고 (…) 전화방과 러브호텔까지 취재하러 갔었다"고 고백한 뒤 그는 이렇게 덧붙입니다.[5]

> 귀중한 정보를 제공해준 아야, 요코, 유미 양을 비롯한 수십 명의 여고생 여러분, 정말 고마워요. / 나는 당신들 편에 서서 이 소설을 썼습니다. _『러브&팝』 후기, 1996

무라카미 류는 시부야 거리에서 어떤 '취재'를 했던 것일까요? 그 좋은 표본이 출판되어 있습니다. 『러브&팝』 이후 나온 인터뷰집 『꿈꾸는 시절이 지나면 — 무라카미 류 vs 여고생 51명』(1998)입니다. 이 역시 편집되지 않은 취재 노트 수준입니다. 그 일부를 소개합니다.

무라카미: 여고생을 많이 인터뷰하고 있어요.

가나: 네.

무라카미: 여고생 입장에서는 당연한 건데, 여고생이라고 다 같은 게 아니거든. 성격도 물론 그렇고, 사고방식이나 여러 가지에 대한 생각이 모두 다르니까. 그런데 사람들은 여고생을 하나로 묶어요. '고갸루(소녀를 뜻하는 미국식 영어 'gal'에서 파생된 조어. 진한 화장과 과장된 헤어스타일, 짧은 치마를 입고 다니는 여고생들을 가리킨다. 원조 교제나 불량스러운 모습 때문에 사회적 문제가 되기도 했다―옮긴이 주)'라고. 물론 개중에는 진짜 그런 애들도 있으니까 어쩔 수 없는 부분도 있긴 하지만. 그런데 이 인터뷰는 여고생 하나하나가 다 다르고, 또 사람들이 생각하는 것보다 훨씬 더 열심히 살고 있다는 걸 전하기 위해서 하는 거예요.

가나: 네. _『꿈꾸는 시절이 지나면―무라카미 류 vs 여고생 51명』, 1998

이런 것까지 출판하고 있습니다. 제가 만약 주간지 자료 담당 취재자였다면 화를 냈을 겁니다. 줄곧 불량한 편, 반사회적인 편을 들었던 무라카미 류였으니 '여고생 편'도 들 수 있으리라 생각했는지 모릅니다. 그러나 세상은 그렇게 만만하지 않습니다. 작가와 여고생 사이에서 드러나는 결정적인 불통.

무라카미 류는 각계각층의 거물과 수많은 대담, 인터뷰를 해 왔습니다. 그러나 그것이 성립할 수 있었던 까닭은 그가 '연소자

=아이'라는 입장에 있었기 때문입니다. 여고생 인터뷰집에서 느껴지는 것은 '연장자=어른' 입장에 선 중년 남자가 어쩔 줄 몰라하며 허둥대는 당혹감과 비애입니다. 이에 대해 아카사카 마리는 이렇게 말합니다.

> 생각해보면 최근 들어 무라카미 류를 읽지 않게 된 것은 『러브&팝』의 후기를 읽고 나서부터였던 듯하다. '(여고생 여러분) 저는 당신들 편에서 이 소설을 썼습니다'라는 구절을 읽고 '응? 완전히 이질적인 것에는 처음부터 동화될 수 있다는 건가?'라는 의문이 떠올랐기 때문이다. 그리고 그 의문은 여전히 나의 기분을 상하게 한다. _아카사카 마리, 「위화감과의 조우」, 『유리이카』 임시 증간호, 1997년 6월

수필집 『모든 남자는 소모품이다』와 인터뷰집 『꿈꾸는 시절이 지나면 — 무라카미 류 vs 여고생 51명』은 소설보다 가공도가 낮은 책입니다. '생생한 현실'과 '육성'이 노출되어 있는 만큼 논픽션도도 높습니다(물론 모든 책은 허구성으로부터 완전하게 자유롭지 못합니다만). 그러나 그것들에 현실성(actuality)은 없습니다. 왜일까요?

그 이유 중 하나는 무라카미 류에게 논픽션을 다룰 자질이 없다는 것입니다. '만나보면 알 수 있을 것', '말해보면 알 수 있을 것' 같은 생각은 체험주의가 가진 고약한 환상으로, '이런 곳을

서성거리다 사진이라도 찍히면……' 이런 순진한 걱정까지 털어
놓는 연약한 중년 남자가 시부야 여고생을 직격 인터뷰한들 거
기서 얻어낼 수 있는 성과란 뻔합니다.

　또 하나는 류의 작품에 넘치는 '힘', '동물성', '폭력', '현실 의
식', '역사의식' 등이 과연 진짜인가라는 문제입니다. 무라카미
하루키와 비교해서 그렇게 느껴질 뿐 실은 그것도 '어린아이의
허세'에 지나지 않았는지 모릅니다.

　　나는 (…) 무라카미 류가 '마초'적인 발언을 반복하는 것을 매
　우 유감스럽게 생각하는 한편, 그의 마치스모(machismo, 남성우
　월주의)가 과연 진짜인가라는 의문도 품고 있다. 데뷔작『한없이
　투명에 가까운 블루』를 떠올려보면, 주인공 류는 분명히 폭력적
　충동을 가지고 있으나 기본적으로는 부드러운 성격이고, 마초적
　인 것과는 상반되는 수동성과 마조히즘적 자질을 지닌 청년이
　아니었던가. / 막연한 추측에 지나지 않지만, 무라카미 류는『코
　인로커 베이비스』때부터 의식적으로 능동적, 가학적인 남자가
　되려고 하는 것 같다. ＿마쓰우라 리에코,「'비'남성 작가로서의 무라카미 류」,『군상
　일본의 작가 무라카미 류』

아카사카 마리가 느낀 위화감, 마쓰우라 리에코가 표명하는 회
의감 속에는 조잡한 비평들이 놓치고 있는 관점이 들어 있습니다.
무라카미 류의 작품은 확실히 와이드 쇼의 성질을 띱니다. 그

　　　　　　　　　　　　　　　　　　　　무라카미 류

러나 그것은 류의 작품에 르포르타주성이 있어서가 아닙니다. 오히려 그 반대로, 일견 현실 밀착적인 것처럼 꾸며져 있지만 사실은 터무니없을 정도로 허구성이 높은 '이야기'를 하고 있기 때문에 와이드 쇼가 되는 것입니다. 그리고 이야기를 더 크고 강하게 폭력적으로 확대하는 것은 새끼 고양이가 호랑이 흉내를 내는 방식, 비둘기가 매를 흉내 내는 방식과 같습니다. 그가 경제와 교육과 정치에 대해 열심히 논하는 것도 호랑이가 되기 위한 방법의 일환이라고 하면 이해가 갑니다.

새끼 고양이에게 호랑이의 옷을 입혀 '극화적'으로 다시 구성하지 않으면 만족하지 못하는 것은 비단 무라카미 류만이 아닙니다. 걸프전쟁, 한신·아와지 대지진, 옴 진리교 사건, 2001년 9월 미국에서 동시 다발적으로 일어났던 테러 사건……[6] 1990년대 이후 큰 사건이나 사고가 일어날 때마다 '영화 같다', '애니메이션 같다', '어디선가 본 적이 있는 광경이다' 이런 소리가 들렸던 것을 기억하나요.

이것은 무라카미 류의 황당무계한 소설이 인기를 얻게 된 과정과도, 와이드 쇼라고 하는 픽션도 논픽션도 아닌 '뉴스 해설'이 정착하게 된 과정과도 겹쳐 있습니다. 언제부터인가 사람들은 '이야기' 없이는 현실을 파악할 수 없게 되었습니다. 우리에게 대중적인 감각의 값싼 드라마를 제공해주는 와이드 쇼와, 상식을 뒤엎는 파격적이고 화려한 이야기를 제공해주는 무라카미 류는 그 사회적 기능이 같습니다. 바로 '사람들에게 안심감을 전하는 것'입니다.

『무라카미 류 요리 소설집』(1988)이 나온 직후 다나카 야스오는 야마다 에이미와의 대담(『분게이』, 1989년 12월호)에서 재미있는 이야기를 합니다. 샴페인 하면 돔 페리뇽을 떠올리고 벨루가산 철갑상어 알이 있으면 '리치'하다고 여기는『무라카미 류 요리 소설집』의 감각이란, 돔 페리뇽도 철갑상어 알도 먹어본 적이 없는 일본인이 마음 편하게 입장할 수 있는 '동경의 세계'라는 것입니다. "다나카 야스오가 요리 얘기를 쓰면 '뭐야 이 녀석, 여자하고 맛있는 거 먹고 돌아다니네' 이렇게 되는데, 류가 쓰면 유행에 뒤처진 사람도 반발하지 않고 받아들일 수가 있어요." 무라카미 류가 쓰는 '리얼리티'란 안심감을 제공하기 위한 재료. 그렇습니다. 무라카미 류와 비교해야 할 대상은 무라카미 하루키가 아니라 다나카 야스오입니다.

1 \ 이외에 1999년부터 운영하고 있는 이메일 매거진 JMM을 서적화한 시리즈(NHK출판)도 있는데 이쪽은 더 계몽적이다. 『고용 문제를 생각한다』, 『벤처 캐피털·새로운 금융 전략』, 『소득 재분배 ≠ 경제 안정화』, 『청년 노동자의 위기』, 『기업 경영의 미래』, 『'잃어버린 10년'을 묻는다』, 『수요가 부족하다!』, 『대립과 자립—구조 개혁이 낳은 것』, 『IT혁명의 리얼리티』, 『교육의 경제 합리성』, 『소년 범죄와 심리 경제학』, 『금융의 민주화』 등 제목을 열거하다보면 '대체 당신의 직업은 무엇?'이라는 의문이 떠오른다.

2 \ 다만 단행본으로 정리된 무라카미 류론은 의외로 많지 않다. 노자키 로쿠스케의 『류 바이러스』(1998), 진노 도시후미의 『류 이후의 세계—무라카미 류라는 '최종 병기'』(1998) 등.

3 \ 다치바나 다카시는 1972년에 다수 발생한 유아 학대와 영아 살인을 소재로 「영아 살해의 사회학」(『문명의 역설』에 수록)이라는 수필을 썼다. 이 수필은 생물의 밀도 효과로 '영아 살해'를 설명하는 어설픈 사회생물학적 내용으로 이루어져 있다. 같은 소재에서 서로 다른 영감을 받는 작가를 볼 수 있어 재미있다. 「영아 살해의 사회학」의 시선이 일관되게 어머니를 향하고 있는 반면에 『코인로커 베이비스』는 버려진 아이의 입장에서 바라보고 있다는 점도 두 사람의 자질 및 발상에서 비롯된 차이일까.

4 \ 무라카미 류는 같은 대담에서 『러브&팝』의 집필 경위를 이렇게 설명한다. "95년에 〈교코〉를 찍고 일본으로 돌아와보니 여고생들이 몸을 팔고 있었어요. 계속 일본에 있었다면 아마 뉴스나 주간지나 와이드 쇼를 통해 가끔 접했을 텐데, (…) 그때, 아니, 그게 정말이야? 하고 충격을 받았어요." "일본으로 돌아와보니 여고생들이 몸을 팔고 있었"다는 정보는 2차 정보

(뉴스, 주간지, 와이드 쇼 등)를 통해 알게 되었을 테고, "아니, 그게 정말이야?" 하고 충격을 받"은 일 자체가 '사회에 관심이 있다'는 증거일 것이다.

5 \ 『러브&팝』에 대해서는 사이토 미나코도 신랄한 서평을 썼다. 이 서평에서 "남자의 '병리'를 그리지 않고 소녀들의 생태만 고집스럽게 그리는 것은, 자신의 바지 지퍼를 열어둔 채 남의 복장이 흐트러졌다고 걱정하는 얼간이 짓"이라고 쓴 부분이 화제가 되었는데, 전반부에는 이렇게 쓰여 있다. "작가에게 고갸루를 취재하는 경험은 조금은 두근거리는 자극적 체험이었던 듯하다. 신출내기 르포라이터가 쓴 듯한 숫된 후기에서도 흥분을 감추지 못하는 모습을 볼 수 있다. (…) 여담이지만 나는 소녀의 성 풍속을 다룬 르포르타주를 그다지 신용하지 않는다. 예를 들어 하는 말이지만, 그들이 소녀를 사서 공범 관계를 맺는 것도 아니고, '삼촌'이 되어 소녀들의 뒤를 봐주는 것도 아니다. 스스로는 안전지대에 머물며 취재라는 이름으로 '잠깐 얘기를 들려주지 않을래?'라며 다정하게 (그리고 탐욕적으로) 다가오는 아저씨 아줌마들한테 소녀들이 그렇게 쉽게 마음을 내주리라고는 생각하지 않는다"(도쿄 신문, 1997년 1월 18일).

6 \ 무라카미 류는 사건이 발생한 지 단 3개월 만에 '포스트 9.11'을 표방하며 미국 동시 다발 테러 사건 관련 서적을 내놓았다. 『수축하는 세계, 폐쇄하는 일본—POST SEPTEMBER ELEVENTH』가 그것이다. 내용은 단행본 출간용으로 집필한 수필과 '긴급 토론회'라는 이름으로 열린 정담, 대담, 좌담회로 이루어져 있다. 무라카미 류, 어딜 그렇게 급히 가려는 걸까.

무라카미 류

다나카 야스오

TANAKA YASUO

브랜드라는 이름의 사상

이 책에서 다루고 있는 작가와 언론인은 모두 훼예포폄이 심한 사람들입니다. 하지만 최근 20년 동안 다나카 야스오만큼 세간의 평가가 달라진 인물도 없을 것입니다.

1980년대의 다나카 야스오는 '스캔들러스한 작가'라는 말이 딱 들어맞았습니다. 순수문학 작가로서는 거의 '반짝 작가' 취급을 받았지만 자유분방한 사생활과 잡지나 텔레비전에서 보이는 독특한 행동 때문에 그는 유명인사가 되었습니다. 다음과 같은 주간지 제목을 보면 당시 언론에서 다나카가 어떤 위치에 있었

다나카 야스오 ＼ 1956년 도쿄 도 출생. 마쓰모토 후카시 고등학교를 거쳐 1976년 히토쓰바시 대학 법학부 입학. 1981년 『느낌 어쩐지 크리스털』로 데뷔. 문예상(「느낌 어쩐지 크리스털」, 1980) 수상. 1981년 히토쓰바시 대학 졸업 후, 모빌 석유 입사(같은 해 퇴사). 1991년 일본의 걸프전쟁 가담에 반대하는 성명에 참여. 1995년 한신·아와지 대지진 후 고베에서 봉사 활동에 종사. 2000~2006년 나가노 현 지사.

는지를 알 수 있습니다.

- 단 50일 만에 회사를 그만둔 크리스털 작가 다나카 야스오 군의 '느낌 어쩐지 응석받이'_『주간 분슌』, 1981년 6월 11일호
- 이혼 후 누드 발표한 다나카 야스오 군의 '정력'. 누드는 여배우 전매특허 아니었나? "미시마 유키오도 벗었다"라며 받아치는 크리스털 _『주간 포스트』, 1982년 6월 4일호
- 요즘 갸루들이 마스터베이션을 할 때 상상하는 순위 NO.1이라던데 ― 다모리(유명 MC ― 옮긴이 주)도 질렸다! 작가 다나카 야스오 군이 보여주는 '자기 연출 방법'_『주간 겐다이』, 1983년 6월 4일호

기본적으로 '군' 호칭에다가 중도 퇴사에 이혼에 누드에 섹스 이야기. '너 따위는 작가 축에도 끼지 못한다'라는 말이 하고 싶은 건지. '사생활 들춰내기' 식의 기사가 가득합니다.

그러다 20년 후 나가노 현 지사 선거에서 90퍼센트를 넘는 경이적인 지지율로 다나카가 당선되자 이번에는 '당신이야말로 일본을 바꿀 뉴 히어로' 취급을 받게 됩니다. 이러니 세상이란 정말로 알다가도 모르겠습니다.

- 밀착. 이것이 '유연한' 현장 민주주의!! ― 중학생의 직소는 물론 남녀노소 400명과 원탁 모임까지. 경이로운 지지율

91.3퍼센트 다나카 야스오의 혁명 — 지금 나가노에서 엄청난 일이 벌어지고 있다. _『주간 아사히』, 2001년 2월 9일호

- 다나카 야스오 나가노 현 지사 '댐 중단 인사'로 진격 중 — 나가노 공무원·부서장 열아홉 명 중 아홉 명 교체. _『주간 포스트』, 2001년 1월 13일호

- 나가타 초(국회의사당과 수상 관저가 위치한 지역 — 옮긴이 주) 정치가들은 일본을 구할 수 없다! '이번 기회에 다나카 야스오 나가노 현 지사를 총리로!' 모리 총리 퇴진! 누가 일본을 구하나. _『주간 겐다이』, 2001년 3월 24일호

돌이켜보면 다나카 야스오는 다치바나 다카시나 무라카미 류 이상으로 논픽션 라이터에 가까운 일을 해온 작가입니다. 무라카미 류가 두근대는 가슴으로 여고생과의 인터뷰를 진행하기 수년 전부터 다나카 야스오는 수많은 걸프렌드들과 연일 데이트를 즐기고 사생활의 시시콜콜한 것까지 꺼내 보였습니다. 다치바나 다카시가 도쿄 대학 학생들의 나쁜 머리를 질타하고 있을 때 다나카 야스오는 지진으로 피해를 입은 고베에 홀로 달려갔고, 때로는 공항 건설 반대 운동의 현장에서 그 상황을 리포트하기도 했습니다.

물론 그렇다고 '다나카 야스오는 세상 물정을 안다', '낮은 곳에서 세상을 볼 줄 안다', '행동하는 작가다' 이렇게 간단하게 말할 수는 없습니다. 다만 그 지명도나 언론 노출도에 비해 그의

책을 읽는 사람은 그다지 많지 않으며 작가로서 거론되는 일도 적은 것이 사실입니다.[1] '느낌 어쩐지 작가'에서 '유연한 지사'로. 온건파 젊은이를 정치적인 뉴 리더로 만든 20년은 대체 어떤 시간이었을까요?

미움받는 캐릭터

아시다시피 다나카 야스오는 1980년에 「느낌 어쩐지 크리스털」(단행본 출간은 1981년)로 문예상을 수상하며 데뷔했습니다. 이 책이 판매 부수 100만 부를 넘기는 베스트셀러가 되어 '크리스털족'이라는 새로운 현상까지 만들어낸 일은 자세히 설명할 필요가 없을 것입니다.

문예상 심사평에서 에토 준이 "이 소설에 달린 274개의 주석은 '느낌 어쩐지'와 '크리스털' 사이에 쉼표가 들어가 있는 제목(원서 제목은 'なんとなく、クリスタル'로 중간에 쉼표가 들어가 있다―옮긴이 주)과 마찬가지로 작가의 비평 정신이 드러나 있는 부분으로, 소설의 세계를 세대적, 지역적인 하위문화 영역에 빠뜨리지 않기 위한 장치이다"라며 이 작품을 높이 평가했다는 사실도 널리 알려져 있습니다.[2] 그러나 『느낌 어쩐지 크리스털』의 평가는 양분되었습니다. 아니, 사실 8 대 2 정도의 비율로 비판이 더 많았습니다.

논평자는 작중에서 공허한 부분을 자의적으로 발췌한 것이 절대로 아니다. 이러한 '어쩐지 기분'이 작품 전체를 관통하고 있는 것이다. 그리고 또 이런 '어쩐지 기분'에 대한 작자 다나카의 비판이 내재되어 있지도 않다. 띠지에는 '풍요한 세대의 청춘상을 비판적으로 묘사'하고 있다고 쓰여 있는데 대체 어디가 '비판적'이라는 것일까? _『느낌 어쩐지 크리스털』 무서명 서평, 『쓰쿠루』, 1981년 4월호

1920년대 후반의 모던 보이·모던 걸 풍속을 현대식으로 재구성한 데 지나지 않는, 시골 여자아이들을 겨냥한 도쿄 관광 유람버스 같은 안내 소설이다. 작가는 도시 정보지나 이런저런 카탈로그를 참조하여 한껏 허세를 부리는데, 본모습이 뻔히 드러난다. 주인공은 한없이 유아적이고 백치 같으며 작가가 그녀를 특별히 풍자적으로 그린 것이 아니라 매우 진지하게 그린 탓에 더 측은해지고 불쌍해진다. _「난보 요시미치의 전투적 문화 고찰」, 『겐다이노메(現代の眼)』, 1981년 6월호

비정하게 보이기도 하는 평입니다만 당시에는 이런 평가가 대부분이었습니다. 그런데 사실 『느낌 어쩐지 크리스털』은 독자가 가진 '교양'의 정도를 들통나게 하는, 정말이지 무서운 소설입니다. 훗날 『느낌 어쩐지 크리스털』의 가치가 재평가되는데, 발표 직후에 그 가치를 간파했던 사람은 소수에 지나지 않았습니다.

다나카 야스오의 20년을 되돌아보면 거의 5년마다 한 번씩 전환점이 찾아왔다는 사실을 알 수 있습니다.

최초의 전환점은 데뷔 5년째인 1985년. 도시 젊은이들의 풍속과 연애 매뉴얼 등을 써온 그는 이해에 『아사히 저널』에 '패디시(faddish) 고현학(考現學)'이라는 시평 연재를 시작합니다. 연재는 『아사히 저널』이 폐간되는 1989년까지 이어졌는데, 회를 더할수록 공격적인 내용이 늘어갔습니다. 공격 대상은 저명한 작가부터 일류 출판사, 신문사, 항공 회사 등 각종 기업에 이르기까지 헤아릴 수 없습니다. 거품경제가 본격화되면서 명품이다 미식가다 모두가 들떠 있던 시기, 브랜드 숭배교의 화신처럼 여겨졌던 다나카는 돌연 브랜드 때리기로 방향을 전환한 듯했습니다. 개인명, 잡지명, 대학명을 실명(또는 실명을 암시하는 익명)으로 밝히며 폭로와 인신공격을 거듭, 단번에 독자를 늘리는 한편 이곳저곳에서 말썽을 일으킵니다. 이리하여 다나카 비판의 새로운 불길이 오릅니다.

『아사히 저널』에 게재한 글을 읽다보면 기묘하고 저급한 인상을 받는다. 예를 들어 지난주 호에서는 (…) 분명하게 알 수 있는 '은유'로 작가 두 명을 조롱하고 있다. 미스터 '래플스 호텔'이라고 하면 누구나 무라카미 류 씨를 연상한다. 또 미스터 '슈퍼 드라이'는 오치아이 노부히코 씨임에 틀림없다. (…) 인물을 특정하는 '은유'도 글을 쓰는 하나의 테크닉일지 모른다. (…) 나는 이러한 지적으로부터 자유롭다는 뜻은 아니지만, 그러나 다나카 씨의 테크닉에는 아무런 필연성도 느껴지지 않고 단지 마음에

다나카 야스오

안 드니까 발로 차버리는 격이다. _노사카 아키유키, 「알맹이 없는 저급한 인신공격. 졸렬한 작가 다나카 야스오」, 『주간 분슌』, 1989년 10월 5일호

노사카는 끝까지 화를 누를 수 없었던지 "KGB, FBI처럼 마음껏 수사하셔서서 『아사히 저널』에 많이 쓰시기 바랍니다. 이 빌어먹을 놈아"로 글을 마칩니다.

다나카의 두 번째 전환점은 1991년의 걸프전쟁이었습니다. 그는 가라타니 고진, 나카가미 겐지, 와타나베 나오미, 다카하시 겐이치로, 이토 세이코 등과 함께 '나는 일본이 전쟁에 가담하는 것을 반대합니다'라는 성명의 발기인으로 이름을 올립니다. 정치적인 발언은 하더라도 정치적인 활동에는 참여하지 않을 듯했던 다나카 야스오의 변모. 그러나 이때에도 인신공격은 그치지 않았는데, 전쟁이 끝난 후 "이번 전쟁 때 개인적인 의견을 분명하게 밝힐 수 있는 위치에 있었으면서도 애매하게 넘어간 발기 부전 글쟁이들을 규탄한다"(「긴급 특집. 신 도쿄 재판」, 『빅 코믹 스피릿(ビッグコミックスピリッツ)』, 1991년 3월 25일호)며 성명에 찬동하지 않은 작가를 직접 거명하여 공격합니다.[3]

한편으로는 자신의 식생활과 성생활까지 담담하게 써 내려간 '도쿄 페로구리 일기' 연재를 시작하는 등 잡지 매체를 통해 지명도(그것이 좋은 쪽이든 나쁜 쪽이든)를 높여갑니다. 당시 그의 이미지는 대체로 다음과 같은 느낌일까요.

문단의 치부, 공항 카운터의 치욕, 나가노 현의 치골, 매거진 하우스의 치모…… 언급하는 일 자체가 싫을 정도로 천박하다. 그도 그럴 것이 치부는 그것이 치부인 한 어떤 피할 수 없는 공 공성을 띠기 때문이다. _오다지마 다카시, 「일본인이 공유하는 치부 다나카 야스오 에게 최후의 천벌을 내린다」, 『다카라지마 30』, 1994년 9월호

"전공투에서 유래한 좌익 모험주의의 흐름에서 나온 파괴적 영웅주의", "사소설(私小說) 출신의 문단에서의 기형 취미", "장 사에 반드시 필요한 스캔들 지상주의" 등등 굴절률 높은 말을 사 용하는 오다지마도 다나카를 상당히 싫어하는 모습입니다.

다나카 야스오의 세 번째 전환점은 1995년 한신·아와지 대지 진입니다. 호전적인 태도와 더불어 '도쿄 페로구리 일기'를 통해 보여준 호색가, 미식가의 인상 탓에 그다지 '신뢰가 안 가는' 느 낌이던 다나카 야스오의 이미지가 '부정적'에서 '긍정적'으로 돌 아선 시점은 아마 이때였는지도 모릅니다. 지진 발생 이틀 후 고 베에 도착, 원동기가 달린 자전거로 물과 물자를 실어 나르는 다 나카의 모습이 언론에 보도될 때마다 '아무래도 이건 진심 같다' 며 사람들도 인정하기 시작한 것입니다. 다만 처음에는 '어차피 제스처'에 지나지 않는다며 냉소적으로 본 관중이 많았던 것도 사실입니다.

다나카 같은 사람들이 '걸프전쟁 반대 문학자 성명문' 발표 같

다나카 야스오

은 쇼를 하면, 지금까지 성실하게 정치·사상·지식을 공부해온 사람들은 화가 치밀어 오른다. '다나카 야스오의 자원봉사는 진절머리가 나도록 추악하고 문학이 완전히 사멸한 시대를 상징한다'는 산케이 신문 「차단기」칼럼 기사도 이해가 간다. _소에지마 다카히코, 「다나카 야스오와 저속(低俗)의 운명」, 『다카라지마 30』, 1995년 6월호

소에지마는 "이 남자는 진정으로 바보 얼간이에다 바람둥이", "이 정도로 엄청난 여성 차별을 실천, 공언하고 있는데 어째서 여성 진영에서 다나카 야스오 비판이 들끓지 않는지 이상하다"며 분개합니다.

다나카에 대한 감정적인 혐오감을 드러내는 사람 중 대부분이 남성이라는 점도 흥미롭긴 합니다만, 핵심은 극히 최근까지 다나카 야스오가 얼마나 아니꼽고, 보기 싫고, 성질나게 하고, 짓밟고 싶은 존재였는가, 하는 점입니다. 그런데 무엇인가를 감각적으로 싫어하는 경우 어떤 계기만 있으면 곧 좋아하는 마음으로 변하기도 쉽습니다.[4] 한신·아와지 대지진 이후 '공항 건설 찬반을 묻는 고베 시민 투표를 실현하는 모임'과 '요시노가와 다이주하굿둑' 반대 운동에 참여하는 등 시민 운동가로서의 이미지를 띠게 된 다나카의 인기는 눈 깜짝할 사이에 상승하여 결국 이런 말까지 듣게 됩니다.

명색이 다나카 야스오다. 출판사나 기업 입장에서는 작가 선

생님이다. 『스파!(SPA!)』여! 오락 잡지 주제에 '야스오 군'이라고 쉽게 부르지 마라. 10년은 이르다. 그러나 그런 우쭐대지 않는 태도 역시 다나카 씨의 좋은 점. 재해지에서는 한 명의 자원봉사자. (…) 미니 오토바이를 탄 월광가면. / 너무 멋있다. _아소 게이코, 「이 남자가 좋아!」, 『더 21(THE21)』, 1995년 4월호

아니나 다를까 다나카 씨는 (선거에서 — 인용자 주) 압승했다. (…) 사나흘 후 도쿄에서 다나카 씨를 만났다. 다나카 씨의 온몸에 금빛 기운이 눈부시게 흐르고 있었다. 전신을 베르사체 옷으로 감싼 약간 살이 오른 모습은 건강 그 자체였다. 제철을 만난 남자. / 선거 탓에 목이 상했다면서 굵고 섹시한 목소리로 청산유수같이 말을 쏟아냈다. _세토우치 자쿠초, 「느낌 어쩐지 나가노 신지사」, 『주간 신초』, 2000년 11월 2일호

색시가 고우면 처갓집 외양간 말뚝에도 절한다. 인격에다 외모까지 싸잡아 칭찬 또 칭찬. 아소 게이코와 세토우치 자쿠초까지 꼬시다니, 다나카! 이런 느낌도 듭니다만, 역시 사람은 말보다 행동이 앞서는 사람을 응원하고 싶어지는가봅니다.

카탈로그 문화는 신형 르포르타주

자, 이렇게 다나카 야스오의 20년을 따라 내려오니, 거품이 붕괴한 1991년경을 전환점으로 말뿐인 온건파 남자(1980년대)에서

행동하는 정의의 사도(1990년대)로 변신한 것처럼 보입니다. 또는 사람들이 그리는 '다나카 야스오 상'을 배신하는 식으로 매번 사람들의 마음을 교란시킨 것 같기도 합니다. 그런데 이것은 정말로 다나카 야스오의 변절일까요.

저는 그렇게 생각하지 않습니다. 오히려 데뷔 때부터 다나카는 한결같았습니다. 작가 다나카 야스오가 일관되게 써온 것, 그것은 바로 '르포르타주'와 '비평'입니다.

『느낌 어쩐지 크리스털』이 나왔을 당시 이를 제대로 평가할 수 있는 사람이 거의 없었던 가운데, 예외적으로 핵심을 간파한 기사가 있었습니다. 신문에 실린 작은 익명 칼럼입니다.

(이 소설이 말하고자 하는 바를—인용자 주) 이해하기만 한다면, 이 소설이 그리는 젊은이들의 지나치게 도식적인 행동과 깜짝 놀랄 만큼의 '촌스러움'이 반대로 어처구니없게 보이기 시작하는데, 바로 거기에 작가의 진의가 드러난다. 주석을 소설의 본편에서 따로 떼어내 별도로 정리해놓은 까닭은 전형적 광경을 한 장의 희화(戲畵)로 성립시키기 위한 것으로, 본편을 읽은 다음에 주석을 읽으면 이 작품이 훌륭한 풍자화라는 사실을 알 수 있다. 말하자면 본편과 주석으로 구성된 2부 구성의 소설이다. 제1부가 보이는 그대로의 '그림'이라면, 제2부는 캐리커처 감각의 '말풍선'으로 된 멋진 구성. 젊은이들의 외래어 카탈로그 문화를 잘 모르는 사람은 그 자체만으로 눈이 부셔 원래 보이던 것도 보이지

않게 된다. _유카, 「깨인 의식에 어른의 지성」, 아사히 신문, 1981년 1월 10일

『느낌 어쩐지 크리스털』을 브랜드 숭배 소설이라고 보는 것은 심한 오독이고 사실은 정반대라는 것입니다. '유카' 씨가 올바르게 지적한 것처럼 『느낌 어쩐지 크리스털』에는 두 가지 요소가 내포되어 있습니다. 보이는 그대로의 그림(본편)과 회화(주석)입니다. 보이는 그대로의 그림이란 '르포르타주'이고, 회화는 '비평'이라고 할 수 있을까요.

이는 데뷔작에만 한정된 이야기가 아닙니다. 다나카가 1980년에 작업한 작품에는 보이는 그대로의 그림(르포르타주)과 회화(비평)의 요소를 겸비한 것이 많았습니다. 그 대부분이 형식적으로는 도쿄 도시 생활 가이드, 젊은이를 위한 연애 지도서 같은 모습을 하고 있었지만 정보의 세세함, 세부에 대한 집착은 예사로운 것이 아니었습니다. 같은 장르의 작가이기도 한 이즈미 아사토는 『도쿄 대침입』(1985)에 대해 적확한 서평을 썼습니다.

이 글들은 1984년 여름부터 1985년 봄까지 『주간 분슌』에 연재된 것인데, 우선 '분슌을 정독하는 30, 40대 아저씨'로 관객을 정한 뒤 버스 가이드가 관광 안내를 해주는 식으로 시티 NOW 문화를 강의하는 모습이 매우 다나카 야스오적이다. / 그리고 그 강의는 지나칠 정도로 친절하다. (…) 스물여섯 개 항목은 현재로서는 다나카 야스오 외에 제아무리 뛰어난 르포라이터라 해도

다 취재할 수 없다. 또한 아무리 많은 스태프를 고용한다 해도 이 '끈기'와 '친절함'은 모방할 수 없다. _이즈미 아사토, 『도쿄 대침입』 서평, 『마리 클레르』, 1985년 9월호

이즈미 아사토가 말하는 '제아무리 뛰어난 르포라이터라 해도' 엄두를 낼 수 없는 스물여섯 개 항목이란 「시티 호텔」, 「택시 드라이버」, 「미용 성형」, 「도우미」, 「외제차」, 「세이신 여자 학원」, 「도쿄 도 시부야 구 쇼토 초」, 「외국인 전용 고급 아파트」 등입니다. 일부를 발췌해보지요.

(세이신 여자 학원 ─ 인용자 주) 초등과에는 44명 정원의 두 학급이 있습니다. 통지표는 없고 3학기제입니다. 종종 급식으로 아이스크림이 나오는데, 아이스크림 브랜드는 배스킨라빈스입니다. 하지만 버건디 체리나 챱드 초콜릿이 나왔다는 이야기는 들어본 적이 없습니다. 여름에는 오전 수업 두 시간과 오후 수영장 한 시간으로 끝. 이런 식의 시간표로 되어 있습니다. 이 기간 중에는 평소 급식과는 달리 생제르맹의 페이스트리와 우유가 나옵니다. _「세이신 여자 학원」, 『도쿄 대침입』, 1985

이상한 감상이지만 저는 문득 고다마 다카야를 떠올렸습니다. 문장의 터치는 전혀 다르지만, 대상에 대한 접근법이 다치바나 다카시가 아니라 고다마 다카야를 떠올리게 합니다.

1980년대 초반의 다나카 야스오에게서 볼 수 있는 르포르타 주성. 그것은 현장 조사, 관찰하는 눈, 관계자에 대한 집요한 취재(그것이 비록 다방에서 나눈 잡담이라 할지라도)에서 비롯되었음이 틀림없습니다. 젊은이들의 유행·도쿄·연애 등을 취재하여 쓴 도시 정보는 '카탈로그 문화', '매뉴얼 문화'라고 야유받을지언정 누구도 '르포르타주'로서 인정하지 않았습니다. 당연합니다. 이른바 지금까지의 르포르타주와는 달리 '반체제적인 자세'로 끝나는 것도 아니고, 언뜻 봐서는 '문제의식'이나 '사회성'도 보이지 않기 때문입니다. 하지만 어쩌면 이 '카탈로그 문화'는 1980년대 이후 서서히 시들어간 '발로 하는 취재' 중심 르포르타주의 새로운 형태였는지도 모르겠습니다.

그렇다면, 그의 요란한 언동은 잠시 잊고 다나카 야스오의 책 세계를 다시 한 번 들여다볼 필요가 있지 않을까요?

브랜드＝고유명사란 무엇인가

소설이든 수필이든, 다나카 야스오 작품의 특징은 '고유명사'에 대한 집착입니다. 패션 관련 브랜드 이름을 열거했던 데뷔작. 구체적인 개인 이름을 들어 공격하는 사회 시평. 또 1980년대 단편집에서는 지명에 대한 집요한 집착이 보입니다. '하네다 공항', '가루이자와', '수도 고속도로', '교토 다와라야 여관'(이상 『하야마 해안 지구』), '아시야 시 히라타 초', '시나가와 구 시마즈야마', '세타가야 구 후카사와 핫초메', '이즈 산 호라이 여관'(이상 『옛

날 같아』), '나리타 인터내셔널 호텔', '가마쿠라 시 유키노시타', '분쿄 구 혼코마고메 로쿠초메', '교토 후야초도리 아네야코지아가루'(이상『미타쓰나자카, 이탈리아 대사관』).

그 빈도와 정밀도에서 타의 추종을 불허하는 다나카 야스오의 고유명사. 그를 어떻게 평가할지는 전적으로 이 고유명사를 어떻게 생각하느냐에 달려 있습니다. 다나카 야스오론이라는 감정적 매도의 산에서 몇몇 반짝이는 단평을 발견할 수 있었습니다. 모두 고유명사와 관련된 것인데, 이를 통해 고유명사에 관한 입장에는 두 종류가 있다는 사실을 알 수 있습니다. ①'고유명사는 기호이다' 설. ②'고유명사는 실태이다' 설입니다. 각각 살펴보도록 하지요.

우선 '고유명사는 기호이다' 설부터.

나 같은 사람이 보기에 그의 소설에 나오는 인물들은 음악가와 곡 이름, 가게와 상품 이름을 외우는 능력밖에 없는 사람처럼 보이는데, 실은 작가도 그런 건 다 알고 있을 터이다. / 최근에 나온『패디시 고현학』에서 다나카 야스오는 '맛있는 음식을 먹는 일과 난해한 책을 읽는 일은 같은 가치를 가진다'고 말한다. 그렇게 생각하면, 서양 사상가의 이름과 인용문을 질릴 정도로 늘어놓는 아사다 아키라의 글과 다나카 야스오의 글은 같은 수준의 글임을 깨달을 수 있다. _시미즈 요시노리, 「동시대의 미궁 / 문학의 신인류」, 주니치 신문, 1986년 10월 16일

라캉, 데리다, 알튀세르, 들뢰즈/가타리 같은 구조주의, 포스트 구조주의 사상가의 이름이 가득한 아사다 아키라의 『구조와 힘』(1983). 과연 다시 떠올려보면 『느낌 어쩐지 크리스털』의 현대 사상판이라 할 수 있습니다.[5] 이듬해 『도주론』을 통해 유행어가 된 '스키조(분열증, Schizophrenia)/파라노(편집증, paranoia)'나, 항간에 일컬어지는 '뉴 아카데미즘' 역시 '크리스털족'과 마찬가지로 실체가 있는지 없는지 불분명한 것들입니다. 다나카 스스로도 기회가 있을 때마다 이야기하길, 자신이 브랜드 이름을 늘어놓는 이유는 가치를 교란시키기 위해서였다고 합니다. 젊은 여성이 루이뷔통 가방을 손에 넣은 순간에 느끼는 기쁨과, 학자가 이와나미 쇼텐 발행의 난해한 책을 독파하는 순간에 느끼는 기쁨은 같은 차원에서 논해야 하는 등가의 행위라는 것입니다. 이러한 관점에서 보면 고유명사는 분명히 기호입니다. 그러나 과연 이것뿐일까요?

걸프전쟁 반대 문학자 성명 발표 직후 다나카 야스오와 요모타 이누히코 사이에서 약간의 갈등이 표면화된 적이 있습니다. 요모타는 다나카에게 다음과 같이 말합니다.

당신과 관련하여 1987년에 나는 이렇게 썼다. "데니스와 데리다(주석 6을 참조—옮긴이 주)를 동렬로 논할 수는 없다. 이는 자명한 것으로 논리학의 기초에 속하는 문제이다. 데리다는 데니스를 설명할 수 있지만 데니스는 데리다를 논할 수 없기 때문

다나카 야스오

이다. 둘은 서로 다른 논리적 단계에 속한다."/아무래도 당신은 이 글을 읽고 자신이 데니스 측에 서 있고 필자인 내가 데리다 편에 서 있다고 생각한 것 같다. (…) 잘 들어. 바로 여기에 오해가 있는 거야. 내가 데리다 쪽이란 건 일단 접어두고, 당신 역시 데니스가 아니라 데리다 쪽이라고. _요모타 이누히코, 「다나카 야스오 군, 내가 너의 짜증에 대답해주마」, 『주간 스파!(週刊SPA!)』, 1991년 12월 25일호

맞습니다. 데니스(브랜드)도 데리다(사상가)도 등가의 기호일 뿐이고, 데리다를 실효(失效)시키기 위해 데니스를 대치(對置)하는 것이라면 다나카 야스오 역시 데리다 쪽에 서게 되는 것입니다.[6] 지식인과 대중이라고 하는 고전적 명제를 다룬 이 언급은 중요한 지적이라고 생각합니다. 그런데 만약 데니스가 단순한 기호가 아니라고 한다면 어떨까요? 국도를 따라 늘어서 있는 데니스 매장 말입니다.

여기서 또 하나의 대답이 등장합니다. 브랜드란 구체(具體)이다. 즉, 차이화를 위한 기호가 아니라 도시 생활의 실태이다. 이렇게 생각해보면 "상반신의 현장 조사자 '데리다'(성 풍속을 즐겨 다루는 다나카 야스오를 '하반신의 현장 조사자'라고 부르는 데 대비시킨 것 ─옮긴이 주)만으로는 다 설명할 수 없는 '데니스'의 부분(디테일)이 세상에는 엄연히 존재한다"(『주간 스파!』, 1991년 12월 11일호)는 다나카의 주장에도 설득력이 생깁니다.

비평가이자 논픽션 라이터인 다케다 도루는 『도쿄 페로구리

일기』 서평에서 "관념적인 언어로 진리를 논하는 작업은 때로는 너무 조잡하여 고도 정보 소비 사회를 살아가는 사람들의 감정적 뉘앙스를 나타낼 수 없다. 다나카가 브랜드에 주목한 것은 아마 그런 인식이 있어서가 아닐까"라고 말하고 있습니다. 이 입장은 '고유명사(브랜드)=실체설'에 가까운 생각입니다.

모든 작업이 이 일기 속에 빠짐없이 담겨 있는 것처럼, 다나카 스스로 브랜드 소비에 함빡 젖어 그 기호성의 여부를 현장에서 확인하는 경험을 쌓았기 때문에 곡예는 실현될 수 있었다. 종종 문학이 약해졌다는 말을 듣는다. 현대 사회에 깊숙이 몸을 눕히고 우선 자기 스스로가 가장 '현대적인' 인간이 되고자 하는 각오를 품은 다나카 같은 작가가 아직도 예외적 존재일 수밖에 없는 것이 그 원인의 하나가 아닐까. _다케다 도루, 「브랜드가 바림하는 시대의 그늘」, 『주오코론』, 1996년 3월호

저는 이 글을 읽고 '기록문학'이라는 단어를 떠올렸습니다. 맞아, 문학과 르포르타주를 연결하는 장르가 있었잖아, 라고.

또 다른 관점에서 '고유명사(브랜드)=실체설'을 논한 글을 소개합니다.

『느낌 어쩐지 크리스털』부터 현재에 이르기까지 다나카 야스오의 언어 공간에서는 '오타쿠'적 고유명사가 의도적으로 배제

다나카 야스오

된 듯하다. (…) 어쩌면 그것은 단순히 다나카 야스오가 '오타쿠'를 싫어하기 때문인지도 모른다. 그러나 설령 그렇다 하더라도, 그런 개인적 동기와는 별도로 1980년의 『느낌 어쩐지 크리스털』을 전후로 다나카가 선택한 고유명사가 그의 소설의 성격을 결정지었다. 이를 통해 그는 리얼리즘의 결정적인 변용에 대해, 역시 소설을 통해 그 대답을 시도한 것으로 보인다. _오쓰카 에이지, 「'루팡 3세'적 리얼리즘과 캐릭터로서의 '나'」, 『분가쿠카이』, 1999년 8월호

오쓰카 에이지는 조금 다른 맥락에서 이런 말을 했는지 모릅니다. 그러나 저는 위의 글을 읽고 생각했습니다. 그렇지. 만약 브랜드가 기존 문학과 사상의 '무게'를 실효시키기 위한 기호라고 한다면 군이 루이뷔통, 쿠레주, 디오르, 펜디에 집착할 필요가 없잖아. 애니메이션이나 만화나 텔레비전 같은 하위문화라도 상관없을 테고 또 실제로 많은 작가들이 그렇게 현대 소설을 쓰고 있잖아, 라고 말입니다.

무라카미 하루키의 고유명사는 완전한 기호였습니다[7](적어도 비평가들은 그렇게 생각했기 때문에 기호 해독에 혈안이었지요). 다와라 마치의 고유명사도 절반은 '기분'을 연출하기 위한 도구였습니다(때문에 광고 카피와의 유사성이 지적된 것입니다). 요시모토 바나나의 고유명사는 2차 정보를 경유한, 즉 하위문화 성향을 띤 것이었습니다(그래서 팬시상품으로 여겨진 것입니다). 하야시 마리코는 시티 라이프를 과시하기 위한 기호로 고유명사를 소비하는

데 머물렀고, 우에노 지즈코는 자신이 고유명사를 해독하는 데 리다 쪽에 서 있다고 생각했고, 다치바나 다카시는 고유명사로부터 이탈하여 똥통에 빠졌고, 무라카미 류는 고유명사를 날조함으로써 황당한 이야기에 리얼리티를 부여했습니다. 실체로서의 고유명사(기호로서가 아닌)에 가장 충실했던 작가가 바로 다나카 야스오 아니었을까요.

아니, 이제 분명하게 말하지요. 모습은 저래도, 다나카 야스오는 1980년대 이후의 도시 풍속을 취재하여 글로 옮긴 매우 드문 '기록문학' 작가였습니다. 다나카를 평가해야 할 부분은 바로 이 부분입니다.

단, 만약 그렇다면 두 가지 커다란 의문이 생겨납니다. 결국 다나카 야스오에 관한 수수께끼는 다음 두 가지로 집약되지요.

(A) 다나카 야스오의 소설은 왜 묵살됐나.

(B) 다나카 야스오의 수필은 왜 매도당했나.

아래에서는 그 이유를 생각해보도록 하겠습니다.

'이다/입니다'의 만담 콤비

데뷔작을 제외하면, 다나카 야스오만큼 작품 비평이 적은 소설가도 없습니다. 이 점은 하야시 마리코와도 공통되는 부분입니다만, 하야시 마리코는 나오키상을 비롯한 여러 상을 수상하면서 문단에서 입지를 다졌습니다. 그러나 다나카 야스오의 경우 앞에서 말했듯이 '반짝 작가'로만 취급됩니다. 그 이유는 의외로

다나카 야스오

단순한데, 데뷔작을 제외한 모든 소설이 너무 고답적이라 보통 사람은 읽을 수가 없었기 때문입니다.

『느낌 어쩐지 크리스털』은 두 부분으로 되어 있다고 말씀드렸습니다. 르포 같은 본편과 비평 같은 부분입니다(사실 세 번째 부록으로 통계 자료가 실려 있습니다).

형식 면에서 두 부분을 관찰해보면, '이다/입니다' 체로 본편과 주석을 구분할 수 있습니다. 즉 『느낌 어쩐지 크리스털』은 능청 떠는 부분(본편)과 지적하는 부분(주석)으로 구성되어 있으며, 각각의 부분을 담당하는 두 사람의 화자가 있습니다. "내가 태어나자마자 아빠는 곧 런던으로 발령이 났고, 내가 유치원을 다닐 때까지 가족 모두 영국에서 살았다"면서 '나'가 '이다' 체로 능청을 부리면, 뒤쪽에서는 지적하는 역할의 내레이터가 "지금은 외국 발령을 받는다고 모두 엘리트라고는 할 수 없는 시대가 되었습니다. 입사 전부터 어학 능력이 너무 뛰어난 것도 다시 생각해볼 필요가 있습니다"라고 '입니다' 체로 훼방(주석)을 놓습니다. 말하자면 '이다' 체의 데니스와 '입니다' 체의 데리다가 부부 만담을 하는 식으로 구성된 소설입니다.

참고로 '이다/입니다' 만담의 효용은 다음과 같습니다.

주석의 '입니다' 체는 얼굴을 마주하고 하는 말처럼 들리는 데다 지나치게 예의를 차리고 있어 오히려 놀리는 듯한 느낌을 준다. 이 때문에 주석의 화자는 일관되게 '이다' 체의 화자에 대해 우월성을 가질 수 있는 것이 아닐까. _노마 필드, 「『느낌 어쩐지 크리스털』과 포스트모더니즘의 징후」, 『겐다이시소(現代思想)』 임시 증간호 「일본의 포스트모던」, 1987년 12월호

그런데 이유는 모르겠으나 『느낌 어쩐지 크리스털』 이후 만담 콤비는 헤어지고 맙니다. 능청 떠는 화자 '이다'는 소설에서만 등장하게 되고, 지적하는 화자 '입니다'는 비평적 수필을 담당하게 됩니다. 소설과 수필을 비교해봅시다.

힐턴은 오키드핑크 분위기였다. 붓꽃 같은 연보랏빛. 여성스럽다. 그리고 적당히 일본풍이다. 커튼 대신 장지문. 차분하다. / '힐턴 아니면 센추리 하얏트가 좋아' 나는 망설임 없이 말했다. 첫 경험은 둘 중 한 곳. 그렇게 정한 터였다. (…) 방 안은 어두웠다. 문이 닫혀 있었기 때문이다. 시트의 하얀빛만이 눈에 들어왔다. 나는 시트를 쥔 손 주변으로 시선을 돌렸다. 로즈핑크색 매니큐어가 반짝였다. _다나카 야스오, 「내리막길 드라이브」, 『깡충깡충 사랑 같아』, 1986

뱌쿠야 쇼보에서 나오는 잡지는 물론, 최근에는 SM 잡지나 블랙 비디오에서도 힐턴의 옅은 핑크색 소파와 장지문을 발견할 수 있는데, 아마도 힐턴의 홍보 담당자가 그런 데 무관심한 탓이겠지요. / 아니면 반대로 혼자 방 안에서 누드 사진을 즐기는 젊

다나카 야스오

은 남자들이 '오, 힐턴 객실 좋은데? 애인 생기면 아카사카 프린스 호텔로 가려고 했는데 힐턴으로 가야겠다' 하고 생각하길 바랐던 것일까요? _다나카 야스오, 「누드 사진에 빈번하게 등장하는 모 시티 호텔—고급 이미지에 무관심하다니 수상한걸?」, 『패디시 고현학』, 1986

두 인용 모두 힐턴 도쿄를 무대로 하고 있습니다. 전자는 열일곱 살 여자아이의 첫 경험을 그린 조금 감상적인 '소설'. 후자는 그 힐턴이 사실은 누드 촬영에 자주 사용되는 장소라는 것을 짓궂게 들춰낸 비평적 '수필'. 매니큐어까지 칠하고 잔뜩 기대에 부푼 '나'의 모습이 우스워집니다. 남자 친구는 '응? 힐턴?' 하며 속으로 누드 사진을 떠올렸는지도 모릅니다. 만약 이 두 글이 한 권의 책에 실렸다면 독자들은 그 의미를 파악할 수 있었을 겁니다. 그러나 거의 같은 시기에 쓰인 두 편의 글은 전혀 다른 매체에 발표되었고 현재도 다른 책에 수록되어 있습니다.

그나마 『느낌 어쩐지 크리스털』을 읽을 수 있었던 까닭은 '입니다' 체가 '주석'으로 들어가 있었기 때문입니다. 그러나 위의 단편을 비롯한 1980년대 다나카 야스오의 작품(소설)은 모두 '이다' 체로 되어 있습니다. 게다가 여자아이의 일인칭 시점입니다. 이제 아시겠는지요? 그의 소설을 제대로 이해하려면 주석의 도움 없이 고유명사를 해독할 수 있는 (예를 들어 힐턴의 의미를 이해할 수 있는) '교양'이 필요했던 것입니다.

다나카 야스오의 소설이 제대로 평가되지 않았던 이유가 바로 여기에 있습니다. 비평가 아저씨들(데리다 측에 속하는?)에게는 너무 난해한 탓에 읽을 수가 없었던 것입니다. 드라이브했다, 데이트했다, 섹스했다, 이런 일상을 여자아이 시점에서 일인칭으로 말하고 있을 뿐, 고유명사의 의미를 모르면 '이야기'를 발견할수 없습니다. 삼인칭 장편 소설 『온 해피니스』는 그래도 이야기성이 높지만 단편집은 대체로 지루하게만 보입니다. 특별한 드라마가 일어나지도 않고 주인공이 특이하지도 않기 때문입니다.

한편 다나카의 수필이 물의를 빚었던 이유는 그것이 소설과는 달리 재기 넘치는 '주석'으로 가득했기 때문입니다. 『못 견디게, 어베인』, 『도쿄 대침입』, 『패디시 고현학』 등 1980년대 그의 수필 대부분은 '입니다' 체로 통일되어 있습니다. 그 안에서는 심술궂은 '입니다' 비평 정신이 자유롭게 활동했고, 고유명사를 들이대며 물불 가리지 않고 욕을 퍼붓고, 업계 내부 사정을 폭로하고, 싸움을 걸고 받아치고, 말로 사람을 죽였다 살렸다 하는 일이 일상다반사였습니다. 거기에는 소설보다 훨씬 파란만장한 '이야기'가 넘쳐납니다. 무라카미 류 식의 뉴스쇼가 다나카 야스오의 경우 소설이 아닌 수필에서 발휘된 것입니다.

그런데 그의 수필은 어째서 늘 남의 신경을 건드렸을까요? 그 이유는 우선 문체가 가진 힘 때문입니다.[8] 이 점에 대해서는 우에노 고시가 정확한 평가를 내리고 있습니다.

'입니다' 체의 비평으로 말하자면 지난해 별세한 나카무라 미쓰오가 선배 격이지만, 다나카 야스오가 그 사실을 특별히 의식했던 것 같지는 않다. 하지만 두 사람의 공통점은, 신랄한 내용을 부드럽게 전함으로써 오히려 부드러움의 정도만큼 듣는 사람의 화를 돋우는 데 능숙하다는 점이다. 다른 점이 있다면, 나카무라 미쓰오의 경우 보통 딱딱하거나 무뚝뚝하게 흐르기 쉬운 '입니다' 체를 그 반대로 사용했다는 점이고, 다나카 야스오의 경우 여성스러운 말투를 현대적으로 '우아하게' 살려 활용하고 있다는 점이다. _우에노 고시, 「고유명사에 대한 위험한 공격만이 얼굴을 굳게 한다/다나카 야스오 그 비평의 방식」, 『아사히 저널』, 1989년 4월 28일호

다나카 야스오가 사람의 신경을 건드리는 이유, 상대하기 어려운 이유가 바로 이 '우아한' '입니다' 체(음…… 게이 같은 말투라고 하면 될까요?) 때문입니다. 주먹을 들고 달려드는 '이다' 체와는 맞붙어 싸울 수 있어도, 대부분의 논자들은 끈적끈적 달라붙는 '입니다' 체와는 싸워본 경험이 없었던 것입니다. 반대로 다나카 입장에서는 '거친' 상대와 싸운 경험이 풍부했기 때문에 '우아하게' 승리를 따낼 수 있었습니다.

또 하나의 이유는 역시 고유명사의 힘입니다.

개인을 공격한다고 하면 선험적으로 안 좋은 것으로 여기는 경우가 많은데 과연 그럴까. 나는 결코 그렇지 않다고 생각한다. 개인을 공격하는 쪽도 고유명사를 밝힌 이상, 반드시 상대의 반

응이 되돌아오기 때문이다. (…) 그 점에서 고유명사에 집착하는 다나카는 결코 싸지 않은 대가를 지불하고 있다. 아무리 용감한 내용을 말하더라도 일반적으로 풀면 하기가 훨씬 쉽다. _우에노 고 시, 위의 책

이제 어느 정도 A, B의 수수께끼가 풀리지 않으셨는지요? 소설과 수필을 포함한 '기록문학' 작가 다나카 야스오는 좋은 의미에서도 나쁜 의미에서도 독자를 불안하게 만드는 존재였습니다. 폭력적으로 보이지만 사실은 안전한 무라카미 류보다 더 '위험한 녀석', '거북한 녀석'이 바로 다나카였던 것입니다.

시골 소년의 '젠장할' 주의

그런데 이중인격이라고 할까요, 양성구유적[9]이라고 할까요? '이다' 체와 '입니다' 체를 자유자재로 구사하여 공격적인 모습까지 보이는 다나카의 능력은 어디에서 나오는 것일까요.

다나카 야스오가 데뷔할 당시, 그 유사성이 지적되었던 작가가 이시하라 신타로였습니다. 『느낌 어쩐지 크리스틸』과 『태양의 계절』(1955). 두 사람 모두 학생 작가로 데뷔했고, 젊은이의 지지와 어른들의 빈축을 샀습니다. 또한 각각 '태양족'과 '크리스틸족'이라는 사회 현상을 만들어냈으며 후에 도쿄 도지사와 나가노 현지사가 되었습니다. 이처럼 두 사람에게는 흥미로운 공통점이 있습니다.

다나카 야스오

두 사람의 동일성에 대해 사회교육학자 다케우치 요가 재미있는 고찰을 하고 있습니다. 사상 면에서는 대조적인 두 사람이지만 그 행동 방식이나 표현 방식은 꼭 같다는 것입니다. 다케우치는 그것을 두 사람의 모교와 관련지어 '히토쓰바시 대학스러움'이라고 부릅니다. '히토쓰바시 대학스러움'은 아사히 이와나미(=옛 고등학교·제국대학)스러운 것에 대한 독특한 거리감에서 유래한다는 것입니다.

물론 이시하라 시대에는 좌익 지식인이나 진보적 지식인이라는 형태로 아사히 이와나미스러운 것이 분명하게 존재했고 그 영향력도 컸다. 그래서 이반과 대항에는 힘이 들어갈 수밖에 없었다. 때문에 이시하라의 공격은 마초적이다. 그러나 현재에는 아사히 이와나미스러운 것의 윤곽이 희미해졌고 존재감도 약하다. 아사히 이와나미스러운 것에 대한 이반과 대항에 과격한 말이 필요 없게 된 것이다. 평범한 서민의 눈높이에서 이루어지는 다나카의 부드러운 대항은 이시하라가 데뷔한 때부터 다나카가 데뷔할 때까지의 25년간의 상황 변화를 말해준다. 때문에 이시하라와 다나카 사이에는 강경파냐 온건파냐, 하는 대항 아이덴티티의 차이는 있지만 아사히 이와나미스러운 것을 상대화하고 있다는 점에서 똑같다. _다케우치 요, 「히토쓰바시 파워의 비밀」, 『주오코론』,

2000년 12월호

꽤 설득력이 있는 설명입니다. 실제로 다나카는 데뷔 당시 무의미할 정도로 '아사히 이와나미적인 것'에 대한 반발을 드러내기도 했으니까요. 하지만 이시하라 신타로가 학생이었던 1950년대라면 몰라도 대학이 놀이공원처럼 변해버린 1970년대에 학창 시절을 보낸 다나카에게 '히토쓰바시 대학'이라는 요소가 그렇게 중요했을까요? 참고로 말씀드리면 히토쓰바시 대학 역시 도쿄 대학을 정점으로 하는 입시 성적 중심의 교육 피라미드 속에서는 충분히 '브랜드 대학'입니다.

그보다 제가 보기에는 다나카가 대학의 차별화에 다른 가치 기준을 가져다 댔다는 점이 더 중요합니다. 그의 소설과 수필에서 특별한 지위를 부여받는 것은 도쿄의 사립 여자 대학, 특히 초중고 과정이 설치된 브랜드 여자 대학(예를 들어 세이신 여자 학원 같은)에 다니는 이들입니다. 이러한 시점은 입시 성적 중심의 교육을 상대화시킵니다. 그리고 새로운 계층을 부각합니다. 즉, '초등학교 때부터' 브랜드 학교 출신 여학생이라는 기호는 '도쿄에서 태어나 도쿄에서 자란 중산층 딸'을 가리키는 것입니다. 이러한 브랜드 여자 대학에 대한 집착은 이즈미 아사토 같은 도시 출신의 리포터에게서는 결코 발견할 수 없는 것입니다.

이즈미 아사토와 다나카 야스오의 차이를 명확하게 지적한 서평이 있습니다. 이즈미 아사토의 도쿄 가이드북 『캐주얼한 자폐증』(1985)에 대해서는 "역시 이즈미 아사토는 도쿄 사람이라고 생각했다"고 쓰는 한편, 『도쿄 대침입』에 대해서는 다음과 같은

다나카 야스오

평을 내린 글입니다.

> 한편 이쪽은 나가노 현 출신의 다나카 야스오. 지방 출신답게 도쿄의 소식을 지방에 알려주는 역할을 한다. (…) 다나카 야스오는 참 성실한 사람이다./다라코 프로덕션도 그렇지만, 역시 지방 출신에게는 도쿄가 신기하게 보이는가보다. 신기하게 보이기 때문에 여러 가지로 조사도 하고 관찰도 하는 것이고, 그 정도가 더 심해지면 아예 도쿄를 벗어나 엉뚱한 방향을 향하기도 하는 것이리라. _다라코 프로덕션, 「현대적 (책) 종횡무진」, 『주간 플레이보이』, 1985년 8월 20일호

다라코 프로덕션은 『긴콘칸』으로 마루킨 마루비를 유행시켰던 와타나베 가즈히로의 팀을 가리킵니다. 그들이 이즈미 아사토와 다나카 야스오 사이에서 발견한 것은 '도쿄 출신 / 지방 출신'이라는 차이점이었습니다. 도쿄 출신은 "즐거운 듯, 외로운 듯, 슬픈 듯, 기쁜 듯 분명하지가 않은 파스텔풍의 느낌"인 반면에 지방 출신은 "심술궂고, 남의 흥을 보는 노하우가 뛰어나지만 현실을 세련되게 즐기는 능력이 다소 부족"합니다.

한편 문화인류학자 아오키 다모쓰는 "'젠장할'과 같은 일종의 열등감에 가까운 마음을 가지는 것은 개성적인 사람이 되기 위한 필수 조건이기도 하다"라는 『못 견디게, 어베인』의 구절에 주목하여 다음과 같이 분석합니다.

(이 부분에는―인용자 주) 도쿄에서 지방으로 갔다가 다시 돌아왔다가 하는 다나카 자신의 '못 견디게, 어베인(urbane)'이고 싶은 기분이 잘 나타나 있어 고개를 끄덕이게 된다. '더 듀크스 (The Dukes, 영국 출신 뮤지션 도미닉 부가티와 프랭크 머스커가 1980년대에 결성한 프로젝트 듀오―옮긴이 주)'에 빗대어 '자기' 이야기를 하는 부분은 나쁘지 않다. 어베인이고 싶어 하는 부분에서 '시골'이 살짝 얼굴을 내민다. 이것은 많은 유명 디자이너가 '시골 출신'이라는 사실과 무관하지 않다. 현대 일본은 '도시 사회'이지만, 거기에 사는 사람들에게서는 '토속' 냄새가 지워지지 않는다. _아오키 다모쓰, 「다나카 야스오는 패션이야말로 오늘날의 지적 과제라고 주장하고 있다」, 『주오코론』, 1984년 6월호

그렇습니다. 시티 보이를 흉내 내고 싶은 컨트리 보이였기 때문에 다나카 야스오는 도쿄의 풍속에 집착했던 것이고 또한 그 풍속을 상세하게 리포트하기도 하고 짓궂게 상대화할 수도 있었던 것이 아닐까요. 우월감과 열등감이 혼재하고, 사디즘적이기도 하고 마조히즘적이기도 한 비도쿄 출신의 '짓궂음'은 와타나베 가즈히로나 하야시 마리코에게도 공통적으로 나타나는 점입니다. 거꾸로 말하면 이즈미 아사토, 나카모리 아키오, 『허세 강좌』(1983)를 쓴 호이초이 프로덕션 같은, 도쿄 출신이 만든 도쿄 책은 어딘지 모르게 이질적입니다. 이것을 다라코 프로덕션=와타나베 가즈히로는 "기름기 가득한 라면 국물과, 맑은 콩소메 수프

의 차이 같은 것"이라고 표현하고 있습니다.

다나카 야스오의 소설은 지루하다고 말씀드렸습니다. 그렇다고 해서 그의 소설이 실패작이라는 의미는 아닙니다. '나'라는 여성 일인칭으로 담담하게 써 내려간 다나카 야스오의 소설은, 그의 요란한 수필보다 훨씬 성실하게 '도시 여자아이'의 시선으로 본 풍경을 추적(르포르타주)하고 있습니다. 이 점은 요시모토 바나나와 다와라 마치의 세계와도 통하는 것이지만 그녀들보다 훨씬 정밀한 리얼리즘 소설이라는 사실에 주의해야 합니다. 진정한 리얼리즘은 뉴스쇼와는 달리 지루한 것입니다.

다나카 야스오의 담론에서 '여성 차별'적인 부분을 찾으라고 한다면, 왜 항상 능청 떠는 역할(소설의 화자)은 여성이고 지적하는 역할(주석=수필의 화자)은 남성인가, 정도일 것입니다. 다만 일인칭 소설의 화자가 철없고 맹한 도시 소녀이고, 독설 가득한 수필의 화자가 시골에서 도시로 나온 똑똑한 남자라고 한다면, 양쪽 모두 오십보백보입니다.

『느낌 어쩐지 크리스털』화가 진행된 21세기 사회

그러나 『느낌 어쩐지 크리스털』 이후로 20년 이상, 마루킨 마루비 『긴콘칸』 이후로 20년 가까이 지난 지금, 상황은 조금 더 복잡해졌다고 할 수 있습니다. 21세기의 우리는 '시골 출신의 똑똑한 남자'도 '도쿄 출신의 중산 계급의 딸들'도 개념(픽션)에 지나지 않는 현실을 살고 있습니다. 가진 자 / 못 가진 자, 도쿄 / 지방의 격차는 여전히 존재한다고 저는 생각합니다만, 과거처럼 사회 계층(또는 계급)이 가시적이지도 않으며, 또 개인 정체성의 중심을 이루는 것도 아닙니다.

전후 일본은 경제 성장을 목표로 달려왔습니다. 그것을 전제로 개인의 정체성도 형성되어왔지요. 어떤 사람에게 그것은 '출세의 인생 게임'이었는지도, 또 어떤 사람에게는 '사회 변혁'이었는지도 모릅니다. 그나마 1970년대까지는 효력을 발휘했던 그런 '이야기'들은 1980년대 들어 급속히 리얼리티를 잃게 됩니다. 생활수준이 전반적으로 올라가면서 자신이 어떤 사회 집단에 속하는가, 무엇을 보람으로 삼아 살아야 하는가가 보이지 않게 되었습니다. 세상의 가치 체계가 흔들리면 문학도 사상도 교양도 흔들리게 됩니다. 그 틈을 메꾸는 형태로 등장한 것이 1980년대의 '문단 아이돌'이 아니었을까요?

무라카미 하루키의 소설은 비평의 오타쿠화, 게임화를 부추겼고 다와라 마치와 요시모토 바나나는 그때까지 '여자아이 전용'이었던 J포엠과 소녀 문학의 흐름을 문학계의 공식 무대에 올림으로써 여자아이들의 문화를 경시했던 '문단 마을의 아저씨'들에게 신선한 감동을 주었습니다.

1980년대에 일시적으로 페미니즘의 기세가 높아진 것도 어쩌면 마지막으로 남아 있던 가시적 계층(포스트 계급?)으로서 남녀 간의 격차가 '발견'된 탓인지도 모릅니다. 따지고 보면 하야시 마리코와 우에노 지즈코는 고도 경제 성장기의 남성 역할을 몸

다나카 야스오

소 실천했던 존재였습니다. 출세 인생 게임 vs 사회 변혁. 체제파 vs 반체제파. 대중 vs 지식인. 게다가 두 사람 모두 파워풀한 데다 노악(露惡) 취미가 있습니다. 많은 여자들을 격려하는 한편 반감도 샀던 까닭은 한 시대 전의 남성 캐리커처를 여성이 연기하고 있는 듯한 느낌을 주었기 때문이 아닐까요.

새로운 가치관의 창조를 요구받은 남자들은 그러나 더 힘들었을 것이 분명합니다. 체제/반체제라고 하는 이항 대립에서 재빠르게 벗어난 다치바나 다카시는 그래서 힘을 얻을 수 있었던 것이지만, 반면에 기반이 없는 그의 사상은 매우 위태로운 것이기도 했습니다. 위기감을 조잡 파워로 바꿔 '극화적' 이야기를 날조하는 데 몰두했던 무라카미 류는 분명 환영받기는 했지만, 이면에 숨긴 '허세' 역시 간파당하고 말았습니다. 이렇게 생각해보면, 1980년대 초반에 발표된 『느낌 어쩐지 크리스털』의 단조로움이 두드러집니다.

『느낌 어쩐지 크리스털』의 권말에는 주석 외에도 2020년까지의 상황을 예측한 통계 자료가 실려 있습니다. 사회학자 우시로 데루히토는 이 점에 주목하여 『느낌 어쩐지 크리스털』은 복지국가가 필연적으로 수반하는 다수파의 불안을 그린 작품이라고 간파했습니다(「다나카 야스오 시론」, 『겐다이시소』, 2002년 5월호). 다나카 작품의 여주인공들은 모두 무언가를 단념하고 작은 세계를 지키는 데 전념하고 있는데, 그녀들이 그럴 수밖에 없는 이유는 "착지점이 될 만한 일관된 문화적 기반"이 존재하지 않고 "지켜

야 할, 혹은 타파해야 할 계급성"이 없는 것 같아 보이는 사회에 살고 있기 때문이라는 것입니다.[10]

2002년, 『느낌 어쩐지 크리스틸』의 여주인공이 실존 인물이라면 마흔세 살이 되는 해입니다. 동서 냉전 구조가 무너지고, 성장 신화가 재현되리라는 착각에 취했던 거품경제도 과거의 이야기가 되었고, 예전의 가치 체계나 교양 체계가 더 이상 통용되지 않고, 데리다와 데니스의 차이를 가지고 싸우는 사람도 없어졌습니다. 다나카 야스오가 가치를 교란시키기 위해 뛰어다닐 필요도 없이, 단 20년 만에 세상의 『느낌 어쩐지 크리스틸』화가 진행된 것입니다.

1980년대에 가장 '포스트모던'하게 보였던 다나카 야스오가, 20년 후에는 가장 '프리 모던'한 지방 자치의 세계로 갔습니다. 신기한 역설처럼 보이기도 하지만, 다나카는 원래 현장 조사자였습니다. "인간은 생각하는 갈대(일본어로 '아시'—옮긴이 주)인지라 형이상학적 세계의 바람에 흔들리는 것도 필요하다./하지만 인간은 생각하는 발(일본어로 '아시'—옮긴이 주)이라고 하는 설도 있다"(『연애의 시작』, 1987)라고 일찍이 다나카 야스오는 썼습니다. 갈대에서 발로. 다나카 야스오가 그런 변화를 누구보다 빨리 감지했던 것만은 틀림없어 보입니다.

1 ＼ 서점에 가보면 바로 알 수 있다. 다나카는 60권에 가까운 책을 출간했지만 대부분의 서점 문고 코너에 상비된 책은 『느낌 어쩐지 크리스털』과 『고베 지진 일기』, 『도쿄 페로구리 일기』 정도이다.

2 ＼ 에토는 계속해서 "하지만 이름이라고 하는 무차원적 요소를 콜라주하는 것만으로는 소설 공간은 생겨나지 않으므로, 작가는 여주인공에게 두 명의 남자를 부여하여 필요 최소한의 소설 공간을 확보한 뒤, 현대 도시의 풍경을 기분 좋게 그리고 있다"라고 평했다. 같은 심사평에서 노마 히로시는 "그 중심에 있는 것은 섹스이다. 훌륭한 글 솜씨로 이야기를 진행시키고 있으며, 작중 인물로부터 적절하게 거리를 두는 요령도 충분하다"고 칭찬하는데, 보다 적확한 평가는 에토의 평일 것이다.

3 ＼ 거명된 이들에 대한 다나카 야스오의 비판은 다음과 같다(「다나카 야스오에 의해 발기부전으로 매도된 작가들」, 『주간 분슌』, 1991년 3월 21일호에서 인용). "이 두루춘풍. 도대체 어느 쪽 의견에 찬성한다는 거야? 이건 뭐 평론가가 아니라 그냥 오락 프로 MC네"(다하라 소이치로에 대한 비판), "이 아저씨는 언제나 '윗사람'과 '준 윗사람'을 '한심한 위정자'라고 야유할 뿐. 일본 정부가 아니라 자신을 포함한 일본이라는 국가에 대해 논하란 말이다. 안전지대에서 지껄이고만 있을 거라면 넌 구경꾼보다 못하다. 이노세 군"(이노세 나오키에 대한 비판), "추억을 논하는 투로 현실을 말하다니, 네가 얼마나 사회성이 없는지를 잘 보여주는구나, 이즈미 군"(이즈미 아사토에 대한 비판), "단편이 특기이니 이 전쟁을 우화로 그릴 수도 있었을 텐데. 좀 더 소신이 있는 놈이라고 생각했는데 실망했다"(무라카미 하루키에 대한 비판), "너는 전쟁 오타쿠? 아직도 전쟁은 '바다 너머' 이야기라고 생각하는 것 같은데, 이번에 일본은 실질적으로 참전한 것이라고. 이제 어설픈 폭력 소설도 쓰

기 어려워질 거라고. 알겠어? 류?"(무라카미 류에 대한 비판), "당신이 이 전쟁을 찬성하는지 반대하는지를 분명히 해놓자. 그 옛날, 강연차 들렀을 때 만난 쿠웨이트 보석상이 지금 어떻게 되었을까 하는 걱정만 하고 있을 거라면, 당신은 그냥 주재원의 아내와 다름없다"(하야시 마리코에 대한 비판), "마지막 순간까지 아무것도 하지 않은 걸 보면 움직일 만큼의 충동을 느끼지 못했던 것이리라. 한때 활동가였던 사람으로서 부끄럽지 않은가. 제자 하야시 마리코보다 더 악질이다"(이토이 시게사토에 대한 비판). 완전히 박살을 내고 있다.

4 ＼ 실제로 노사카 아키유키는 지사로 취임한 후 '탈 댐 선언'을 한 다나카에게 성원을 보낸다. "다나카를 지지하는 91퍼센트는 명백하게 파시즘이지만 다나카는 이를 스스로 부정한다. 역풍도 맞고 비판도 당해야 더 나아질 수 있다는 사실을 이 사람은 잘 알고 있다. 언론은 '댐 공사 중단'의 상징적 의미를 생각하여 다나카 야스오를 지켜야 한다. 기소 강이 말라버린 이유가 댐 때문이라는 사실은 나가노 현민이라면 누구나 알고 있다. 이제 나가노 현에서 정관 분리의 계기가 생겨났다. 나는 다나카를 지킨다"(『주간 분슌』, 2001년 4월 5일호).

5 ＼ 다나카와 아사다 사이에는 확실히 유사점이 있다. 후에 두 사람은 잡지의 연재 대담을 통해 오랫동안 콤비로 일하게 되는데, 첫 대면으로 보이는 대담(「스키조 키드 선언. 네 멋대로 해라」, 『분게이슌주』, 1984년 7월호)에서도 서로를 평하며 '당신은 잘못 읽히고 있다'고 말하는 등 재미있는 대화를 주고받는다. "내 생각에는 아사다 씨의 발언이나 책을 평가하는 사람은 이원론적인 사람이라고 생각해요, 의외로. 이원론적인 사람이란 섹스를 하고 싶다, 아니면 맛있는 커피를 마시고 싶다고 말할 때도 그 이유를 달지 않으면 불안해하는 사람을 말하죠. (…) 아사다 씨의 책을 잘못 읽고 칭찬하는 사람들은 그런 사람들이 아닐까요?"(다나카 야스오). "다나카 야스오의 소설은

　　　　　　　　　　　　다나카 야스오

현실 긍정이라든가 보수화 경향의 표현이다, 라는 통설이 있는데, 맞는 부분도 있지만『못 견디게, 어베인』은 매우 비평적인 책이라는 기본적인 사실을 잊어서는 안 돼요. 즉, 거기에 쓰여 있는 것은 '이것이것이 요즘 잘나갑니다'라는 이야기가 아니라, 일반적으로 잘나간다고 하는 것들이 사실은 이렇게나 촌스럽다는 경멸의 이야기인 것이죠"(아사다 아키라).

6 \ 혹시나 해서 덧붙이자면, 데니스(Denny's)는 패밀리 레스토랑 체인 이름이고 데리다는 프랑스 철학자 자크 데리다(Jacques Derrida)를 말한다.

7 \ 참고로 다카하시 나오코의『옷의 힘』(2002)에 따르면, 무라카미 하루키가 그리는 브랜드는 매우 정확하다고 한다. 한편 하야시 마리코가 그리는 브랜드는 뒤죽박죽이라 혼란스러운 이미지를 준다고 한다. 이 책에 다나카 야스오의 소설에 대한 언급이 없다는 것이 아쉽다.

8 \ 참고로 본서는 본문이 '입니다' 체이고 주석이 '이다' 체로 되어 있는데, 그것에 큰 의미는 없다. 굳이 말하자면, 나는 '입니다' 체로 말할 때 더 침착해지는 것 같다.

9 \ 오카와 흥업(희극 단체─옮긴이 주) 총재 탤런트 오카와 유타카의 말에 따르면 "그는 호스티스들에게 둘러싸여 이야기를 했는데, (⋯) 다나카 씨가 꼭 '바람둥이 여자'처럼 보였어요. / 남자란 느낌이 안 들었어요", "그러니까 여성 스태프가 더 낫다고 생각해요. (⋯) 그렇게 하는 편이 아마 더 잘 굴러갈 겁니다"(『분게이 별책 다나카 야스오』, 2001)란다. 다나카 야스오의 본모습에 대한 흥미로운 증언이다.

10 \ 권말에 수록된 것은 합계특수출산율, 65세 이상 노년 인구율, 후생연금 보험료 등의 통계이다. 이 숫자들을 바탕으로『느낌 어쩐지 크리스털』은

저출산 고령화 사회의 도래를 예측한다. 또한 '복지국가'란 "완전고용과 사회보장 정책으로 전 국민의 최저 생활 보장과 물적 복지의 증대를 도모하는 것을 목적으로 하는 국가 체제"(『고지엔 제5판』)를 말한다. 우시로 데루히토의 '다나카 야스오 시론'은 현재 최신의, 그리고 가장 질 좋은 다나카 야스오론이다. 좀 어두운 것이 단점이지만.

★ 나오며 ★

나이를 먹으면서 느끼는 재미 중 하나는 자신도 역사의 일부
가 되어간다는 것입니다. 무라카미 류가 데뷔했을 때 저는 대학
에 입학했고 대학을 졸업할 즈음에는 다나카 야스오가 데뷔했습
니다. 당시 저는 문학과는 전혀 연이 없었습니다만, 그래도 『한
없이 투명에 가까운 블루』나 『느낌 어쩐지 크리스털』에 대한 이
야기를 나눴던 기억이 있습니다. 그래서 저에게 이 책에 등장하
는 사람들은 한 명의 작가 이상의, '동시대 사회 현상'으로서의
인상이 강합니다.

그 감촉이 얼마나 전달될지 자신은 없습니다만, 어떤 현상도
20년 정도 지나면 어렴풋하게 그 의미나 윤곽을 객관적으로 바
라볼 수 있게 됩니다. 이 책은 활자 세계를 통해 본 1980년대 시
론으로 쓴 것입니다. 『세카이』에 연재(2001년 1월호, 11월호)한 글
을 바탕으로 펴낸 책이지만, 단행본으로 엮으면서 많은 부분을

추가하거나 삭제했기 때문에 어떤 부분은 완전히 새로운 내용입니다. 연재 때부터 함께 달려온 이와나미 쇼텐의 요시다 고이치 씨, 자료 수집을 거들어준 이와나미 쇼텐의 오타 준코 씨에게 감사드립니다.

2002년 5월 31일

사이토 미나코

★ 옮긴이의 말 ★

　사이토 미나코가 한국에 그다지 알려져 있지 않다는 것은 이
상한 일이다. 좋게 말하면 '일본 출판 시장을 바짝 추격'하고 있
고, 나쁘게 말하면 '일본 출판 시장의 식민지 상태'라고 할 정도
로 일본 작가의 책이 많이 나오고 많이 팔리는 한국 출판 시장에
서, 사이토 미나코의 저서가 단 한 권(『취미는 독서』, 김성민 역, 한
국출판마케팅연구소, 2006)밖에 소개되어 있지 않다는 것은 이상
한 일이다. 이유가 무엇일까? 그녀가 단독으로 쓴 책이 2017년
현재 스무 권이 넘고, 그 책이 모두 질적으로 훌륭하다는 것을
생각해보면 의문은 더해간다.

　사이토는 작가보다 더 값어치 있는 글을 쓰는 평론가다. 이 책
을 읽은 독자라면 이런 과감한 평가에 공감해주리라 믿는다. 그
녀가 쓴 글을 찬찬히 읽다 보면, 그녀가 글을 쓰는 기술을 터득

하고 있을 뿐만 아니라, 사회와 시대를 읽어내는 통찰력도 가지고 있다는 사실을 알게 된다. 그녀의 글은 문화인류학이나 사회학 보고서로 읽어도 좋다.

이 책을 관통하는 것 역시 1980년대 일본 사회에 대한 통찰이다. 이 책에서 사이토는 1980년대를 전후로 발표된 문학작품을 중심으로 당시 사회의 배후에 흐르고 있던 사상의 맥락을 밝혀낸다. 이 책에서 다루는 주제를 좇아 정리하자면, 일본의 80년대는 거품경제, 페미니즘, 포스트모더니즘에 의해 움직여갔다. 극단적인 호황과 극단적인 불황, 페미니즘의 대중적 유행, 지적 권위주의의 파괴는 80년대 일본의 사회와 문화에 변화를 가져왔고, 그런 변화가 남긴 긍정적, 부정적 그림자가 이 책에 묘사되어 있다.

사회나 문화는 그것을 공유하는 사람들의 의미가 상호작용하여 구축되는 것으로서 본질적으로 실재하는 것은 아니다. 그런 사회나 문화에 대한 비평 역시 문화적인 것으로서 평론가에 의해 구축된다. 그래서 조금 과장해서 말하면, 누구나 자유롭게 비평의 의미 구조를 구축해 자기주장을 펼칠 수 있다. 즉, 개나 소나 다 비평가가 될 수 있다는 것이다. 하지만 독자가 미처 파악하지 못했던 사실을 일깨워주거나, 그것을 바라보는 새로운 시각을 전해줌으로써 독자를 지적으로 만족시키는 비평은 아무나 할 수 있는 것이 아니다.

'어떤 부분에서 지적 만족을 주는가'를 기준으로 사이토의 저작을 분류한다면, 나는 페미니즘, 문예, 시사, 그리고 문화인류학의 네 분야로 그녀의 저작을 정리하고 싶다. 물론 이러한 분류는 일반적인 것은 아니고, 또 이 분류에 따라 사이토의 저작을 명확하게 구분할 수 있는 것도 아니다. 예를 들어, 페미니즘은 사이토가 기본적으로 취하고 있는 비평의 관점이라 모든 저작에서 발견할 수가 있다. 다만 독자들이 사이토 미나코라는 작가를 맥락적으로 이해하는 데 도움이 될 수 있고, 또 앞으로 사이토의 저작이 한국에 소개되는 데도 참고가 될 수 있을 테니, 이 네 가지 분류에 따라 사이토의 저작을 잠시 정리해보도록 하자. 다음에 소개하는 목록은 사이토의 저서를 망라하는 것은 아니고, 중요하다고 생각되는 것을 임의로 선택한 것이다.

먼저 페미니즘이라는 주제는 사이토의 초기 저작에서 두드러진다. 그녀의 데뷔작인 『임신소설(妊娠小説, 1994)』은 소설을, 『홍일점론(紅一点論, 1998)』은 만화와 애니메이션 등의 하위문화를 페미니즘의 관점에서 비평한 것이다. 이 두 책으로 사이토는 이름을 널리 알리며 많은 주목을 받게 된다. 이후 비평의 범위를 확장하여 일본의 근현대사를 분석한 것이 『모던걸론(モダンガ__ル論, 2000)』이다. 이 책에서 사이토는 욕망사관(欲望史観)이라는 이론적 분석 틀을 만들어 여성의 롤모델이 변천하는 과정을 분석했다. 앞선 두 책이 페미니즘의 관점을 적용한 문예비평서라고 한다면, 이 책은 그냥 페미니즘 서적이라고 해도 좋다. 여성학 연구자들도 흥미롭게 읽을 수 있을 것이다. 보다 일상적인 차원에서 페미니즘의 유용성을 논한 것이 『말은 하기 나름(物は言いよう, 2004)』이다. 이 책에서는 일상의 경험을 페미니즘의 눈으로 보는 법을 배울 수 있다.

다음으로, 문예비평은 그녀가 가장 좋아하고 잘하는 분야이고, 그래서 저작도 많다. 그녀가 쓴 서평은 서평의 대상이 된 책보다 더 중요한 의미를 전해주는 경우가 많다. 『독자는 춤춘다(読者は踊る, 1998)』나 『오독일기(誤読日記, 2005)』가 그렇고, 특히 『책의 책(本の本, 2008)』은 그 내용과 분량 면에서 타의 추종을 불허한다. 일본 출판계를 제대로 이해하고자 한다면 빼놓을 수 없는 책이 될 것이다. 『명작 거꾸로 읽기(名作うしろ読み, 2013)』와 『명작 거꾸로 읽기 프리미엄(名作うしろ読み プレミアム, 2016)』은 말 그대로 책의 마지막 문장부터 읽어 나가며 해설을 하는 독특한 방식으로 되어 있다. 책 한 권당 해설 분량도 짧아 편하게 읽을 수 있다. 이외에도 '문장독본'이라는 제호로 유명 작가가 자신의 글쓰기 비법을 공개하는 일본의 관습을 비평한 『문장독본 씨에게(文章読本さん江, 2002)』, 문고판 책에 부록으로 실리는 해설을 모아 비평한 『문고해설 원더랜드(文庫解説ワンダーランド, 2017)』등도 기존에 없던 형식의 서평서라고 할 수 있다.

다음으로, 시사를 다룬 저작에서 그녀는 그녀의 정치적 입장을 전면에 내세운다. 그녀의 정치적 입장은 물론 개혁파다. 『바보의 종이 울리네(あほらし屋の鐘が鳴る, 1999)』, 『그거 이상하지 않아? 주의(それってどうなの主義, 2007)』, 『가끔은 시사 이야기(たまに

ば´時事ネタ, 2007)』,『다시 시사 이야기(ふたたび´時事ネタ, 2010)』
에서 촌철살인의 글솜씨가 정치적 이야기를 할 때 특히 빛을 발
하는 것을 볼 수 있다.『일본 침몰(ニッポン沈没, 2015)』과 같은 최
근 저작에서는 동일본 대지진 전후의 일본 사회에 관한 이야기
를 들을 수 있다. 또 젊은이들이 정치에 대해 공부하고 관심을
가질 수 있도록 안내하는『학교가 가르쳐주지 않는 진짜 정치 이
야기(学校が教えないほんとうの政治の話, 2016)』도 있다.

마지막으로, '문화인류학자'는 그녀의 공식 직함에 들어가 있
지 않지만, 실질적으로 문화인류학 연구의 결과물이라고 할 수
있는 작품이 있다. 그것도 아주 빼어난 수준의.『전쟁과 레시피
(戦下のレシピ, 2002)』는 여성 잡지에 실린 레시피를 통해 전쟁을
바라보는 시도이다. 먹거리와 전쟁을 연결시키는 아이디어를 사
이토보다 먼저 생각해내지 못한 문화인류학자들은 땅을 쳤을지
도 모르겠다.『관혼상제의 비밀(冠婚葬祭のひみつ, 2006)』은 결혼
과 장례 문화를 분석하는 내용으로, 문화인류학 입문서로 읽어
도 좋다.

앞서 '식민지 상태'라는 조금 과격하고 자조적인 표현을 사용
하여 출판 시장을 묘사했는데, 일본 작가의 책이 한국에 많이 소
개되는 것 자체에 문제가 있는 것은 아니다. 다른 나라의 책이
번역 수입되는 일은 국내 독자들에게 선택의 폭을 늘려주기 때
문에 바람직한 일이라고 할 수 있다. 문제는 일본의 출판 시장이
옥석혼효(玉石混淆)라는 데 있다. 일본에는 사회학자나 심리학자,

정치학자, 철학자 같은 간판을 내걸고 '독서 감상문' 수준의 글로 책장사를 하는 사람들이 많다. 일본의 작가가 한국에 소개되는 경우가 늘면서 그런 폐단이 함께 들어오는 것이 우려가 되는 지점이다.

옥석혼효의 상황에서 길잡이 역할을 할 수 있는 것은 사실 독자의 독서 능력밖에 없다. 독자의 식견이 높아질수록 옥은 더욱 빛날 것이고 돌멩이가 발붙일 자리는 좁아질 것이다. 그런 의미에서 사이토 미나코는 옥석을 가리는 하나의 기준이 될 수 있다. 그녀에게서 지적 만족을 얻은 사람은 더 이상 시시한 것에서는 만족을 얻지 못하게 될 것이기 때문이다.

문학적이지 못한 내가 표현하자면, 그녀는 다이아몬드다. 부디 많은 사람들이 이 보석 광산을 발견하고 즐거움을 얻어갈 수 있었으면 좋겠다.

나일등

무라카미 하루키 「게임 비평 삼매경」, 『분가쿠카이』, 1996년 8월호

다와라 마치 「불러라 춤춰라 J포엠」, 『단가와 일본인』 제4권, 1999년 3월

요시모토 바나나 「소녀 문화라는 지하 수맥」, 『세카이』, 2001년 1월호

하야시 마리코 「신데렐라 걸의 우울」, 『세카이』, 2001년 5월호

우에노 지즈코 「바이링갸루의 복수」, 『세카이』, 2001년 9월호

다치바나 다카시 「신화가 된 논픽션」, 『세카이』, 2001년 3월호

무라카미 류 「5분 후의 뉴스쇼」, 『세카이』, 2001년 8월호

다나카 야스오 「브랜드라는 이름의 사상」, 『세카이』, 2001년 11월호

옮긴이 **나일등**

도쿄대학교 인문사회계연구과 사회학 박사. 지은 책으로 『노오력의 배신』(공저), 옮긴 책
으로 『워킹 푸어』 『여성 혐오를 혐오한다』 등이 있다.

문단 아이돌론

초판 1쇄 인쇄 2017년 2월 13일
초판 1쇄 발행 2017년 2월 20일

지은이 사이토 미나코
옮긴이 나일등
펴낸이 이기섭
편집인 김수영
기획편집 김수현 임선영
마케팅 조재성 정윤성 한성진 정영은 박신영
경영지원 김미란 장혜정

펴낸곳 한겨레출판(주) www.hanibook.co.kr
주소 서울시 마포구 효창목길 6(공덕동) 한겨레신문사 4층
전화 02-6383-1602~3
팩스 02-6383-1610
메일 literature@hanibook.co.kr

ISBN 979-11-6040-040-3   03800

• 책값은 뒤표지에 있습니다.
• 파본은 구입하신 서점에서 바꾸어 드립니다.